Brigitte Reimann

Das Mädchen auf der Lotosblume

# Brigitte Reimann

# Das Mädchen auf der Lotosblume

Zwei unvollendete Romane

Aufbau-Verlag

Mit einem Nachwort von
Withold Bonner

ISBN 3-351-02982-9

1. Auflage 2003
© Aufbau-Verlag GmbH, Berlin 2003
Einbandgestaltung Henkel/Lemme
Druck und Binden GGP Media, Pößneck
Printed in Germany

www.aufbau-verlag.de

# Inhalt

# Joe und das Mädchen auf der Lotosblume

Kleiner Roman

# [I. Teil:] Drei Tage im November

*Für Joe*

## *Ein Morgen und ein Tag*

Joe liegt neben mir, gleichmäßig hebt und senkt sich seine Brust, die grün-weiß gestreifte Jacke seines Pyjamas steht am Hals offen, ich sehe einen Schimmer seiner weißen Haut und die kleine schattige Vertiefung unter seiner Kehle. Joe schläft.

Wie kann er schlafen, wenn ich wache? Wenn Hendrik wacht?

Seit zwei Stunden höre ich Hendriks Pantherschritt im Zimmer nebenan. Er hat das Zimmer Nr. 12, ich habe Nr. 13. Die 12 wäre mir lieber gewesen, ich bilde mir ein, die Zwölf ist meine Glückszahl, ich weiß nicht warum; ich bin ein bißchen abergläubisch, klammere mich an Zahlen-Orakel und zupfe Blütenblätter: er liebt mich, er liebt mich nicht … Wenn ich stolpere – ich bin so ungeschickt, immer hab ich blaue Flecke an Knien und Ellenbogen – wenn ich stolpere, gehe ich drei Schritte zurück, damit mir nichts Böses widerfährt. So albern bin ich manchmal …

Als ich damals, im September, ins Heim gekommen bin, war die Zwölf schon belegt – von dem Maler, der sich jeden Abend besoffen hat, ganz allein für sich, ganz still, ohne Krakeel, und der dann so bitterlich geweint hat, wie der Heilige Georg hier war und ihn behext hat mit seinen schwarzen Augen und mit seiner Kunst.

Da hab ich halt die Dreizehn nehmen müssen, wenn es mir auch gar nicht recht war, und ich hab dreimal gegen den Türpfosten geklopft, ehe ich die Schwelle überschritten hab, aber genützt hat's nichts, und jetzt kommt das Unglück, das all die Wochen sich in den Winkeln verkrochen hatte. Ich spür es und Hendrik spürt es, darum läuft er nun schon seit zwei Stunden in seinem Zimmer auf und ab und stiehlt mir den Schlaf und wird am Ende auch Joe noch aufwecken.

Wenn Joe nachts zu mir kommt, muß er an Hendriks Tür vorüber, das sind nur drei oder vier Meter, und der rote Läufer im Korridor dämpft die Schritte, aber mir ist es jede Nacht wie ein Wunder, daß Joe diese drei oder vier Meter schafft und an meine Tür klopft und dabei weiß: Hendrik liegt wach, und er hat ein Gehör wie ein Luchs und hört das Klopfen und hört, wie ich den Schlüssel herumdrehe …

Es ist noch nicht sechs Uhr, glaube ich. Ein Morgen im November steigt spät herauf, und die Sonne kriecht träge über den Wald – wie eine alte Frau, die nicht aus dem Bett finden kann und sich so gern noch einmal für ein Stündchen umdrehen und ein Auge voll Schlaf nehmen möchte.

Mein Zimmer schwimmt in grauer Dämmerung, das hellere Fenster-Viereck in der Wand schlitzt ein kümmerlicher Lichtstreif, wo die Vorhänge nicht ganz übereinander gezogen sind. Das Fenster ist wie eine Kino-Leinwand, der Vorhang ist noch geschlossen, aber die Leinwand ist schon [ein] bißchen erleuchtet, und gleich wird der Gong ertönen und der Film beginnen. Die Filmkulissen kenne ich: die Parkbäume und im Osten ein winziges Silberzipfelchen des Sees und darüber ein Stück Himmel, [ein] paar Handbreit Himmel.

Trotzdem bin ich jeden Morgen wieder gespannt auf die Kulisse, die jeden Morgen sich verändert hat: manchmal ist der Himmelsstreifen grau und regenschwer, manchmal ist er verschleiert von weißem Morgennebel, manchmal leuchtet er in dünnem Blau, violett und purpurn gesäumt; der karmesinrote Sonnenball rollt gemächlich herauf, er hat sich noch nicht erhitzt und blendet nicht, man kann ihn ohne Blinzeln betrachten.

Und erst die Bäume! Damals im September – Herrgott, das ist nun fast drei Monate schon her! – waren sie noch dunkelgrün und satt und voller Saft, als hätten sie das ewige

Leben – und dann ist ihnen doch der Atem ausgegangen, ganz sacht zuerst, und sie sind [ein] bißchen müde geworden und haben's noch immer nicht glauben wollen, sie haben sich gesträubt wie manche Frauen sich gegen das Altwerden sträuben: sie legen Puder und Rouge auf und färben sich die Haare und ziehen sich bunte Fähnchen an und laufen dem Leben hinterher.

Manchmal liebe ich den Herbst, seine Verschwendung, sein großzügiges Ausschütten starker Farben, seine krasse Lebensgier ... Im Oktober brannten die Buchen wie Fackeln neben den ruhigeren gelben Lichtern der Eichen, [ein] paar Tannen warteten zwischen ihnen, gelassen und selbstsicher in ihrem soliden Kleid. Sie stehen da wie Forstbeamte, nüchtern und zuverlässig in grünen Lodenjoppen, wenn der Novemberwind den anderen längst die letzten bunten Fetzen heruntergerissen hat.

Joe seufzt und streckt sich, aber er schläft weiter.

Eigentlich sollte ich ihn wecken, er muß doch in sein Zimmer zurückgehen, bald wird das ganze Haus erwachen, und ich hab immer noch wie in der ersten Nacht Angst, irgendjemand könne frühmorgens durch den Korridor schleichen und Joe erwischen, wenn er eben mein Zimmer verläßt.

Und wennschon! In Haus wissen es eh' schon alle, daß Joe und ich etwas miteinander haben, und keiner nimmt Anstoß daran – außer der Kritikerin natürlich. Neulich kamen wir kurz vor Mitternacht in den Klubraum, da stimmten die anderen einen wüsten Rundgesang an, ich hab bloß die ersten zwei Zeilen behalten:

>Es ist nicht unbedingt vonnöten,
    daß einer singt und andre beten ...‹

Sie waren betrunken, und beim zweiten Abgesang haben sie statt ›singt‹ ein andres Wort gebraucht, ein häßliches, ordinäres Wort – aber was hätten wir tun sollen? Gegen ein Fuder Mist kann man allein nicht anstinken, und Joe hätte nicht ein Dutzend Männer der Reihe nach ohrfeigen können. Sie waren ja betrunken, und wir haben uns ein Lachen um den Mund geklebt, obwohl uns, weiß Gott! nicht zum Lachen zumut war; wir müssen noch froh sein, daß keiner hingeht und uns dem Heimleiter verpfeift: dann fliegen wir mit Schimpf und Schande aus dem Haus.

Da schluckt man schon lieber ein gemeines Wort und lacht und trinkt mit den anderen: Prost, Freunde! Es lebe die Liebe, der Wein und der Suff – Prost, Joe! Zieh kein Gesicht, die sind doch bloß neidisch, übersieh ihre gieprigen Augen, Joe, trink! Uns kann ein schmutziges Wort nicht beschmutzen –

Im Nebenzimmer federt Hendriks Schritt. Denkt er an sein Buch? Denkt er an mich?

Fünf Schritte sind es vom Fenster bis zur Tür. Fünf Schritte: hin – zurück, hin – zurück. Uhrenpendel im Gleichmaß der Unstete. Tickende Uhren im Zimmer machen mich krank. Sie zerhacken die Zeit, jedes Zeitstückchen fällt einzeln in den Raum: ein weißes, ein schwarzes – eine gute, eine schlimme Minute ...

Das Fenster-Viereck ist jetzt schon morgenbleich, langsam schälen sich die Umrisse der Möbel aus dem schwimmenden Grau.

Wenn man all die Zeitstückchen sammeln könnte und wieder aufreihen und alles von vorn beginnen – Ich hab schreckliche Angst vor dem Altwerden. Alt zu sein und denken zu müssen: Soviel hast du versäumt ... Für wen bewahren wir uns?

Nein, ich werde Joe noch nicht wecken. Ich werde aufstehen und mich anziehen. Soll Joe schlafen, soll er das alles vergessen: Hendrik und den grauen Mann, der heute nacht über seine Schulter sah, und dieses ganze Irrenhaus und das Unglück, das kommen wird, heute oder morgen, ich weiß nicht, aber es wird kommen, ich spür's.

Joe sagt, ich sei ein Spökenkieker. Heut nacht erst sagte

er, ich sei ein Spökenkieker, und er lachte dabei, obwohl er ein bißchen daran glaubt, daß manche Menschen das zweite Gesicht haben. Sein Onkel hatte auch das zweite Gesicht, der war Nachtwächter in einem Dorf im Erzgebirge, und die Leute dachten, er habe einen Sparren, weil er oft verworrenes Zeug redete: Er traf jede Nacht an der Friedhofsmauer eine Selbstmörderin, eine junge Frau, die aus Liebeskummer sich im Dorfteich ertränkt hatte, und er unterhielt sich mit ihr wie mit einer Lebenden. Jedenfalls behauptete er das, und wahr ist, daß er eine Feuersbrunst vorausgesagt hat und später die ganz große Feuersbrunst, die dann halb Deutschland gefressen hat.

Solche Gruselgeschichten hat mir Joe heut nacht erzählt, und ich hab mich sehr gefürchtet.

Wie ich dann die Nachttisch-Lampe anknipste, sah ich Joes verschmitztes Lächeln, die vergnügten Lachfältchen um seine Augen, und ich merkte, daß er mich wieder einmal in seiner sanften Art verspottete, weil ich den ganzen Abend über so unruhig gewesen war und ihm mit meinen bösen Prophezeiungen in den Ohren gelegen hatte.

Trotzdem hab ich es mir nicht ausreden lassen: zuhaus ist etwas geschehn, irgendjemandem, den ich gern mag, ist etwas zugestoßen … Nein, das lasse ich mir nicht ausreden – wenn ich nur wüßte, was geschehn ist, wem etwas zugestoßen ist … Eigentlich hab ich doch gar keinen Menschen, der mir nahesteht, keine Eltern, keine Geschwister; eigentlich hab ich nur den Heiligen Georg, aber der ist mir so lieb wie Eltern und Geschwister und vielleicht noch lieber, weil er zugleich Bruder und Freund ist.

Er hat mir solange nicht mehr geschrieben, Tag für Tag hab ich auf einen Brief von ihm gewartet. Nein, ich hab in den letzten Wochen nicht mehr gewartet, in den letzten Wochen hat es nur noch Joe gegeben, bei Tag und bei Nacht nur Joe, und ich hab den Heiligen Georg fast vergessen. Vielleicht wäre alles anders gekommen, wenn der Heilige Georg mir geschrieben, wenn er mich noch einmal besucht hätte …

Nein, nichts wäre anders gekommen. Das hab ich damals schon gewußt, als der Heilige Georg auf einen Tag zu Besuch hier war und versäumt hat, mich zurückzuholen nach Haus – aber er war ja wie blind und taub, nichts spürte er von dem, was zu der Zeit schon zwischen Joe und mir spann.

Der Heilige Georg ist mir gestern abend erst wieder eingefallen, ich weiß genau: acht Uhr abends war es, wir saßen bei Tisch, wir waren ganz lustig, sogar Hendrik lachte über die Witze des Filmautors, der mit einem Feuerwerk verrückter Reden die Tafelrunde unterhält. Und plötzlich fiel auf meine Ausgelassenheit der Alpdruck – eine dunkle, unbestimmte Angst, die sich sofort mit dem Heiligen Georg verband. Ja, ich bin jetzt ganz sicher, daß ich sofort an den Heiligen Georg dachte ...

Auf einmal sackte mir der Magen weg, ich konnte keinen Bissen mehr 'runterbringen, ich schlich mich aus dem Gelächter der anderen. Sehr rasch verdichtete sich die ungewisse Drohung zu einem stechenden Schmerz in der Brust, einer Stelle in der Brust, so genau bestimmbar, daß ich den Finger auf diese Stelle legen kann: hier sitzt der Schmerz.

Nein, ich bin kein Spökenkieker, und Joe darf mich auslachen, wenn es ihm Spaß macht. Aber der Spaß ist ihm ja schon vergangen, heute nacht schon, nachdem er mir seine grauslichen Gespenstergeschichten erzählt hatte.

Als er mich umarmte, blickte ein Mann über seine Schulter. Ich hatte minutenlang vorher schon gewußt, es war ein Dritter im Zimmer, und auf einmal blickte der graue Mann über Joes Schulter, und ich erschrak, weil ich sein Gesicht nicht erkennen konnte, und ich sagte: »Dreh dich nicht um, Joe.«

Joe ist ganz blaß geworden; später sagte er, ich habe eine überreizte Phantasie und sollte zum Nervenarzt gehen, und er hätte mir seine Geistergeschichten nicht erzählen sollen, und überhaupt seien wir beide auf dem besten Weg, verrückt zu werden.

Sicher, wir sind schon halb verrückt, seit Hendrik hier ist, sind wir halb verrückt. Aber nicht nur Hendrik ist schuld, wir selbst sind schuld, weil wir die Welt vergessen haben und uns vom Leben abgeschlossen, als gäbe es kein ›Draußen‹ mehr, und weil wir nicht gearbeitet haben: Joe hat keine Zeile geschrieben, ich hab keinen Strich gezeichnet.

Vielleicht ist es auch das Gewissen …

Früher, als ich ein Kind war, verband sich ›schlechtes Gewissen‹ immer mit Zuckernaschen und Flunkern und ›lieber Gott‹ und Strafe. Abends, in meinem weißen Gitterbett, bat ich den lieben Gott, er möge doch alles wieder gut machen, und am nächsten Morgen sagte ich zu Mutter: »Ich will's nie wieder tun«, und weinte ein paar Tränen und hatte kein schlechtes Gewissen mehr – bis zum nächsten Mal.

Aber in all den Jahren danach, als ich allein war und keine Mutter und keinen lieben Gott mehr hatte, denen ich ein paar Reue-Tränen vorweinen konnte – in all den Jahren hab ich viel üblere Dinge getan und doch kein schlechtes Gewissen gehabt. Zuckernaschen und Flunkern – was ist das schon! Aber Lügen, sich selbst und andere belügen, und intrigieren und all die kleinen Schweinereien – ich hab ja nicht mal das Format für große Schweinereien – die gefälligen, hübschen Gemeinheiten, die sich in einem 22jährigen Leben so allgemach ansammeln – keine Spur von schlechtem Gewissen.

Immer hat man eine Entschuldigung bei der Hand, eine ganz einleuchtende Entschuldigung: andere lügen ja auch, andere betrügen und intrigieren ja auch; wenn du hochkommen willst, mußt du deine Ellenbogen gebrauchen; wenn du bei dem oder jenem etwas erreichen willst, mußt du ihm schmeicheln und schöne Augen machen und deine Rivalen verleumden … Und immer wieder dies: die anderen sind ja auch nicht besser … Bloß nicht für dich allein die Anständigkeit pachten wollen – du kommst unter den Schlitten, Maria!

Ich glaube, man kann das Gewissen für eine Zeit mundtot machen, aber eben nur für eine Zeit. Und jetzt auf einmal plagt's mich wieder und stachelt und quält, gerade jetzt, und ich weiß, ich müßte dem Joe ›adieu‹ sagen, und immer schieben wir's hinaus, einen Tag und noch einen Tag und eine

15

Woche und noch eine Woche. Ich muß weinen, wenn ich nur daran denke: einmal ist es zuende, und jeder geht seines Weges, Joe geht zu seiner Frau, ich – irgendwohin, ich weiß noch nicht, vielleicht zum Heiligen Georg, vielleicht – Herrgott, ich weiß doch nicht, was werden soll!

Behutsam schiebe ich mich aus dem Bett, Zoll für Zoll, daß Joe nicht aufwacht. Ich ziehe die Vorhänge zurück, das Morgenlicht blendet, ich wende mich zum Bett um und betrachte Joe. Der hat einen Arm unter den Nacken geschoben, der andere Arm hängt mit müd geöffneter Hand über den Bettrand hinab; unter der weißen Haut klopfen die Adern.

Ich betrachte das schlichte, gescheite Gesicht Joes: ein Netz von Runzeln ist um seine Augenlider gewebt, die Brauen zacken dreieckig in die zerfältete Stirn. Der Schlaf hat jede Verkrampfung gelöst und die Spuren von Bergmanns-Arbeit und Krieg und Gefangenschaft ausgelöscht und von den quälerischen Nächten, durchgewacht über Büchern.

Wenn er schläft, darf ich Joe sagen, daß ich ihn liebe.

Ich möchte seinen Mund küssen oder seine Hand, aber dann küsse ich seinen grün-weiß gestreiften Jackenärmel.

Ich fische nach meinen roten Pantöffelchen, rot mit einem weißen Pompom drauf, kokette Pantöffelchen; ich ziehe sie erst an der Tür über, weil die Absätze auf dem Linoleum klappern würden. Ich binde das Haar am Hinterkopf zusammen und werfe den Bademantel um die Schultern.

Vorsichtig klinke ich die Tür auf: der Korridor ist leer, wir wohnen hier oben im Dachgeschoß, da gibt es nur drei Zimmer, die Zimmer von Joe und Hendrik und von mir: Nr. 11 und 12 und 13.

Das Badezimmer ist schräg gegenüber. Hier, vor der Badezimmertür, bin ich Joe zum ersten Mal begegnet, das war am ersten Abend, ich wußte nur, daß in Nr. 11 ein Schriftsteller wohnt, Walter Z., ich kannte nur den Namen, gesehen hatte ich den Mann noch nicht.

Und wie ich eben über den Flur lief, im honiggelben Pyjama, den Bademantel hinter mir her schleifend – just in diesem Moment kam der Herr von Nr. 11 aus seinem Zimmer, prallte zurück und murmelte: »Oh, Pardon ...«

»Guten Abend«, sagte ich und wurde, etwas verspätet, rot und flüchtete ins Badezimmer. Der Herr von nebenan, der heute Joe heißt – hieß er wirklich jemals anders? – hat ein Gesicht geschnitten, als gefährde mein honiggelber Pyjama die Sittlichkeit des ganzen Heims.

Ich male mir aus, was er wohl gesagt hätte, wenn ich ganz ohne über den Flur spaziert wäre ...

Ich drehe die Dusche auf, das Wasser hat sich noch nicht recht erwärmt, ich fröstele unter dem kalten Anprall der Tropfen, aber die Kälte tut gut, ich muß all die dummen Gedanken abspülen, die dunkle Angst und das Spukbild des grauen Mannes, der Joe über die Schulter geblickt hat.

Ich bin nun ganz frisch, meine Haut ist kühl, und mein Kopf ist kühl, ich hab Hunger, und die letzte Nacht hab ich vielleicht nur geträumt. Sicher, ich hab geträumt, meine Träume sind oft so kraus und phantastisch, sinnloses Zeug; es lohnt nicht, darüber nachzudenken.

Ehe ich Joe wecke, schaue ich noch einmal in den Spiegel. Ich glaube, ich bin eitel geworden, seit ich Joe kenne, früher hab ich mir nicht viel daraus gemacht, ob ich gut aussäh oder nicht. Jedenfalls hab ich mir nicht sehr viel daraus gemacht, ein bißchen schon, keine Frau ist sich selbst ganz gleichgültig.

Manchmal finde ich mich hübsch, manchmal sehr hübsch, es gibt so Augenblicke, in denen man sehr hübsch ist – und gerade dann ist kein anderer dabei, der einen bewundern könnte. Oft spiele ich mit meinem Spiegelbild, ich hab viele Rollen, und es ist ein erregendes Spiel: für ein paar Sekunden ein anderer Mensch sein, ein fremdes Gesicht aufsetzen und diese fremden Züge durchforschen und plötzlich erschrocken zurückkehren in das vertraute Gesicht, ein bißchen verwirrt durch die Vielfalt der eigenen Gefühle, den ungeheuren Spielraum der Gedanken ...

Mein Haar ist lang und glatt und rötlichbraun wie eine reife Kastanie, die eben aus der stachligen Schale gesprungen ist. Ich kämme mir das Haar übers Gesicht, ich lasse unendlich verächtlich die Mundwinkel sinken – ›pah, ich spucke aufs Leben, kein Laster ist mir fremd, ich kenne alle Höhen und Tiefen, mir können Sie nichts mehr vormachen, meine Herren!‹ – langsam, ganz schwer hebe ich die Lider, ein grünlich glitzernder Blick läuft über den Spiegel ... Das ist mein Hurengesicht, mein Vampgesicht, mokant und traurig, aufreizend und stumpf; wenn Joe nicht im Zimmer wär, ich würde meine Stimme brunnentief machen und in den Spiegel sagen: »Na, Kleiner, wie wär's denn mit uns beiden –?« Ich kann so wundervoll verworfen sein ...

Ich streiche das Haar aus der Stirn und flechte zwei Zöpfe, zwei starre Zöpfe, sie stehen ein wenig vom Kopf ab, das sieht rührend unbeholfen aus, ich bin ein kleines Mädchen, ein unschuldiges Mädchen, groß und hilflos stehen die Augen im Gesicht: Die Nächte mit Joe hat es nie gegeben – und wer ist Hendrik? Wer ist der Heilige Georg? Was kümmern mich Männer – wo ich doch noch so klein und unschuldig bin, hab noch nicht ins Leben 'reingerochen, alle Menschen sind lieb und gut zu mir, lauter liebe und gute Onkels und Tanten ...

Der Heilige Georg sagt, ich habe Augen wie altes Gold. Wenn dem Heiligen Georg nur nichts passiert ist ... Die alte Stutzuhr auf der Diele schlägt sieben Uhr, es ist noch still im Haus, man hört jeden einzelnen der silbrig dünnen Glockenschläge bis hier hinauf ins Dachgeschoß. Ich muß Joe wecken. Das Kind im Spiegel gefällt mir ausnehmend gut, ich bin ganz gerührt von meiner eigenen Reinheit; ich beuge mich vor und sage zärtlich: »Komm, Liebling, ins Bettchen! Und vergiß dein Abendgebet nicht –«

Joe lacht laut auf. Ich schäme mich, sicherlich hat er schon seit Minuten beobachtet, wie ich mit mir kokettiert hab.

»Maja …«, sagt Joe, und ich gehe zu ihm wie gezogen. Ich heiße gar nicht Maja, ich heiße Maria, nur Joe darf Maja sagen, und er sagt es nur, wenn wir allein sind.

Er nimmt mich bei den starren, vom Kopf abstehenden Zöpfen, er zieht mich zu sich hinab und küßt mich. Morgens küssen wir uns wie Geschwister, mit geschlossenen Lippen, die Augen weit offen; wir sehen uns an, Joe hat wunderliche Augen: launisches Zusammenspiel von Grau und Grün, gefleckt mit rostbraunen Pünktchen. Wenn er jemanden aufmerksam mustert, werden seine Augen rund wie die einer Eule. Jedenfalls sagt das Hendrik, gleich am ersten Tag hat er zu mir gesagt, Joe habe Eulenaugen. Aber das war, glaube ich, eine Anerkennung; die Eule ist das Sinnbild der Weisheit, und Hendrik hat sofort gemerkt – kaum hatte er drei Sätze mit Joe gewechselt –, wie klug Joe ist, wie klar, so klug und klar wie kein anderer Mensch, den wir kennen, Hendrik und ich.

Mit der Morgenpost um 10 Uhr ist der Brief gekommen. Ich hab ihn auf dem Buffet liegen sehen, einen ganz gewöhnlichen Brief, ein langes, weißes Kuvert, darauf die Kanzleischrift des Braven Anton, eine Schrift wie gestochen, und der rote Klebstreifen: ›Durch Eilboten‹.

Da haben wir's, Joe! Ich hab's geahnt; nun wage ich den Brief nicht zu öffnen, ich gehe am Buffet vorüber, als warte das weiße Kuvert nicht auf mich, ausgerechnet auf mich, Maria D. Was hat der Brave Anton mir zu schreiben, noch dazu ›durch Eilboten‹? Der Brave Anton ist der schreibfaulste Mensch unter Gottes Sonne, und es gibt nur drei Lebewesen, um derentwillen er sich aufraffen würde, einen Brief zu schreiben: Nana, sein schwarzer Kater, und der Heilige Georg und ich.

Vielleicht ist Nana vom Dach gefallen oder hat Verdauungsstörungen – aber das hätte mir der Brave Anton ja auch später erzählen können. Und daß er nicht stirbt vor Sehnsucht nach mir, das ist mal sicher. Es kann sich nur um den

Heiligen Georg handeln, weiß der Teufel, was der dumme Junge angestellt hat! Ich habe doch jetzt selbst Kummer genug, ich kann mir doch nicht die Sorgen anderer Leute auch noch aufbürden!

Ich setzte mich auf meinen Platz und beobachte scharf den Brief, der nicht für mich bestimmt sein soll: sehr harmlos liegt er da auf dem braunen, blanken Holz, ein weißes Rechteck, und der rote Klebestreifen blinzelt zu mir herüber. Just unter dem sterbenden Reh liegt er; solange ich hier bin, stirbt das Reh auf diesem scheußlichsten aller Ölgemälde.

Wie kann man solch ein Ölgemälde den Malern zumuten, die in diesem Heim wohnen? Hängen Sie das Bild ab, Herr Heimleiter, es beleidigt mein Auge; wenn ich die flüchtenden Hirsche sehe, die scheu äugenden Rehe im knallgrünen Gebüsch, möcht ich ein Luftgewehr nehmen und sie abschießen.

Auf die Wildschweine an der Wand gegenüber haben wir schon geschossen, Joe und ich, aber wir hatten nur eine Spatzenschleuder und dazu einen Schwips, und die solide Leinwand überlebte unser Attentat, die Eber blecken ihre Hauer unbeschädigt noch heute.

Joe kommt ein paar Minuten nach mir in den Speisesaal, er sucht nach Post, er sagt: »Maria, ein Brief für dich«, und legt ihn neben meine Kaffeetasse. Ich ignoriere den Brief. Ich nehme mein Frühstücks-Ei, drehe das spitze Ende nach oben, ein Schlag mit dem Messer, die Schale splittert; ich säge dem Ei den Hut ab – ein Kunststück, das mir nicht immer gelingt.

»Ein Eilbrief, Maria«, sagt Joe.

Ich streiche mir ein Butterbrot, streue eine Prise Salz auf das Ei und löffele bedächtig. Natürlich ist es wieder zu hart gekocht; wann wird die Köchin endlich lernen, ein Ei weich zu kochen? Der Brief muß gestern abend abgeschickt worden sein, kurz nach acht Uhr, möchte ich wetten.

»Guten Morgen, Maria«, sagt Hendrik.

»Guten Morgen«, murmele ich, ohne aufzublicken. Dieser Mensch ist von göttlicher Dreistigkeit: läuft seit vier Uhr auf und ab in seinem Zimmer und stiehlt mir meinen Schlaf und hat dann noch die Stirn, mir einen ›guten Morgen‹ zu wünschen. Ich fühle, daß Hendrik mich anschaut, und ich fühle, daß ich rot werde und bin zornig auf Hendrik, weil er weiß, Joe war heute nacht wieder bei mir.

Ich stülpe die leere Eierschale in den Becher und nehme den Brief und schlitze ihn auf, ganz gleichmütig; ich ziehe den Bogen heraus. Der ist eng beschrieben, das ist die akkurate Handschrift des Braven Anton, auch in seiner Schrift verleugnet sich nicht seine Bürovorsteher-Seele.

»Liebe Maria«, schreibt er, »du darfst nicht erschrecken –« Wie kann man einen Brief so ungeschickt beginnen? Natürlich bin ich nun erst recht erschrocken, und ich lese weiter, und auf einmal verschwimmen die brav gezirkelten Buchstaben, und erst als Joe mich umfaßt und hinausführt, wird mir bewußt, daß ich laut aufgejammert hab, geschrien vielleicht sogar, ich weiß nicht, und überhaupt ist es mir kein bißchen peinlich, ganz gleichgültig ist es mir, daß die anderen mich haben jammern oder aufschreien hören.

»Joe«, sage ich, »oh Joe – sie haben meinen Heiligen Georg blind geschlagen.«

Gestern abend geschah es, gegen acht Uhr, der Heilige Georg hatte den Braven Anton in dessen Atelier besucht, sie hatten eine Flasche Gin getrunken – der Heilige Georg hat bestimmt bloß ein Glas getrunken, er kann Alkohol nicht vertragen –, und der Brave Anton hatte ihn noch bis zur Tür begleitet, eine Ehre, die er allenfalls dem Heiligen Georg und mir erweist und vielleicht mal dem Falstaff.

Der Brave Anton wohnt über einer Kneipe, das ist nichts Aufregendes, ich wohne auch in einem Mietshaus mit einer Kneipe. In unserer Stadt – so eine mittelkleine Stadt, zwei Kinos, kein Theater, eine Menge Fabriken – gibt es allein in der Hauptstraße ein gutes Dutzend dieser handtuchschmalen

Kneipen, die nach Feierabend gesteckt voll sind; die Luft ist zum Schneiden dick von Rauch, man ißt eine Bockwurst und trinkt ein paar Mollen und hält einen Schnack mit dem Wirt, und manche bleiben bis zur Polizeistunde hängen.

Dann ist hernach Gegröl auf den Straßen, Halbstarke brüllen zotige Lieder, und ziemlich oft – sonnabends bestimmt – gibt es Prügeleien: da genügt schon ein schiefer Blick, ein Stoß mit dem Ellenbogen – »he, willste was von mir?« – und wenn's glimpflich abläuft, bleibt es bei zerrissenen Jackenärmeln und blutigen Nasen und Veilchen-Augen.

Ich hab oft nächtelang in meiner Kneipe gehockt und mir die Leute besehen und mich mit ihnen unterhalten. Mit den Männern über Vierzig läßt es sich leichter sprechen, die packen schon mal ihre Sorgen aus, wenn sie merken, man hört ihnen zu, und dann bestellen sie ein Helles und einen Harten für mich und sind beleidigt, wenn ich es ihnen abschlagen will.

Mit den Halbstarken ist schon schwerer ins Gespräch zu kommen; wenn sie ein paar Harte getrunken haben, fühlen sie sich furchtbar stark, richtige Männer, denken sie, und schielen einem Mädchen in den Ausschnitt und reißen dreckige Witze und prahlen, wieviel sie vertragen können: Zwanzig Helle, und du merkst mir noch nichts an, Ehrenwort!

Trotzdem kann man den Burschen nicht recht böse sein, eigentlich tun sie mir leid, weil ihnen nichts Gescheiteres einfällt, als die Abende in der Kneipe oder im Tanzlokal totzuschlagen. Was sollen sie schon mit sich anfangen? Sechsmal kann man nicht in denselben Film laufen, lesen mögen die meisten nicht sehr gern, und nicht jeder hat ein Mädchen, mit dem er am Gartenzaun oder unter dem Haustor stehen kann.

Ich glaube, man müßte sich mehr um diese Jungs kümmern; den ganzen Tag haben sie in der Fabrik gearbeitet oder auf dem Bau – da wollen sie doch abends was erleben, sie wollen ›mal was anderes‹ und wissen selbst nicht recht, was.

Ab und zu hab ich [ein] paar von ihnen mit 'raufgenommen in mein Atelier und hab ihnen Bilder gezeigt, und wenn sie erst ein bißchen aufgetaut waren, vergaßen sie, daß ich ein Mädchen bin und noch dazu ›Intelligenz‹, und die wußten allerhand Gescheites zu sagen und bewiesen zuweilen guten Geschmack und sicheres Urteil. Aber schließlich kann ich mich nicht jeden Abend der Kunst-Erziehung Halbstarker widmen, und überhaupt verspottet mich Falstaff schon seit langem: ich sollte lieber zur Heilsarmee gehen statt zu malen.

Gestern abend nun, als der Heilige Georg vom Braven Anton kam, war sich ein Rudel Jungen in die Haare geraten, gerad vor der Kneipe, und kein Polizist war in der Nähe. Der Brave Anton hat alles vom Fenster aus mitangesehen, aber er dachte nicht, daß der Heilige Georg in eine Schlägerei verwickelt werden könnte, weil der sonst allen lauten Menschen aus dem Weg geht und durch die Straßen läuft wie in einer Wolke. So hat der Brave Anton, wie er endlich merkte, es geht schief da unten auf der Straße, nicht mehr rechtzeitig eingreifen und dem Heiligen Georg helfen können.

Der Heilige Georg ging an dem Rudel vorüber, er kümmerte sich nicht um die Krakeeler; die Straße war fast menschenleer, abends um acht Uhr sind in unserer Stadt die Straßen meist schon menschenleer.

Der Heilige Georg ist ziemlich groß, gut sechs Fuß, schätze ich, und er blickte im Vorübergehen über die Kette Halbwüchsiger hinweg, ganz absichtslos, und er sah am Laternenpfahl einen Jungen stehen, ein verwachsenes Bürschchen, keine sechzehn Jahre alt, mit einer schiefen Schulter. Der Junge hatte die Hände vor das Gesicht gelegt und zwischen seinen Fingern quoll Blut hervor – der andere hatte ihm schon die Nase zerschlagen. Dieser andere muß dem Heiligen Georg als Teufel persönlich erschienen sein – »wie das Böse schlechthin«, sagte er später zum Braven Anton –: ein klotziger Kerl, breite Schultern, ein grobes Gesicht, ein Schlägergesicht, Blumenkohlohren wahrscheinlich und Boxernase, und in den schmalen Augen die böse Lust am Schlagen und

Zerschlagen und Zerstampfen – irgendetwas Lebendiges zerschlagen und zerstampfen.

Und der Heilige Georg blieb stehen und hörte, wie der Klotzige sagte: »Nimm die Hände vom Gesicht, du! Los, nimm die Hände vom Gesicht!« Und der Kleinere mit der schiefen Schulter, der ließ die Hände fallen, und da sah der Heilige Georg sein blutverschmiertes Gesicht und sah, wie der andere ausholte und noch einmal in dieses Gesicht schlug und noch einmal, mit der bloßen Faust.

Der Heilige Georg hat kleine Hände, sicherlich bloß halb so groß wie die des Schlägers. Aber seine Hände sind kräftig wie Hände von Bildhauern sind, die Meißel und Hammer führen und das Bild aus dem spröden Stein lösen.

Der Heilige Georg durchbrach die Kette und stürzte sich auf den Klotzigen – »er war wie von Sinnen, ich dachte, er schlägt den Kerl tot«, schreibt der Brave Anton.

Vielleicht hätte er ihn wirklich totgeschlagen – der Heilige Georg muß furchtbar sein, wenn er einmal in Wut gerät –, aber da sprang dem anderen ein Kumpan bei und hieb dem Heiligen Georg eine Bierflasche über den Kopf. Wie der Brave Anton auf die Straße stürzte, fand er nur noch den Heiligen Georg, der lag verkrümmt unter der Laterne, und bei ihm war nur der kleine Bucklige, der wie ein Kind weinte und nicht wußte, was tun.

Die Kopfverletzung wäre nicht so schlimm, der Heilige Georg hat einen harten Schädel, der wäre bald wieder verheilt. Aber als die Flasche zersplitterte, haben die Scherben seine Augen verletzt, und der Arzt, der ihn untersuchte, meinte, vielleicht könnte man ein Auge retten, das andere bliebe sicherlich blind.

»Er wollte ja nicht, daß ich dir schreibe, Kind. Du sollst dir keine Sorgen machen. Ich dachte bloß, es wäre besser, wenn du mal nach ihm siehst. Er liegt im Krankenhaus.

Er mag Dich, Maria, das weißt Du doch.

Addio.

Anton«

Das ist der längste Brief, den der Brave Anton sein Lebtag geschrieben hat, und es muß schlimm stehen um den Heiligen Georg.

»Nicht weinen, Maria, nicht weinen«, sagt Joe.

»Er hatte so schöne Augen, Joe, die schönsten Augen, die du dir vorstellen kannst ... Wunderbare schwarze Augen, Joe, schwarz wie Kohle – und so groß und strahlend ...«

»Ja, Maria«, sagt Joe geduldig, »ich weiß, Maria. Ich kenne ihn doch, damals im September habe ich ihn kennen gelernt, du erinnerst dich –«

Sicher, ich erinnere mich; ein übles Spiel hab ich damals mit dem Heiligen Georg getrieben, um Joes willen, und um Joes willen hab ich mich wochenlang nicht um den Jungen gekümmert, und nun liegt er im Krankenhaus, und eigentlich müßte ich zu ihm fahren, ihn sehen, ihn trösten ... Wie kann ich denn den Heiligen Georg trösten? Paar gute Worte – was ist das schon! Damit kann ich ihm seine Augen auch nicht wiedergeben, das bißchen Trost macht ihn auch nicht wieder sehend ...

»Was willst du tun, Maria?«

»Was soll ich tun, Joe?«

»Vielleicht solltest du ihn besuchen, wenigstens für einen Tag solltest du ihn besuchen.«

»Glaubst du, es bleibt bei dem einen Tag, Joe?«

»Ich weiß nicht, Maria. Wenn es ihm sehr schlecht geht, wenn er dich braucht – Nein, vielleicht würde es nicht bei dem einen Tag bleiben, vielleicht müßtest du dort bleiben, bis er gesund ist.«

»Wenn er nicht wieder gesund wird, Joe, wenn er blind bleibt, sein Leben lang blind bleibt – oh Gott, das übersteht er nicht, er nicht, Joe ...«

»Andere haben's auch überstehen müssen, und haben Schlimmeres überstehen müssen, Maria. All die Kriegsblinden und die Krüppel, die Männer ohne Arme oder ohne Beine, die Männer mit zerfressenen Lungen oder mit Krankheiten, die sie nie wieder loswerden – alle haben sie es überstehen müssen und haben sich nicht aus dem Leben davonmachen dürfen, Maria.«

»Aber der Heilige Georg ist Künstler, Joe, der Heilige Georg ist Bildhauer, er braucht doch seine Augen, er hat eine Zukunft – Herrgott, was für eine Zukunft hat der Heilige Georg, so klug, so begabt … Wie soll er denn arbeiten ohne seine Augen, Joe?«

»Er hat noch seine Hände, Maria, und ich kenne einen blinden Bildhauer, von dem sehende Künstler das Sehen lernen können.«

Wenn ich denke: der Heilige Georg mit der schwarzen, gelbgepunkteten Binde der Blinden um den Ärmel; der Heilige Georg, geführt von einem Schäferhund, sich an einem Stock über den Damm tastend, Brennpunkt des Mitleids, Zielscheibe scheuer, bedauernder Blicke; jemand hilft ihm eine Treppe hinab …

»Ich würde ihm ein Auge von mir geben, Joe, wirklich, das würde ich tun: wenn ich könnte, würde ich mir ein Auge herausreißen und es ihm geben.«

Wer bin ich denn? Was kann ich denn? Kein Vergleich mit dem Heiligen Georg! Ich bin ja nur ein kleines Talent, guter Durchschnitt, nehme ich an, eine Statue vom Heiligen Georg ist mehr wert als ein Dutzend Bilder von mir, und nun werden all die Kunstwerke vom Heiligen Georg ungeschaffen bleiben – weil er einem kleinen Buckligen hat beispringen müssen, einem Bürschchen, Lehrling vielleicht oder Schüler, dem von einem Rohling das Gesicht zerschlagen wurde …

Trotzdem – der Heilige Georg hätte nicht vorübergehen dürfen, gewiß, das hätte er nicht tun dürfen; wenn ich wüßte, er wäre vorübergegangen, ganz unbewegt, als ein Rohling einem kleinen Buckligen die Faust ins Gesicht stieß – »Nimm die Hände vom Gesicht, du!« – ich hätte es dem Heiligen Georg nicht verzeihen können.

Es ist nicht jedermanns Sache, in ein Rudel Halbstarker einzubrechen und sich auf einen Faustkampf einzulassen

mit einem Kerl, der groß und breitschultrig ist, mit Blumenkohlohren und Boxernase und mit Fäusten, doppelt so groß
wie die Hände des Heiligen Georg. Nein, das ist nicht jedermanns Sache, aber es ist Sache des Heiligen Georg, und
wenn ich nun um ihn weine, dann empfinde ich neben dem
Schmerz des Mitleidens auch Stolz auf meinen Freund, der
sonst durch die Straßen läuft wie in einer Wolke, dem sonst
nichts widerwärtiger ist als Lärm und Rauferei und die bru-
tale Kraft der geistig Armen.

Immer bin ich stolz gewesen auf den Heiligen Georg,
meinen klugen, begabten, sanften Freund, der jetzt noch in
einer kleinen Stadt wohnt und unbekannt ist und erst auf
einer Ausstellung vertreten war – aber eines Tages, wußte
ich, wird man seine Werke kennen und seinen Namen nennen und ihn rühmen als einen, der den Menschen Großes
und Gültiges geschenkt hat ...

»Wirst du abreisen, Maria?«

Wir sehen uns an, Joe und ich. Er hat sich über mich gebeugt, ich sitze zusammengekauert im Sessel, und wir sehen
uns an. Wirklich, Joe hat Eulenaugen, rund und gefleckt mit
rostbraunen Pünktchen. Ich weiß: wenn ich heute abreise,
werde ich nicht wiederkommen, und alles ist zuende, mit
einem Schlag ist der Abschied da, den wir um Tage und Wochen hinausgeschoben hatten.

Ich muß Joes Augen ausweichen, als ich sage: »Er will ja
gar keinen Trost, ich würde ihn bloß kränken mit Gejammer
und Mitleid, glaubst du nicht?«

Joe geht auf und ab im Zimmer, er bleibt am Fenster stehen, den Rücken mir zugekehrt, er murmelt: »Ich glaube, du
solltest ihm Ruhe lassen, wenigstens ein paar Tage, daß er
erst einmal mit sich selbst fertig wird. Ich glaube, du kannst
jetzt nicht viel für ihn tun ...«

Ich wollte, Joe redete mir zu abzureisen; ich wollte, Joe
überredete mich zu bleiben.

Er sagt, nun sehr hastig: »Du kannst ja im Krankenhaus
anrufen. Er darf bestimmt noch keinen Besuch haben, Maria,

er wird doch erst einmal operiert, da lassen sie dich sowieso nicht zu ihm. Vielleicht wird sein Auge gerettet, aber dazu kannst du ja nichts tun, Maria, das mußt du schon den Ärzten überlassen; im Krankenhaus wird es einen tüchtigen Augenarzt geben, nehme ich an –«

Wirklich, ich kann jetzt sowieso nichts tun, das ist Sache der Ärzte, der Heilige Georg wird erstmal operiert, da lassen sie mich doch nicht zu ihm. Wirklich, ein paar Tage muß ich warten mit dem Besuch bei ihm, ein paar Tage noch, die Joe gehören werden, Joe und mir …

Ich wische mir mit dem Handrücken die Tränen vom Gesicht, ganz ruhig sage ich: »Ja, Joe, ich werde dann also noch hierbleiben.«

Joe zuckt zusammen, kaum merklich, aber ich hab's doch gesehen, wie er die Schultern hob, als fröstele ihn. Ich stehe auf und verlasse das Zimmer, ohne mich noch einmal nach Joe umzublicken, der aus dem Fenster starrt. Ich glaube, wir sind beide enttäuscht voneinander …

Mein Zimmer ist noch nicht aufgeräumt worden, das Fenster steht offen, es ist kalt, die Sonne ist schon ein Stückchen um das Haus herumgewandert. Die Parkbäume stehen in jämmerlicher Nacktheit, klagend strecken sie ihre Äste, dürr und trocken sind die Äste, sie schlagen klappernd zusammen, wenn der Wind durch die Kronen streicht.

Auf dem Nachttisch liegt aufgeschlagen die Bibel, sie gehört Joe, zuweilen liest er mir aus der Bibel vor. Gestern hat er mit aus dem ›Buch Ruth‹ vorgelesen. Joe gehört nicht der Kirche an, schon seit seinem 18. Jahr nicht mehr, Religion bezeichnet er als einen der vielen Irrwege, die die Menschen gegangen sind auf der Suche nach Wahrheit und Erkenntnis. Aber die Bibel schleppt er immer mit sich herum, als ein vollendetes literarisches Meisterwerk, sagt er; ich verstehe nicht viel von Literatur, ich bin ein naiver Leser und kann nur sagen: das gefällt mir, oder: das finde ich miserabel – aber wenn Joe mir aus der Bibel vorliest, glaube ich, daß niemals schönere, klingendere, weisere Sätze geschrieben worden sind als in der Heiligen Schrift.

Wenn ich Schriftsteller wäre wie Joe – ich würde jeden Abend eine halbe Stunde in der Bibel lesen. Joe hält nicht viel von Luther, er verurteilt dessen Haltung im Bauernkrieg, aber er sagt, allein für die Übersetzung der Bibel sollte man Luther in jeder deutschen Stadt ein Denkmal errichten.

Mein Zimmer ist nur eine Mansarde, mit schräger Decke und weiß getüncht, an der Wand hängt die Fotografie irgendeiner mittelalterlichen Burg. Kahl und sauber ist das Zimmer, von einer Kahlheit und Sauberkeit, die mich krank machen würde, wenn ich den ganzen Tag hier verbringen müßte. Ich brauche Unordnung um mich, viele Bilder an den Wänden, irgendwelchen farbenfrohen Unsinn, und Blumen und ein Radio, das immerzu vor sich hin lärmt, heiße Musik, man braucht gar nicht zuzuhören, ein angenehmes Nebengeräusch.

Ich setze mich auf das zerwühlte Bett, das Kopfkissen liegt verknüllt am Fußende. Ein Metallbett; die Federn ächzen, als ich mich setze; im Zimmer unter mir klappert die Kritikerin auf ihrer Schreibmaschine.

Mir ist hundselend zumute, ich möchte den Kopf ins Kissen drücken und mich ausheulen. Alle zerren an mir herum, Joe zerrt und der Heilige Georg, ich will abreisen und will hierbleiben …

Im ›Buch Ruth‹ hat Joe eine Stelle rot unterstrichen:

»Ruth antwortete: Rede mir nicht ein, daß ich dich verlassen sollte und von dir umkehren. Wo du hingehst, da will ich auch hingehen; wo du bleibst, da bleibe ich auch. Dein Volk ist mein Volk, und dein Gott ist mein Gott. Wo du stirbst, da sterbe ich auch, da will ich auch begraben werden. Der Herr tue mir dies und das, der Tod muß dich und mich scheiden.«

Wenn ich orakelte und diese Stelle zufällig aufgeschlagen hätte, ich wär so schlau wie zuvor: zu wem, mit wem soll ich gehen? Zu wem gehöre ich? Übrigens ist es müßig, darüber zu grübeln, ich mache mir etwas vor, das ist mal sicher, im Innersten weiß ich sehr wohl, was ich tun müßte – und ich hab den Heiligen Georg verraten, für ein paar Tage und Nächte mit Joe hab ich meinen besten Freund verraten und verkauft.

Und dort steht Aristide und grinst – Aristide, den der Heilige Georg mir am letzten Abend geschenkt hat, bevor ich hierher gefahren bin.

Ich erinnere mich sehr gut an diesen letzten Abend:

Wir saßen in meinem Atelier – meine drei Freunde und ich, und tranken Gin aus Wassergläsern. Nicht, daß wir Wassergläser besonders romantisch fänden: Paris, Quartier Latin, rote Samtjacken, Lichter am Montmatre ... Mein Atelier ist eine scheußliche Bude und keine Spur romantisch.

Die letzten Tage waren prallheiß gewesen, Treibhaus-Schwüle hatte sich unterm Dach geballt, und vielleicht hatte sich deshalb Falstaff mit seinen zwei Zentnern Lebendgewicht auf meine fingerhutgroßen Kognacgläser gesetzt; er hat so eine taktvolle Art, auf Mängel – beispielsweise im Fassungsvermögen von Gläsern – aufmerksam zu machen.

Ich hatte den ganzen Abend Streit mit den anderen gesucht, dann war mir auch das zu langweilig geworden; nun hockte ich mit gekreuzten Beinen auf der Couch und spintisierte – mir war so lala, weiß der Teufel, was mir fehlte: nichts wollte mir mehr glücken, zwar hatte ich ein Bild verkauft und ein nettes Sümmchen verdient, aber hinterher hatte ich gemerkt: das Bild gefiel mir gar nicht recht, ich hätte es nicht verkaufen sollen – das war einfach unmoralisch ...

Der Heilige Georg lag bäuchlings auf den Dielen und las in einer Kunstgeschichte, sein Glas war noch randvoll, und nicht ein einziges Mal schielte er nach meinen Beinen – nein, er las wirklich, den schwarzen Krauskopf auf die Hände gestemmt, den Mund verpreßt in der Anstrengung des Mitdenkens. So ist der Heilige Georg nun einmal ...

Falstaff und der Brave Anton stritten über Formalismus und Realismus und schimpften sich gegenseitig unbedarfte Esel, sie klatschten über Kollegen, der Brave Anton kann von liebenswürdigem Sarkasmus sein. Falstaff erzählte einen obszönen Witz, sie lachten, sie waren betrunken, eine Ginflasche kollerte vom Tisch und zerklirrte am Boden; zum Glück war sie leer – der Brave Anton ist ein Faß ohne Boden.

Herrgott, es war die alte Platte – sie reden und reden und schaffen nichts … Ich dachte: ich ertrage das nicht. Ich werde sie 'rausschmeißen, alle hab ich satt: Falstaff und den Braven Anton und den Heiligen Georg … Nein, den Heiligen Georg werde ich nicht 'rausschmeißen – der einzige Mensch, mit dem man ein vernünftiges Wort reden kann, wenn er mal den Mund auftut …

Seufzend wälzte ich mich von der Couch. Die ist auch so ein Prunkstück: eine Matratze, flach auf die Dielen gelegt, ein praktisches Möbel, ich brauche darunter nicht zu fegen, und wenn ich aus dem Bett falle, wache ich nicht einmal auf und finde mich erst am nächsten Morgen, in meine Bettdecke verwickelt wie eine Fliege ins Spinnennetz, neben der Matratze wieder.

Vor einigen Monaten hatte ich einem alten Kapitän einen Tiger abgeschwatzt, einen guterhaltenen, prachtvoll schwarz und gelb gestreiften Tiger; das Mottenloch zwischen den Schultern hab ich an den Rändern geschwärzt – »Hier traf ihn die tödliche Kugel. Blattschuß.«

Tagsüber liegt der Tiger auf der Couch, sein dicker Schädel dient als Kopfkissen; ich habe ihm ein Stöckchen in den Rachen geklemmt, damit er übergruselten Besuchern die Zähne zeigt – »Offen gestanden, ich war einen Moment starr vor Schreck, als die Bestie plötzlich mit gefletschten Zähnen aus dem Busch …«

Nach einem lieben Freunde, einem in Künstlerkreisen überaus geschätzten Kulturfunktionär, habe ich meinen Tiger ›Alfred‹ getauft – Alfred: großes Maul und im Kopf Hobelspäne. Leider habe ich den Tiger Alfred noch nicht darauf dressieren können, mahnend die Pfote zu heben und ein tiefschürfendes Referat zu halten. Vielleicht hätte ich doch besser einen Papagei –

Manchmal, wenn Fremde kommen und Alfred bestaunen, weise ich mit nonchalanter Geste auf das Mottenloch und sage: »Voriges Jahr, als ich zur Großwildjagd am Sambesi war –« Keine Ahnung, ob es am Sambesi Tiger gibt, aber es klingt so hübsch: Sambesi …

Wenn ich gemischten Besuch habe, findet sich immer eine junge Dame, die sich malerisch auf Alfred bettet, das macht sich vorzüglich und hebt die Reize der also exotisch umschmeichelten Dame: ›Fatme, die Wüstenrose‹. Alfred ist so anhänglich. Wenn Fatme sich von ihrem orientalischen Lustbette erhebt, zieren gelbe und schwarze Haarbüschel ihren – hm, Rücken.

Ich legte eine Schallplatte auf, ein Saxophon quäkte.

Der Heilige Georg hob den Kopf, er sagte sanft: »Wenn du das Radio vielleicht ein bißchen leiser stellen könntest, Maria –«

Ich drehte das Radio auf höchste Lautstärke.

»Na, na …«, machte der Brave Anton.

Eine kehlige Stimme röhrte die Ballade von ›Mac the Knife‹.

Der Heilige Georg drückte die Hände auf die Ohren.

Ich starrte die beiden anderen an, so intensiv gelangweilt wie man eben Leute anstarrt, die man hinausekeln will.

Falstaff gähnte, er ist sogar zu faul, sich für Louis Armstrong zu begeistern.

Die Platte lief ab, mißtönig kratzte die Nadel, ich sagte: »Euer Geschwätz kotzt mich an. Seit Jahren schwatzt ihr – und was kommt am Ende dabei heraus? Der Brave Anton malt miserable Plakate, und Falstaff kleckst seine langweiligen Landschaften, und nicht eine Spur von etwas Eigenem ist in all den Pinseleien –«

»Kind, du bist besoffen«, sagte der Brave Anton gelassen.

»Nüchterner als du, Braver Anton.«

»Du sollst mich nicht immer ›Braver Anton‹ nennen«, sagte er erbittert.

Er nahm die Zigarette beim Sprechen nicht aus dem Mund, sie klebte an der Unterlippe und fiel nicht einmal herab, als er sein frechstes Luden-Grinsen, mühsam genug einstudiert, aufsetzte, um mir sein Talent zur Verworfenheit zu beweisen.

Er trägt sich am auffälligsten von uns allen: ausgebeutelte Manchesterhosen und wehende Krawatten und bis auf den Rockkragen fallende Haare, aber nicht einmal die bemalten Hemden, die er neuerdings bevorzugt, können die penetrante Bravheit seiner Bürovorsteher-Seele verdecken. Im Sommer hat er sich einen Kinnbart zugelegt, kraus und drahtig wie Matratzenfüllung, der soll ihm wahrscheinlich ein mephistophelisches Air verleihen …

Ich kenne die schwachen Seiten vom Braven Anton. »Geh heim an des Hauses Herd«, sagte ich, »geh heim zu Weib und Kind und misch dich nicht in die Gespräche Erwachsener.«

Der Brave Anton ist der Älteste von uns, fast dreißig, und er duldet in seiner Junggesellenwohnung kein lebendes Wesen außer seinem Kater, der so schwarz ist wie die Sünde und ›Nana‹ heißt. Vielleicht hat Zola Pate gestanden, vielleicht eine Jugendliebe des Braven Anton.

»Ich höre immer ›Erwachsene‹«, sagte er und musterte mich verächtlich. »Du mit deinen lächerlichen 22 Jahren … du bist ja noch nicht mal aus der Pubertät 'raus.«

Nun fiel mir auch Falstaff noch in den Rücken. »Kunstbeflissene Weiber sind mir ein Greuel«, sagte er behaglich. »Solltest dir lieber einen Mann suchen, Fratz!«

Der Heilige Georg hatte sich auf den Rücken gewälzt und zugehört, als ginge ihn dies alles nichts an, bei Falstaffs letzten Worten aber warf er dem einen Blick zu, einen Blick, na …

Falstaff blinzelte unsicher aus verschwimmenden Augen, er sagte einlenkend: »Was tust du denn, Maria? Gar nichts tust du … Du wartest –«

»Ja, ich warte«, sagte ich und war auf einmal schrecklich müde, und mein Kopf war ganz leer, als hätte Falstaff mit seinem Vorwurf mir das Hirn ausgehöhlt.

Worauf warte ich? Ich weiß selbst nicht. Ich bin in einer Krise, damals jedenfalls war ich in einer Krise, glaube ich. Wenn einer nichts mehr zu sagen hat, weil seine Muse steril geworden ist, dann kokettiert er mit seiner ›Krise‹. Krise macht interessant und gehört jetzt, scheint's, zum guten Ton ...

Aber das geht doch nicht auf mich, das ist ja glatter Unsinn! Ich male, weil es mir Freude macht, und am liebsten male ich Menschen.

Oft sitze ich stundenlang in der Kneipe unten im Haus, und ich schaue mir Gesichter an, und manchmal schließt sich solch ein Menschengesicht auf – für eine Minute oder nur für eine Sekunde – und ich erschaudere vor den Geschichten, die mir ein Lächeln, ein Augenwink oder eine Träne erzählt.

Schreib sie auf, Maria! schreib sie mit einem Dutzend Linien in dein Bild!

»Nein, ich suche, Falstaff«, sagte ich.

Ich lief zur Staffelei und riß das Tuch herunter: Vor flammendrotem Hintergrund hockt auf den Fersen ein Mädchen, ein nacktes, gelbhäutiges Mädchen, naiv und lockend ...

»Ein schlechter Gauguin«, sagte Falstaff.

Der Brave Anton tätschelte meine Schultern. »Das ist, bei Gott! nicht neu, Kind ...«

Ich hatte ja gar nicht erwartet, daß sie in Begeisterungsschreie ausbrechen würden. Nein, für die Kunstgeschichte ist das nicht neu, und ich hab bei Gauguin geborgt, zugegeben.

In Biologie hab ich gelernt, daß das Kind im Mutterleib alle Stadien der menschlichen Entwicklung durchläuft – vielleicht muß ich in meiner künstlerischen Entwicklung über all die Stufen steigen, die da Impressionismus heißen und Expressionismus und Naturalismus ...

»Nein, Anton, das ist nicht neu«, sagte ich. »Aber ich muß doch erstmal das nachzuschaffen versuchen, was andere vor uns geschaffen haben – damit ich am Ende das Neue entdecke, das Wahre, Einzige, das mir und der Zeit gerecht wird.«

»Viel Spaß, Kind!« sagte der Brave Anton ungerührt. »Bis du soweit bist, haben dich irgendwelche Kunst-Kommissionen zu Tode geärgert.«

»Man muß sich anpassen«, sagte Falstaff. »Bloß keine Experimente machen, Maria! Wir möchten die Probleme der jungen Künstler vor und nach dem ersten Weltkrieg heute nicht noch einmal als neue Sensationen und besondere Kühnheit serviert bekommen. Nein, leider nicht auf meinem Mist gewachsen, leider bloß zitiert, Maria.«

Der Heilige Georg schlenkerte unwillig mit dem rechten Fuß.

Falstaff übersah den stummen Protest, er sagte: »Du kannst dich eben nicht anpassen, Maria. Wenn morgen die MTS in Kyritz an der Knatter ein Traktoristenbild von mir haben will, dann kriegt sie das Bild. Klarer Fall. Die Kunst geht nach Brot –«

Kennen wir. Lessing. ›Emilia Galotti‹, wenn ich nicht irre. Wenn Falstaff nun recht hätte, wenn all die Leute nun recht hätten, die uns ästhetische Rezepte geben? Ich hab ja gar keine Ahnung von Theorie, ich muß das schlucken, was man mir in Zeitungen oder Büchern serviert, ich hab keine Argumente dagegen, wenn mir was nicht paßt, und ich suche und suche … Da sitzt man mit all seinem Künstlerstolz und will nur dem inneren Auftrag gehorchen und will partout das Neue, Niedagewesene finden, und dabei kann man sich kaum über Wasser halten … Und dieses Schwein, der Falstaff, hat ein dickes Konto und fährt seinen eigenen Wagen …

In mir ist heilloses Durcheinander: Vielleicht bin ich gar kein Talent, werde niemals das ganz Große erreichen, sollte mich bescheiden, in jeder Hinsicht …

Ich mag Falstaff ganz gut leiden, er nimmt mich ernst –

mit den ›kunstbeflissenen Weibern‹ hat er mich bloß provozieren wollen.

Ich sagte: »Du widerst mich an, Falstaff, wirklich!«

Eigentlich hatte ich das viel dezenter sagen wollen, zwischen den Zeilen gewissermaßen – nun war der Dicke beleidigt.

Der Abend mündete in Gezänk, wild und ziellos.

Der Heilige Georg kauerte auf dem Boden und knetete an einem Tonfigürchen, unter seinen zärtlichen Händen rundete sich ein Fabeltier, bocksbeinig und bizarr gehörnt.

Der Heilige Georg beteiligt sich niemals an Diskussionen, er arbeitet, und niemand weiß woran.

Mitternacht war vorüber, als ich die beiden anderen zur Tür begleitete, ich sagte: »Ihr braucht nicht wiederzukommen, ab morgen bin ich nicht mehr da.«

»Was willst du tun, Wahnsinnige?«

»Keine Bange, Anton! Soweit bin ich denn doch noch nicht ...«

»Niemals«, beschwor mich der Brave Anton, »niemals darfst du uns und der Kunst jenes antun, Mariechen. Das größte Kapitel der Kunstgeschichte bliebe ungeschrieben. Heiliger Cézanne, was verlöre –«

»Raus!« sagte ich und warf dem Braven Anton ein Päckchen mit Wurstpellen nach – für Nana, den Kater mit den lasziven Augen, der in diesen letzten warmen Mondscheinnächten sein Liebeslied auf dem Dachfirst sang.

»Ach, Nana ...«, seufzte der Lange und stolperte die Stiegen hinab, »die ganze Nachbarschaft wimmelt von seinen Bastarden.« Noch auf dem nächsten Treppenabsatz hörte ich ihn jammern: »Die Alimente wann ich zahlen müßt' ...«

»Laß ihn halt kastrieren!« schrie ich ihm hinterher.

Vom zweiten Stock brüllte Falstaff herauf: »Wenn du dich aber nicht aufhängen willst – was willst du denn sonst tun?«

»Fliehen werde ich, irgendwohin, wo die reine Luft der Einsamkeit ist und Gottes stiller Odem weht –«

Wie ich ins Atelier zurückkam, stieg mir der Ekel hoch: der Raum blau von Rauch, am Boden Flaschenscherben und Zigarettenstummel, auf dem Tisch umgestürzte Gläser in einer stinkenden Alkohol-Lache. »Wildgewordene Spießer«, sagte ich.

»Laß sie!« sagte der Heilige Georg, »sie spielen so gern die Bohemiens.«

Gott ja, reizende Burschen, nehmt alles nur in allem. Falstaff wird nur dann unerträglich, wenn er in zartblauer Stimmung anfängt, Probleme zu wälzen, und der Brave Anton, wenn er von Nana schwärmt. Refrain: ›Seit ich die Menschen kenne, liebe ich die Tiere.‹

Aber die beiden haben eine unschätzbare Begabung: just dann aufzutauchen, wenn ich sie brauche, wenn ich elegisch auf meinem Tiger ruhe und meine Migräne pflege oder ein Kummerchen bebrüte, und dann verstehen sie so herrlich zu blödeln, daß die finsterste Melancholie weichen muß. Kann man seinen Freunden ein höheres Lob spenden –?

Ich kniete neben dem Heiligen Georg nieder, behutsam baute er sein Figürchen vor mir auf: einen komischen, traurigen kleinen Faun.

»Das ist Aristide«, sagte der Heilige Georg. Wir lachten.

Obwohl er schüchtern wie ein Sekundaner ist, gilt der Heilige Georg als mein intimer Freund, die anderen würden sich ausschütten vor Lachen, wenn sie wüßten, daß wir noch nach Mitternacht wie Geschwister beisammensitzen. Manchmal liest der Heilige Georg aus Andersens Märchen vor, während ich zeichne; manchmal hören wir stundenlang Musik – Bartók oder Debussy oder Gershwin – ohne ein einziges Wort zu wechseln.

Ich freue mich, wenn Falstaff und der Brave Anton kommen, aber ich sterbe nicht vor Schmerz, wenn sie wieder gehen – sie sind halt ein bißchen zu laut, ein bißchen zu überdreht.

Der Heilige Georg wird niemals laut, der hat die richtige Antenne dafür, ob ich sprechen oder ob ich schweigen will.

Wenn er geht, habe ich nicht ein Mal höflich auffällig zur Uhr geschaut, erst die jeweiligen Kältegrade im Gruß der Dame Zimmermann vom ersten Stock sagen mir am nächsten Morgen, wie spät der Herr wieder das Atelier ›dieser Malerin‹ verlassen hat. Ich möchte wissen, wann diese Person, die Zimmermann, eigentlich schläft – eine honette Frau luchst doch höchstens bis 22 Uhr durchs Schlüsselloch.

Wenn der Heilige Georg fort ist, fehlt mir einfach etwas – als sei die Luft dünner geworden ohne seinen Atem. Ich habe mich an ihn gewöhnt, er gehört in mein Atelier wie die Staffelei oder der Tiger Alfred.

Nicht, daß er ein bequemes Möbel wäre, das man mit einem Handgriff beiseiteräumen kann. Der Heilige Georg ist nie im Wege, und bequem ist er schon gar nicht – seit ich ihn kenne, wage ich nicht mehr zu schludern, sein Urteil ist streng und sicher.

Er ist Bildhauer und der weitaus Begabteste von uns allen. Er spricht nicht über Kunst, er ist ein Künstler.

»Woran arbeitest du jetzt?« fragte ich.

Der Heilige Georg machte eine unbestimmte Handbewegung. »Na, eben so eine Sache …«

Er stand auf und wanderte im Atelier umher.

Die Wände sind mit Kohlezeichnungen und Aquarellen bedeckt, verworrenen Stricheleien und heiter klaren Linien, ein wunderliches Nebeneinander von naiver Farbenpracht und wohldurchdachter Strenge in Schwarz und Weiß – all meine Unrast hängt an den Wänden, Blatt neben Blatt, ein bißchen Gauguin und van Gogh, ein bißchen Matisse und verdammt wenig Maria D.

Und immer wiederkehrend unter den mannigfaltigen Sujets ein weiblicher Akt: ein Mädchen, auf den Fersen hockend, scheu und erwartungsvoll.

Ich weiß nicht, was mich zwingt, immer wieder dieses Mädchen zu malen. Vielleicht bin ich es selbst.

Der Heilige Georg blieb vor der Staffelei stehen. »Nein, die Auffassung ist nicht gerade originell –«

»Was willst du? Gut geklaut ist halb gewonnen.«

Ich biß mich auf die Lippen. Der Heilige Georg hatte mich nur kurz angeschaut mit seinen riesigen schwarzen Vorwurf-Augen. Weiß der Teufel, warum wir alle solchen Respekt haben vor diesem Jungen, der knapp ein Jahr älter ist als ich; sogar der schnoddrige Falstaff wird ganz zahm in Gegenwart des Heiligen Georg …

Der sagte: »Aber der Akt an sich ist sehr reizvoll. Wer steht dir Modell?«

Ich sagte: »Ich stehe mir selbst Modell –«

»Oh!«

Der Junge wurde rot bis hinter die Ohren.

Phantastisch! Er schämte sich, er wagte das Bild nicht mehr anzusehen … Ich glaube, er hat bis zu diesem Abend nicht gemerkt, daß ich eine Frau bin. Ich glaube, er hatte noch nie ein Mädchen geküßt.

Ich dachte, es sei ihm vielleicht ganz gleichgültig, wenn ich nun wochenlang nicht mehr dabei sein würde.

Ich sagte schnell: »Ich fahre weg, Heiliger Georg.«

»Ach –«, machte er, ganz abwesend.

»Auf lange Zeit, hörst du?«

Er begriff noch immer nicht, er fragte freundlich: »Du kommst doch bald wieder, nicht wahr?«

»Nein«, sagte ich aufgebracht, »verstehst du: auf lange Zeit, vielleicht ein paar Monate, vielleicht für immer.«

Der ganze Heilige Georg war großäugiges Erstaunen.

»Aber warum, Maria, warum?« fragte er bestürzt.

»Weil mir hier alles auf die Nerven fällt: die laute Stadt, die geistige Selbstbefriedigung unserer Freunde, dieses ganze fruchtlose Suchen und Grübeln …« Ich klagte: »Immer bin ich allein, doppelt allein unter all den Schwätzern und Theoretikern und Kritikastern, sie reden mir den Kopf heiß, und keiner gibt sich Mühe, mich zu verstehen, mir zu helfen –«

Der Heilige Georg führte Aristide auf dem Tisch spazieren. Der kleine Faun grinste melancholisch, seine Bocksbeinchen stapften durch die Gin-Pfütze.

Endlich sagte der Heilige Georg: »Was erwartest du, Maria? Von wem verlangst du Verständnis? Du bist unzufrieden mit dir, du bist so wirr ... Wir sind doch alle allein, im Tiefsten sind wir alle allein. Du mußt dich schon selbst durchbeißen ... Jetzt willst du hinschmeißen und willst ausrücken. Das ist doch billig, Maria!«

Ich warf mich auf die Couch. »Setz dich zu mir, Heiliger Georg!«

»Rück ein Stückchen! Wie blaß du bist, Maria –«

»Gib deine Hand, Heiliger Georg!«

Meine Hand versteckte sich in seinen Fingern wie ein kleines, braunes, krankes Tier. Der Heilige saß ganz still und beschaute mich; ich spürte es, obgleich ich die Augen geschlossen hielt.

Er sagte: »Eigentlich bist du gar nicht schön, Maria, wenn man deine Augen nicht sieht.«

Nur der Heilige Georg ist imstande, um ein Uhr nachts einer Frau zu sagen, sie sei nicht schön.

Ich schlug die Augen auf – ich glaube, ich wollte, der Heilige Georg soll mich schön finden.

»Du hast verrückte Augen, Maria – wie altes Gold ...«

Sieh mal an, der Heilige Georg kann Komplimente machen! Wieso hab ich mich darüber gefreut? Ich war damals doch nicht etwa verliebt in den Jungen? Blödsinn! Ich hab ja nicht einmal Herzklopfen gehabt, obwohl er so dicht neben mir saß, und mein Puls ging ganz ruhig, ich weiß genau, daß mein Puls kein bißchen rascher als sonst ging, ich hab's extra geprüft.

Er sagte: »Wahrscheinlich hast du recht, wenn du Abgeschiedenheit suchst – für einige Zeit. Ein Kunstwerk erwächst aus Ruhe, Maria.« Er lächelte schüchtern. »Nur – vergiß das Wiederkommen nicht ...«

»Beim Pferdeschwanz der Muse: Bestimmt nicht, Heiliger Georg!«

Er flüchtete seinen Blick unter den Tisch.

Ich sagte böse: »Geh jetzt!«

Gehorsam erhob sich der Junge. »Alsdann – auf Wiedersehen, Maria!«

Er hatte schon die Hand auf der Klinke, er zögerte noch, plötzlich drehte er sich um und fragte atemlos: »Willst du mich nicht mitnehmen, Maria?«

»Ja. Nein. Du mußt hierbleiben, du darfst nicht deine Arbeit im Stich lassen. Und überhaupt –«

Er wartete; jetzt, heute, weiß ich mit Bestimmtheit, worauf er wartete. Aber damals sagte ich: »Schlag dir solche dummen Gedanken aus dem Kopf!«

Er gab sich nicht einmal Mühe, seine Enttäuschung zu verbergen. »Wirst du mir wenigstens schreiben?«

»Kann schon sein.« Ich drängte: »Geh jetzt endlich, ja?«

Er schob sich über die Schwelle, da sprang ich auf und lief ihm nach und warf ihm die Arme um den Hals. »Schenk mir Aristide, Heiliger Georg! Als Talisman, ja?«

»Aber – ja doch, sicher …« Heftig und ganz unheilig drückte er mich an sich, ich schrie wie eine Katze, der Heilige Georg erschrak und ließ mich los. Ich schlug dem Verdutzten die Tür vor der Nase zu.

Schade, daß ich sein Gesicht nicht gesehen hab, als er allein durch den finsteren Flur tappte …

Ich wohne im dritten Stock, man braucht [ein] paar Minuten, um die steile Treppe hinabzuklettern. Ich hatte Zeit, dem Heiligen Georg einen Abschiedsgruß zu schreiben, einen kleinen, frechen, zärtlichen Abschiedsgruß.

Ich hängte mich mit halbem Leib aus dem Atelierfenster.

Dort unten auf der Straße stand der Heilige Georg, unschlüssig, als wüßte er nicht wohin, wie ein Kind stand er da, das sich in einer fremden Stadt verlaufen hat …

Ich dachte, ich hätte vielleicht doch mit ihm zusammen fahren sollen. Eine Schnapsidee, so mutterseelenallein loszugondeln! Meist steige ich in den falschen Zug oder verliere meine Fahrkarte oder lasse meinen Koffer im Wartesaal stehen …

Ach was, der Heilige Georg ist ja noch faseliger als ich, der verliert gleich beide Fahrkarten oder vergißt seinen Koffer schon zuhause …

Schon recht, daß er hierbleibt.

Überhaupt sollte man mit seinem besten Freund nicht verreisen – das macht bloß böses Blut:

»Herrgott, nicht mal Fahrpläne kannst du lesen! Jetzt müssen wir zwei Stunden auf den nächsten Zug warten.«

»Oho! Wer hat behauptet, das hier wär' der richtige Bahnsteig?«

»Du!«

»Nein, du!«

Krach. Schlechte Laune.

»Du darfst ruhig mal meinen Koffer tragen. Feiner Kavalier!«

»Also, bitte, wenn du einen Packesel brauchst, dann heirate gefälligst!«

Das würde der Heilige Georg freilich nicht sagen, eher schon der Brave Anton, der Ehemänner für ausgemachte Trottel hält, bedauernswerte Ausbeutungsobjekte jener Damen, die nicht selbst ihre Taschen tragen und Mohrrüben putzen und die Lichtrechnungen bezahlen wollen. »Ach Nana …« Der muß nicht alle Naselang zum Friseur rennen oder einen neuen rosa Frühlingshut kaufen. Deshalb.

Man sitzt im Zug.

»Also entweder reist du mit mir oder mit dem Affen da im Nebenabteil.«

»Erlaube mal, man wird ja wohl noch einen Blick –«

»Schweig! Du hast schamlos kokettiert. Was sollen bloß die Leute –«

Streit über die Bedeutsamkeit der Meinungen anderer Leute.

Man kommt im Hotel an.

»Die Herrschaften sind verheiratet?«

»Gott sei Dank, nein!«

Trotzdem: mißtrauisches Blinzeln des Empfangschefs.

»Wünschen die Herrschaften Ihre Zimmer im selben Stock?« Das ist die Fangfrage Nr. 1.

»Zahlen die Herrschaften zusammen?« Das ist Fangfrage Nr. 2.

Zweifache verzweifelte Abwehr: »Aber nein! Aber nicht nötig!«

Trotzdem: dickes Mißtrauen.

Am nächsten Tag weiß jeder im Hotel, vom Chef bis zum Liftboy, daß die beiden im ersten Stock –

Gar nichts haben die beiden miteinander, aber es ist ja viel pikanter, sich auszumalen, wie er nachts zu ihr –

Und am Ende tut er's wirklich. ›Es ist soviel unverbrauchte Zärtlichkeit in Hotelzimmern …‹ Gelegenheit macht Liebe. Und auf einmal kommt man als verlobtes Paar zurück: Turteltauben-Blick, Händchen in Händchen, oh du …

Nein, bloß nicht mit dem besten Freund verreisen! Das hab ich gedacht, damals, in der späten Septembernacht, als ich am Fenster lehnte und unten auf der Straße stand der Heilige Georg wie ein verirrtes Kind …

Der Heilige Georg schaute zu meinem Fenster auf, da ließ ich die weiße Botschaft vom Himmel wehen, meinen kleinen, frechen, zärtlichen Abschiedsgruß.

Unter der Straßenlaterne entfaltete er den Zettel, las ihn und lachte und tippte sich an die Stirn und winkte mir zu.

»Addio, Maria!«

»Bye, bye, Darling!« (Du hättest besser nochmal umkehren sollen, du Erzengel!)

Ganz beschwingt zog er von dannen.

Dieser Mensch ist von überirdischer Dummheit!


Was sollte ich nun mit mir anfangen? Zum Arbeiten war ich zu müd, zum Schlafengehen zu wach.

Diese angebrochenen Nächte … Drei Gläser Gin kreiseln dir im Hirn, du bist nicht mehr nüchtern und noch nicht betrunken, du schwebst in einem unsoliden Zustand kratziger Mißlaune …

»Jetzt wann ich in einem stinkfeinen Lokal säß' – ich würd' in den Kronleuchter schießen«, pflegt der Brave Anton in solch desparater Stimmung zu sagen.

Da kann ich bloß fragen: »Na, und –?«

Und just hier sitzt der Haken: Gut, ich kann eine Vase an die Wand schmeißen oder ein paar Bilder zerfetzen – hernach steh ich da und beseh mir die Scherben und die Papierschnipsel und frag mich: »Na, und –?«

Ich kann traurig oder wütend sein oder verzweifelt, daß ich fürchte, ich müßte den Verstand verlieren, und ich kann mit Armen und Beinen um mich schlagen und weinen und verrückt spielen – am Ende ändert doch alles Geschrei nichts, kein Gott hat sich erweichen lassen, ich bin mit dem Kopf gegen eine Wand gerannt, gegen die kalkige, kühle Wand der Unabänderlichkeit, sinnlos hab ich mich abgezappelt – »Na, und –?«

Da bleibt dir halt nichts anderes, als dich selbst zu belächeln und ganz freundschaftlich zu dir zu sagen: »Na, Kind, komm wieder auf den Teppich 'runter!«

Ich schob das Fenster hoch, damit der Zigarettenrauch abziehen konnte; ich wollte noch ein halbes Stündchen durch die Straßen gehen.

Oft trotte ich allein durch die Straßen, nachts, wenn die Lichter in den Häusern erloschen sind und die Stadt schläft; über manchen Läden flammen violette und gelbe Neonröhren, bunte, zuckende Stäbchen auf dem Grau der Mauern; die Straßenlampen schaukeln im Wind, auf dem Pflaster gleitet mein Schatten vor mir her, ein langer, schwarzer Schatten – erst unter der Laterne ist der Schatten ganz kurz geworden, so zusammengeschrumpft, daß es aussieht, als trete ich mir selbst auf den Kopf.

So still strecken sich die Straßen, niemals scheint es hier Menschen gegeben zu haben, meine Schritte hallen wider an den Häuserwänden, ich gehe und gehe, die Nacht ist meine Wohnung, und ich bin sehr allein.

Ich warte auf ein Wunder. Wenn ich um eine Straßenecke

biege, stürzt ein roter Schauder über mich, weil das Wunder nun gleich vor mir stehen wird.

Jeden Morgen laufe ich dem Postboten entgegen. Ich warte auf den Brief, der mich nicht erreicht.

Ich weiß nicht, wer den Brief geschrieben hat, der mich einmal erreichen wird. Ich weiß nicht, wie das Wunder hinter der Straßenecke aussieht. Ich weiß nur, daß dann alles ganz anders sein wird …

Die Nacht war lau, die engbrüstigen Häuser hatten sich vollgesogen mit Hitze.

Die Kneipe war schon geschlossen, der Rolladen vor der Tür heruntergelassen, im Volksmund heißt meine Kneipe ›Zum toten Mann‹, manche nennen sie auch ›Zigeunerwagen‹. Sie muß diese Namen schon seit Jahrzehnten tragen, niemand kann mir erklären, warum, nicht einmal der Wirt und die Wirtin. Die haben erst vor zwei Jahren das Lokal gepachtet.

Er ist ein mageres Wiesel mit Schwindsucht-Augen, er hat zwei Schäferhunde mit Stammbaum und adligen Namen, um die sorgt er sich mehr als um sein Lokal, und wer einen streunenden Hund aufgreift, bringt ihn zum Wirt vom ›Toten Mann‹; ein richtiger Hundenarr: jeden Morgen rennt er zum Schlachthof und schleppt Freibank-Fleisch ’ran für seine adligen Schäferhunde und ein halbes Dutzend herrenloser Pensionäre, Pudel und Spitze und undefinierbare Promenadenmischungen.

Die Wirtin schmeißt den ganzen Laden, sie ist eine ungeheuer fette Person und säuft alle Männer unter den Tisch; man munkelt, sie sei früher in Hamburg auf den Strich gegangen, aber jetzt ist sie eine ganz ehrbare Frau, Flüche und schmutzige Witze sind ihr ein Greuel; nur ihre heisere, mannstiefe Stimme und ihr schlaffes, gedunsenes Gesicht deuten auf ihr ehemaliges Gewerbe.

Meine kleine Stadt steckt voller Geschichten, in jedem Winkel halten sie sich versteckt, komische und grausige und tieftraurige Geschichten; man muß sie nur herauszulocken verstehen.

Wenn ich Schriftsteller wär wie Joe und Hendrik, mir wär nicht bange um Stoff für Bücher. Ich denke, viele Schriftsteller können nicht gut mit Menschen umgehen – mit Schulterklopfen und ›Kumpel‹-sagen ist da gar nichts getan –, darum riegeln die Menschen sich ab, und dann werden viele Geschichten so saft- und kraftlos – wie Milchsuppe mit Klunkern, die ich mein Lebtag nicht hab essen mögen.

An diesem Abend also war die Kneipe schon geschlossen, und zwei Betrunkene torkelten in der Nähe herum, eng umschlungen wie ein Liebespaar, und sie gröhlten:

»Oh, Susanna, wie ist das Leben doch so schö-ö-ön ...«

An der Ecke stolperte einer und fiel hin und riß den anderen mit sich, sie wälzten sich auf dem Pflaster wie Schulbuben und lachten und quiekten, sie waren herrlich besoffen und fidel; ich mußte mitlachen.

Einmal begegnete ich einem Polizisten, er patrouillierte durch die Hauptstraße, ich konnte sein Gesicht unter dem Tschako nicht recht erkennen; er musterte mich kurz und mißtrauisch. Das Mißtrauen hab ich mir wohl bloß eingebildet – wie jeder ehrliche Staatsbürger hab ich tiefen Respekt vor Polizisten; treffe ich einen, gleich fallen mir eine Menge Sünden ein, und ich schleiche mit Herzklopfen vorüber und hoffe, er liest mir mein Sündenregister nicht von der Stirn ab: daß ich gestern mit dem Fahrrad durch die Einbahnstraße gefahren bin, natürlich auf der falschen Seite; daß ich Farben und einen Pinsel in Westberlin gekauft und daß ich gerade jetzt meinen Personalausweis nicht bei mir hab ...

Der Polizist sagte: »Guten Abend, Fräulein D.«, und lachte, weil ich so erschrocken war. Später fiel mir ein, wieso er mich kennt: er muß wohl einer von denen sein, die uns damals bewacht haben, Falstaff und mich, als wir eine Nacht auf der Wache saßen.

46

Wir hatten – im Mai, wenn ich mich recht erinnere – dem Dr. G. sein Auto geklaut und waren in der Stadt herumgerast, nur so zum Spaß, und hernach hatten wir ein Verkehrsschild aus dem Rasen gerissen und hatten es im Triumphmarsch durch das feinste Lokal der Stadt getragen.

Zufällig gab es gleichzeitig in der Bar eine lebhafte Meinungsverschiedenheit zwischen drei Herren, und die Polizei wurde gerufen. Dem Auto ist ja gar nichts passiert – Falstaff ist ein sicherer Fahrer –, und das Verkehrsschild hätten wir auch wieder eingepflanzt, aber das Überfallkommando war viel zu schnell da, und wir wanderten mit den drei ramponierten Herren in den Karzer.

Alles in allem war es ganz spaßig, und ich hatte nur zuerst Angst, als draußen das Martinshorn gellte und ein halbes Dutzend bewaffneter Polizisten in die Bar stürmten – und jetzt sind wir also Vorbestrafte, und unser guter Ruf hat einen Knacks.

Die Uhr der Nikolai-Kirche schlug zweimal.

Durch ein Fenster fiel Licht, die Jalousie war nicht herabgelassen, hinter der Gardine bewegte sich ein Schatten. Ich konnte nicht erkennen, ob es der Schatten einer Frau oder eines Mannes war.

Vielleicht, dachte ich, liegt ein Kranker im Zimmer, ein Sterbender; seine Lippen brennen, seine Hände fahren unruhig auf der Bettdecke herum, als suchten sie einen Halt, sich anzuklammern, an dieses verfluchte, geliebte Leben sich anzuklammern.

»Wasser … Gib mir einen Schluck Wasser …«

In jeder Sekunde sterben so und so viele Menschen auf der Erde; in jeder Sekunde weinen so und so viele Menschen um ihre Toten.

Ich hätte auch weinen mögen, das Herz tat mir weh vor Mitleid mit mir selbst. Wer wird um mich weinen?

Ich drückte mich an das Gitter des Vorgartens, durch die Stäbe zwängten Fliederbüsche ihre Zweige; sie waren seit

47

langem abgeblüht, ihr Duft war zerweht, ihre kleinen lila Blüten hatte der Wind über die Straße verstreut, dunkelgrün und staubtrocken raschelten die Blätter.

In gewissen Stunden sind wir geneigt, uns für den Nabel der Welt zu halten, nicht wahr? uns zu fragen: Wie ist es möglich, daß die Erde sich weiterdreht, daß die Menschen schlafen und arbeiten und sich lieben und zanken und sterben, ganz ahnungslos, ganz unberührt davon, daß Maria D. durch die Straßen tigert und mit sich selbst und der Welt nicht fertig wird?

Eigentlich hatte ich das bloß so hingesagt: ich werde abreisen. Auf einmal, unter dem erleuchteten Fenster, wußte ich, wie bitter nötig es mir war, auf einige Zeit meine Stadt und meine Freunde zu verlassen, mit mir ins Reine zu kommen: Wie werde ich in Zukunft arbeiten? Wie werde ich gestalten, was zu gestalten es mich zwingt? Ich bin nervös und überarbeitet, ganz ausgehöhlt bin ich vom Grübeln und Diskutieren und Suchen, ich brauche Ruhe und Entspannung, eine andere Umgebung – gut, ich hab jetzt Geld, ich kann reisen, wohin es mir gefällt ...

Auf einmal tauchte ein zweiter Schatten aus dem Hintergrund des Zimmers, eine Hand schob die Gardine zurück, und das Fenster wurde geöffnet.

Ich duckte mich unter das bergende Gebüsch am Gitter, ich hoffte, die beiden am Fenster würden sich irgendetwas erzählen; sie sind mir fremd, gewiß, aber ich bin neugierig ...

Eine Frau und ein Mann lehnten über der Fensterbrüstung, der Mann rauchte, sie schwiegen; ich sah, wie die Frau – sie war noch sehr jung, trug eine dünne Bluse mit tiefem Ausschnitt – zum Himmel aufblickte: ein tiefblauer Himmel, dicht besteckt mit Sternen.

Der Mann drückte seine Zigarette auf dem Sims aus, er flüsterte der Frau etwas zu, sie legte den Kopf an seine Schulter. Du lieber Gott, was wird er schon geflüstert haben ...

Nachts um zwei Uhr, unter einem mit Sternen besteckten Himmel, flüstern alle Männer dasselbe, wenn eine Frau den Kopf an ihre Schulter legt, eine junge Frau in einer dünnen Bluse mit tiefem Ausschnitt ...

Dann sagte er lauter, ich verstand jedes Wort: »Komm, Liebling, du wirst dich erkälten.« Sie traten ins Zimmer zurück, und der Mann schloß das Fenster.

Wer liebt mich? Wer sorgt sich darum, ob ich mich erkälten werde oder nicht? Ich stehe doch auch in einer dünnen Bluse hier auf der Straße, aber das ist allen Leuten gleichgültig, absolut gleichgültig ist ihnen das, ob ich mich erkälten werde ...

Ich preßte die flache Hand auf die Lanzenspitze eines Gitterstabes, ich lauschte auf den stumpfen Schmerz und wußte im Innersten, daß mein Gehabe unsäglich albern war.

Wer hat mich denn geheißen, den Heiligen Georg wegzuschicken?

Im Vorgarten blühten Dahlien; sie sahen aus wie Matronen, reif und rund, in roten Samtkleidern.

In aller Frühe packte ich meinen Koffer voll unnützen Zeugs, das ich nicht ein einziges Mal gebrauchen, wenn ich es aber nicht mitgenommen hätte, schrecklich vermissen würde. Sogar meinen Badeanzug legte ich obenauf – nicht, daß ich wirklich baden wollte, das Wasser würde bestimmt zu kalt sein, aber ich bin sicher: wenn ich den Badeanzug nicht hätte, ich wäre wahnsinnig geworden vor Verlangen zu baden.

Durch ein Telegramm hatte ich mich in einem Heim angemeldet, das Maler und Schriftsteller beherbergt; drei Stunden später war ich selbst da, fast gleichzeitig mit dem Telegramm.

Das Haus liegt an der Spitze einer Halbinsel, inmitten eines ausgedehnten Parks, umschlossen vom taubengrauen Band eines Flusses, der sich im Osten und Süden zu einem mäßig großen See entfaltet. Zwischen den geteerten Pfählen

der Uferbefestigung warnen Schilder: »Achtung, Grenze!«
Das jenseitige Ufer gehört schon zum Westen.

Eine Chaussee, gesäumt mit Kirschbäumen, führt zum abseits gelegenen Dorf, vorüber an Sumpfwiesen, quert ein Holzbrückchen und mündet in die mit Buckelsteinen gepflasterte Dorfstraße.

Dreimal am Tage legt am Landungssteg unweit des Parks die Fähre an, ein asthmatisches Motorbootchen, das die Bewohner des Dorfes und des Heims zur nächsten Stadt bringt.

Ein diesiger Morgen stieg aus dem Wasser, als ich hier mit der Fähre ankam, zusammen mit nur drei oder vier Passagieren. Ich blieb auf dem Steg stehen, bis rasselnd die Ketten fielen, das Boot ablegte und in sauberem Bogen auf den See hinausglitt.

Tuckernd schoß die Fähre über das Wasser; als die Schaumfurche erloschen war, ergriff ich meinen Koffer, klemmte meine Zeichenmappe unter den Arm und ging rasch auf dem Steg entlang zum Ufer hinüber.

Schiefgeneigt unter der Last des Koffers, schlenderte ich am Parkzaun entlang. An einem Pförtchen baumelte ein Schild: »Eintritt verboten!« Ich kann Verboten einfach nicht widerstehen. Ich stieß das Türchen auf und betrat einen schmalen Pfad, der sich quer durch den Park zum Heim schlängelte.

Ich schleife die Füße durch raschelndes Laub auf den Wegen, entzückt atme ich den feuchten, herben Duft des Frühherbstes, dem schon eine Spur vom strengen Geruch der Verwesung beigemischt ist. Eiben und Taxushecken öffnen sich: dort spreizt sich das Haus, weiß und stattlich, der Steingarten am Fuß der Terrasse ist überwuchert mit blauen Herbstastern und den fleischigen Blättern der Eisgewächse.

Den kiesbestreuten Vorplatz schien nie ein menschlicher Fuß betreten zu haben, und hinter keinem Fenster äugte neugierig ein menschliches Gesicht.

Die Auffahrt zu der altersbraunen, zweiflügeligen Tür flankieren lustig geschmacklose Laternen, sie sehen aus wie chinesische Lampions und leuchten bei Nacht wie trübe blinzelnde kleine Monde.

Der Morgennebel hatte sich gesenkt, im Sonnenschein blendete die Hausfront. Und Stille. Stille, nur selten unterbrochen vom Geräusch fallender Blätter, das den Frieden friedlicher, die Ruhe ruhiger macht.

Ich dachte: Hier ist es gut sein, hier laßt uns Hütten baun ... Eine halbe Stunde später besaß ich mein Zimmer Nr. 13 im Dachgeschoß, zwar sind die Räume im ersten Stock komfortabler eingerichtet, aber ich hatte mich just auf diese Mansarde versteift, die einen umfassenden Blick auf den Park gestattet.

Noch vor dem Mittagsläuten zog ich aus, ›mein‹ Haus zu erobern; ich sprang die Stiege hinab, eine richtige Hühnerleiter, auf der ich mir bestimmt eines Tages den Hals brechen werde.

Auf der Diele im ersten Stock protzen gewaltige Schränke, überladen mit Schnitzwerk; durch hölzerne Blumenranken schlängelt sich die Jahreszahl: ›Anno 1764‹ – das Haus hat früher zum Familienbesitz der Freiherrn von Plathen gehört.

Ich erinnere mich noch, wie ich lachen mußte, als ich an einem Spiegel vorbeikam: ich sah aus wie ein Flaschenteufel in grünen Cordhosen und giftgrünem Pullover; ich trage so gern starke Farben, und ich behing mir damals noch Ohren und Handgelenke mit klirrendem, barbarischen Schmuck, obwohl meine Freunde das geschmacklos fanden – oder vielleicht gerade deshalb. Aber jetzt hab ich mich unter Joes veredelndem Einfluß schon gewandelt ...

Die Treppe zum Erdgeschoß windet sich in elegantem Schwung um eine Marmorsäule, und ich hüpfte, entzückt von dem spielerischen Bogen, abwechselnd auf dem linken und dem rechten Bein die flachen Stufen hinab. Durch die Flügeltür erspähte ich in der Halle eine Dame, die im Sessel lehnte und mich mißbilligend beobachtete.

Ich wandelte sittsam durch die Halle und grüßte ehrerbietig die mißbilligende Dame und schlug die den Klubraum abtrennende Portiere zur Seite mit der distinguierten Selbstverständlichkeit einer Lady, die in Schlössern aufgewachsen ist.

Ich kauerte mich in einen Plüschsessel, einen riesigen roten Sessel, ein richtiges Polsterzimmerchen, fast so groß wie meine Couch daheim, ich dachte: Das wäre ein Sessel für Falstaff und seinen dicken Bauch ... Ein ausgemachter Konjunkturritter, hol' ihn der Teufel! Übrigens werde ich nicht mehr an ihn denken, auch nicht an den Braven Anton. Auch nicht an den Heiligen Georg. Doch, ein bißchen schon ... Ich werde mich hier erholen, ich bin fest entschlossen, mich zu erholen. Ich werde keinen Strich zeichnen, keinen kleinsten Punkt ... Ich werde sehr vernünftig leben: früh ins Bett gehen, früh aufstehen, regelmäßig essen ... Zuhaus hab ich manchmal einen ganzen Tag lang nichts gegessen. Zu blöd! Einfach vergessen ... Ich werde morgens und abends kalt duschen. Das heißt, nicht ganz kalt – im September ist das glatter Selbstmord ...

Ich überhörte absichtlich den Gong zum Mittagessen, ich hatte durchaus keinen Appetit auf Menschen; erst als die anderen Gäste den Speisesaal verlassen hatten, ging ich essen.

Nachmittags spazierte ich stundenlang durch den Park und bildete mir ein, es sei köstlich, allein zu sein. Abends legte ich mich um sieben Uhr zu Bett und merkte erst nach einer Stunde quälender Schlaflosigkeit, daß ich das Geschwätz meiner Freunde vermißte, den fetten Baß Falstaffs, Zigarettenrauch und Musik und das sanfte Da-sein des Heiligen Georg.

Die Wände im Haus sind dünn und tragen jedes Geräusch zu mir herauf. Im Saal klickten Ping-Pong-Bälle; die ältliche Dame im Zimmer unter mir klapperte auf ihrer Schreibmaschine.

Margret L. heißt die Dame, sie ist Kritikerin, ich hab ihren Namen schon öfter gelesen. Sie zerreißt mit Genuß junge Dichter, wahrscheinlich hat sie auch mal versucht, Gedichte zu schreiben – solche Leute sind gemeingefährlich.

Dann fiel mir ein: ich hatte meine kalte Dusche vergessen, am ersten Tag schon ... Seufzend trieb ich mich aus dem Bett, im honiggelben Pyjama ging ich hinüber ins Badezimmer, da traf ich den Herrn von nebenan, den Schriftsteller Walter Z., der zurückprallte und ›Pardon‹ murmelte – heute will ich's nicht wahrhaben, daß er mir an diesem ersten Abend kein bißchen interessant war, kein Stendhalscher Blitzschlag hatte uns getroffen ...

Übrigens war es das erste und letzte Mal, daß ich mich zu einer Kaltwasser-Kur aufraffte; ich finde diese Art Erholung überaus anstrengend und gesundheitsschädlich.

Am nächsten Morgen schlief ich bis in den hellen Tag hinein und zog es vor, mit den anderen Gästen zu speisen. Was wollen Sie? Ich bin nun mal eine Anschlußnatur ...

Das Heim beherbergte zu dieser Zeit nur noch wenige Gäste: einen Maler, drei Schriftsteller, die Kritikerin Margret L. und mich.

Den Maler kannte ich flüchtig, er hat seinerzeit einen Namen als Expressionist gehabt; jetzt illustriert er Kinderbücher, geschickt und ohne Teilnahme. Es heißt, er verdiene viel Geld.

Unter den Schriftstellern war ein Filmautor, ein kleiner Mann, beweglich und scharfzüngig, der nichts ernst nimmt – nicht einmal sich selbst, glaube ich – und über ein erstaunliches Repertoire an guten Witzen verfügt; ein Romancier, eben jener Walter Z., der heute Joe heißt, und ein schöner Zigeuner, der die Augen und das Lächeln eines Märchendichters hat und vielleicht wirklich einer ist, das weiß niemand, der Zigeuner spricht keine drei Worte am Tag.

Anfangs war ich schweigsam bei Tisch, in Gegenwart der anderen streifte ich meine Flaschenteufel-Manieren ab und spielte Dame, manchmal flirtete ich sacht mit dem Märchendichter, um die verblühte Kritikerin zu ärgern, und desto befriedigter verließ ich den Speisesaal, je indignierter die Miene der Dame L. war.

Freilich war es nicht leicht, Distance zu wahren, das nahe Zusammenleben mit den anderen zwang mich zur Auseinandersetzung mit ihnen, und ohne eigentliches Zutun wußte ich schon am dritten Tag um Erfolge und Mißgeschicke und Pläne jedes einzelnen. Ein paar hingeworfene Worte erhellten Lebensumstände; eine unbedachte Bemerkung, oft nur eine Geste, kann Schlüssel zum Wesen der anderen werden. Ich wußte: nach drei Wochen werden wir einander bis zum Überdruß kennen und jede Reaktion vorausberechnen können. Eben dieses enge Nebeneinander mit allzu vertrauten Fremden hatte ich vermeiden wollen; ich wurde noch zurückhaltender, ja zuweilen schien ich durch meine Kühle die anderen zu verletzen.

Nach dem Essen zog ich mich sofort zurück, ließ mich in kein Gespräch locken, antwortete knapp mit ›ja‹ oder ›nein‹ und blickte von meinem Teller nicht auf. Ich glaube, der Filmautor hielt mich für hochmütig, die Kritikerin für dumm; der eigenbrötlerische Märchendichter achtete in mir die verwandte Seele und brach mit keiner Frage in mein Schweigen ein.

Man war sehr erstaunt, als ich eines Mittags in einen hitzigen Streit eingriff: es ging um die Situation in der Kunst, und ich verfocht mit Leidenschaft meine Anschauungen. Das heißt, eigentlich hab ich gar keine feststehenden Anschauungen, ich neige heute nach dieser, morgen nach jener Seite, aber gerade deshalb nütze ich begierig jede Gelegenheit, mich zu streiten, um Klarheit zu gewinnen.

Und wenn ich auch in tausend Einzelfragen noch keinen klaren Standpunkt hab – in einem Punkt bin ich mir klar, und ich lasse daran nicht rütteln: Verwerflich, armselig der Künstler, der sich fürchtet – vor Kritikern, Verlegern, Kunstkommissionen oder jenen anonymen ›Maßgeblichen‹; der Wahrheit nicht ungeschminkt zu sagen wagt, der sich selbst zensuriert, hier ein Stück von der Wahrheit abzwackt, dort ein Stück rosa überpinselt; der mit der linken Hand schreibt oder malt und mit der rechten Hand nach einem Preis greift …

Meine krassen Urteile reizten den Maler – wahrscheinlich fühlte er sich getroffen durch den Ausdruck ›Auftragsjäger‹ – zum Widerspruch, so überspitzt formuliert, daß nun wiederum ich mich herausgefordert fühlte und noch um einige Grade schärfer entgegnete.

Das dissonante Gespräch pflanzte sich vom Speisesaal fort durch die Halle und bis in den Clubraum, und unterwegs gingen alle Beteiligten verloren bis auf den Maler, mich und Walter Z., der mich durch ein paar gescheite Sätze hatte aufhorchen lassen. Er hob die Fachsimpelei auf ein höheres Niveau durch die Zauberformel ›marxistische Ästhetik‹; da konnte der Maler nicht mehr mithalten und entkam knurrend durch eine Seitentür.

Ich sagte: »Der Mann hat früher gute Bilder gemalt, starkfarbig, sehr eigenwillig –«

Walter Z. aber hatte schon den verläßlichen Boden des Konkreten unter den Füßen verloren und stelzte durch den Treibsand abstrakter Betrachtungen. »Ihre Ansichten in Ehren«, sagte er, »aber mir scheint, Sie haben sich noch nicht genügend mit marxistischer Ästhetik befaßt.«

»Nie«, sagte ich. Vor zwei Wochen hatte ich ein dickleibiges Buch darüber gelesen und beinahe alles begriffen.

Walter Z. erschrak vor soviel Ignoranz. Ich sagte: »Wenn Sie mir vielleicht erklären könnten …«

Freilich war es eine Sünde, bei prachtvollem Sonnenschein im Zimmer zu sitzen und zu theoretisieren, aber Walter Z. hatte ein Einsehen: wir verbanden das Angenehme mit dem Nützlichen und spazierten ums Rasenrondell, indes wir sprachen. Besser: Walter Z. sprach – ich beschränkte mich darauf, nicht zuzuhören und meinen Begleiter insgeheim zu mustern. Unversehens irrten wir vom braven Hauptweg ab und verloren uns im Geschlinge von Seitenpfaden.

Zuweilen sagte ich artig: »Ach, bitte, wenn Sie das etwas genauer erklären würden –« und ich genoß die warme

Stimme des Fremden und sein rührendes Mühen um meine Bildung.

Ich betrachtete aus den Augenwinkeln den Mann an meiner Seite: Der geht im sicheren, raumgreifenden Schritt eines an weite Strecken Gewöhnten, mit pendelnden Armen, die breiten Schultern ein wenig vornübergeneigt wie Menschen mit stark entwickelten Rückenmuskeln gehen. Für einen flüchtigen Blick bietet sein Gesicht nichts Auffälliges: eines jener Gesichter, die den Eindruck erwecken, man sei diesem Menschen schon ein Dutzendmal begegnet. Beim ersten Zusammentreffen hatte ich das peinliche Gefühl, dieser Walter Z. sei mir schon einmal vorgestellt worden und ich habe seinen Namen vergessen.

Wie ich nun sein nahes Gesicht studierte, trat darin immer stärker das Unverwechselbare hervor und wurde liebenswerter in jedem Zug.

Noch überwog bei mir der Spaß an meinem Spiel; solange ich zur Schule ging, haben mich lehrhafte Leute schrecklich geärgert, inzwischen hab ich gelernt, mich über sie zu amüsieren.

Freilich hätte ich mich fast verraten, als ich eine Nuance zu ehrfürchtig staunte: »Herrje, was Sie nicht alles wissen ...« Der Mann stutzte und schaute mich an, aber ich nehme an, er las auf meinem Gesicht nichts als gesammelte Aufmerksamkeit. Mit dieser Miene hab ich schon meine Lehrer zur Verzweiflung getrieben – sie hätten mir so gern mal nachgewiesen, daß ich in ganz anderen Sphären als in denen der Trigonometrie schwebte ...

Wir schlendern zum See hinab und setzen uns am Ufer nieder, die silbernen Weiden werfen schon lange Schatten, und kühler Abendwind streicht vom Wasser herüber.

Der Mann fährt sich mit beiden Händen durchs Haar; lang und lockig und nußbraun ist sein Haar, immer wieder fällt es ihm in die Stirn, wenn er sich ereifert, und er durchpflügt es mit allen zehn Fingern und verstrubbelt es nur noch mehr. Sehr jung und verwegen sieht er aus mit dem zerzausten

Haar, ich muß ein Lächeln verbeißen, als er ernsthaft und eifrig fragt: »Sie haben mich doch verstanden, nicht wahr?«

»Aber klar«, sage ich in einem Ton, der aufs gerade Gegenteil schließen läßt.

Der Mann seufzt ein bißchen und tröstet mich und sich: »Nun ja, das ist natürlich nicht so einfach und nicht an einem Nachmittag zu begreifen. Wenn Sie sich erst mal eingehend mit der ganzen Materie befaßt haben –«

»Ja, das ist alles ungeheuer interessant«, sage ich und lasse mich hintenüber ins Gras fallen. »Und jetzt erzählen Sie mir einen netten Witz, ja?«

Er holt tief Atem, und seine Augen weiten sich – da kann ich mich nicht länger beherrschen, ich schlage die Hände vors Gesicht und lache, daß es mich schüttelt.

»Ja, zum Teufel! da hab ich meine goldenen Worte an Sie verschwendet, und Sie –«

»Haben Sie denn wirklich geglaubt, ich wüßte das alles nicht?«

Er nickt, stumm vor Verblüffung, und dann sagt er: »Maria, Sie sind ein Aas!« und dann erzählt er mir einen Existenzialisten-Witz – den vom Pferd, das in der Kneipe ein Helles trinkt – und ich platze bald vor Lachen, obwohl ich den Witz längst kenne, aber er hat ihn wirklich so hübsch vorgetragen … Wir sind nun ganz lustig, auf einmal gefällt mir dieser Walter Z. ausnehmend gut, weiß Gott, warum – aber das weiß man hinterher ja niemals –, und ich begreife nicht, wie ich ihm vier Tage lang hab gegenübersitzen können ohne Verlangen, ihn kennenzulernen.

Als die Sonne sank und mir kalt wurde, gingen wir zum Haus zurück, und Walter sagte: »Aber eine Frechheit war es doch, mich den ganzen Nachmittag so ins Blaue hineinreden zu lassen …«

»Es war so nett, Ihnen zuzuhören.« Und als er mir einen mißtrauischen Blick zuwarf, weil er dachte, ich wolle ihn schon wieder verulken, da setzte ich hinzu – und ich meinte es nun ganz ernst –: »Ich höre Ihre Stimme gern, wirklich!«

Das Laub knisterte unter unseren Füßen, Walter blieb stehen, er fragte: »Warum sind Sie hierher gekommen, Maria?«

»Das sollten Sie doch wissen. Sie sind ja auch deshalb gekommen.«

»Sie sind noch keine 23, in Ihrem Alter läuft man nicht vor der Welt davon.«

Ich sagte ungeduldig: »Sie sind vielleicht ein Dutzend Jahre älter als ich. Glauben Sie, dieses Dutzend Jahre gibt Ihnen das Recht zur Flucht?«

»Nein«, sagte er. »Übrigens bin ich nicht geflohen, Maria, ich wollte hier in Ruhe mein Buch schreiben. Ja, das wollte ich: in Ruhe mein Buch schreiben.«

Ich sagte schroff: »Niemand wird Sie hindern. Sie werden Ruhe haben.«

Wir waren wieder auf den Hauptweg gelangt, nun traten die Haelsträucher und die Schneebeeren-Büsche auseinander: dort wartete das Haus, auf dessen Fassade sich die letzte Helligkeit des Tages gesammelt hatte, matt blinkten Fensteraugen.

Wir blieben stehen, gleichzeitig; ich sagte traurig und spöttisch: »Die Insel der Einsamen …«

Der Mann wandte mir den Kopf zu, er fragte heftig: »Warum sind Sie hierher gekommen, Maria?«

Ich sagte: »Jetzt weiß ich es nicht mehr. Glauben Sie an eine Vorherbestimmung?«

»Ja. Seit heute«, sagte Walter, er faßte meine Hand, wir querten das Rasenrondell, in dessen Mittelpunkt sich ein Säulchen aus Sandstein reckt, eine Sonnenuhr mit verblichenen Ziffern; der Schattenstab ist zerbrochen.

»Hier steht die Zeit still«, sagte Walter. »Ich glaube, ich werde bald abreisen.«

Ich dachte: Er wird nicht abreisen. Warum redet er Gemeinplätze? Die Zeit steht nicht still, auch hier nicht, es hat ja erst begonnen … Ich hätte längst dem Heiligen Georg schreiben sollen. Wenn er hier wäre … Nein, nichts wäre anders durch das Hiersein. Ich bin ganz sicher, daß Walter nicht abreisen wird. Übrigens werd' ich ihn umtaufen: ›Johannes‹ vielleicht, er hat eine Stimme wie der Apostel Johannes, der sanfte Tröster unter dem Kreuz.

Ich sagte: »Ich werde Sie Johannes nennen, darf ich? Sie haben sowas Apostolisches –«

Er schien verwirrt.

»Sie müssen wissen, ich taufe alle Menschen um, die ich kennenlerne«, sagte ich und hätte beinahe hinzugefügt, daß ich natürlich nicht jeden Menschen umtaufe, bloß die ich gern hab, aber sowas sagt man einem Mann nicht am ersten Tag.

Ich überlegte. »Nein, Johannes ist einfach zu lang, wir müssen den Namen modernisieren, vielleicht: Joe. Tatsächlich, Joe ist gut. Was meinen Sie?«

»Ich meine, daß Sie das albernste, launischste –«

»Geschenkt!« winkte ich ab. Die Glocke rief zum Abendessen. Wir betraten die Halle, ich sagte über die Schulter: »Von wegen albern und launisch … Jeder Mensch ist ein Abgrund. Sie kennen den Abgrund in mir noch nicht. Na, Sie werden sich wundern …« Das mit dem Abgrund ist so eine Redensart von mir und nur [ein] bißchen ernst gemeint.

Joe sagte: »Ja, das glaube ich auch: daß ich mich noch wundern werde –« und es klang gar nicht scherzhaft.


Bei Tisch setzten wir uns nebeneinander, wir hatten erst einen winzigen Moment gezögert, aber dann setzten wir uns doch nebeneinander, und die Kritikerin, wie sie ihren Platz neben mir besetzt fand, schürzte die Lippen: Natürlich hat sie vom ersten Tag an erwartet, daß ›diese Malerin‹ mit einem der Männer etwas anspinnen wird …

Aber damals hatten wir ja noch gar nichts miteinander; wir sagten ›Sie‹ und behandelten einander mit übertriebener Höflichkeit: »Würden Sie, bitte, die Liebenswürdigkeit haben, mir den Zucker zu reichen?«

Ja, so förmlich benahmen wir uns, ich denke jetzt, wir hatten an diesem ersten Abend noch Angst vor den anderen: vor den mäuseflinken Augen der Kritikerin und der scharfen Zunge des Filmautors und vor dem Mona-Lisa-Lächeln des Märchendichters.

Nach dem Essen fragte Joe: »Hören Sie, Sie Abgrund, können Sie Ping-Pong spielen?«

»Aber sicher«, sagte ich, »ich hab es bloß noch nicht probiert.«

Ich bin ein Tolpatsch, keinen Ball traf ich, sprang umher wie eine Heuschrecke, die Zunge zwischen die Zähne geklemmt. Joe ist ein vorzüglicher Tennisspieler. Er wollte mir wohl für den Nachmittag heimzahlen: mit Bedacht setzte er die Bälle auf die Tischkante oder dicht hinters Netz, er spielte elegant und ohne Anstrengung, indes ich atemlos herumjagte.

»Tja, ein Schläger ist keine Palette«, stichelte Joe.

Endlich merkte ich, daß er mich absichtlich und zu seinem Vergnügen hetzte. Mein Ehrgeiz ist leicht zu provozieren: ich gönnte Joe nicht den Triumph, mich haushoch geschlagen zu haben; ich spielte nun aufmerksam und beherrscht und setzte mit niederträchtigen Netzbällen den Mann in Trab.

Nach einer halben Stunde zog er den Pullover aus und streifte die Hemdsärmel auf. Die bessere Lunge hab ich. Klar, er ist ja schon fast ein alter Mann – 35 Jahre, du lieber Himmel! Ich verlor die drei Sätze, aber ich verlor ehrenvoll.

Wir saßen auf der Terrasse und rauchten, ich fror, Joe legte den Arm um meine Schultern, er sagte: »Sie zittern ja vor Kälte, Maria.«

»Ich friere nicht«, sagte ich und hob die Schultern, daß seine Hand herabglitt.

Seine Arme sind stark und weißhäutig, Joe ist früher Bergmann gewesen. Ich dachte: Ich möchte ins Haus gehen. Ich möchte hier sitzen bleiben, die ganze Nacht, neben Joe … Übrigens ist er mir gleichgültig, er könnte ja bald mein Vater sein und ist nicht mal hübsch. Na … Falstaff ist der reinste Adonis gegen ihn.

Tatsächlich, so blöd war ich damals; als ob es auf Schönheit ankommt ... Freilich, der Heilige Georg sieht aparter aus, und nun gar Hendrik – nein, da kann Joe nicht bestehen, Hendrik ist der schönste Mensch, der mir mein Lebtag begegnet ist.

Ganz nebenbei dachte ich auch an den Braven Anton, der hat mich immer vor Männern gewarnt, er würde sich totlachen, wenn ich – Na, so verrückt! Ich werd' mir doch nicht meinen kostbaren Seelenfrieden stören lassen ...

Joe rückte von mir ab, mir war kalt, ich wartete darauf, daß er meine Hand nähme, er hätte doch spüren sollen, daß ich darauf wartete ...

Joe sagte: »Es ist unvernünftig, auf den kalten Steinen zu sitzen. Kommen Sie mit ins Haus, Maria.«

»Ich mag nicht«, sagte ich.

Er zuckte die Schultern und stand auf und ging ins Haus, er sah nicht mehr die Fratze, die ich ihm schnitt.

Ich warf die Zigarette fort und zog die Knie an den Leib, ich hörte Joes Schritte im Saal und das Klappen einer Tür: Sicherlich geht er jetzt in den Klubraum, zu den anderen, und sie trinken und spielen Skat und diskutieren, oft hab ich bis Mitternacht das Radio gellen hören und dazwischen das Gelächter und die streitbaren Stimmen der Männer.

Im Steingarten am Fuß der Terrasse brach ich ein paar Stengel violetter Herbstastern und trug sie hinauf in Joes Zimmer, es war nicht abgeschlossen, immer vergißt Joe, sein Zimmer abzuschließen.

Kurz nach Mitternacht fuhr ich aus dem Schlaf auf.

»Wer ist da?«

»Ich bin's – Joe.« Ja, er sagte Joe, sagte es so selbstverständlich, als habe er niemals einen anderen Namen getragen.

Das Herz schlug mir im Halse, ich rief, und ich mußte mich anstrengen, recht aufgebracht zu sein und meine Stimme sehr indigniert zu färben: »Was fällt Ihnen ein? Sie können doch nicht mitten in der Nacht –«

Stille.

»Na, kommen Sie schon 'rein!«

Noch auf der Schwelle, sagte er: »Sie haben mir Blumen gebracht, Maria.«

»Nebbich! Wie komm' ich dazu? Wahrscheinlich hat das Zimmermädchen –«

Er setzte sich zu mir auf den Bettrand.

»Na, sein Sie so gut ... Da steht ein Sessel.«

Joe streicht mir die Haare aus dem Gesicht, ganz onkelhaft, manchmal kann er so unausstehlich onkelhaft sein.

»Sie sehen aus wie ein verschlafener kleiner Fuchs.«

Ich ziehe die Pyjamajacke über der Brust zusammen. Wenn Joe sich untersteht, mich noch einmal anzufassen –

Er schrammt den Sessel heran.

»Zum Teufel, nicht so laut, Joe! Unter mir wohnt dieser Alptraum junger Dichter.«

»Sie meinen Margret L.? Eine gute Bekannte von mir ...«

»Natürlich, mit einer Kritikerin müssen Sie sich gut stellen«, zergele ich. »Sie haben's nötig, wie?«

»Ich wette, Sie haben noch kein Buch von mir gelesen, Maria.«

»Und ich wette, daß Sie jetzt das Gegenteil von mir hören wollen. Tut mir leid, mein Lieber, ich hab wirklich noch nichts von Ihnen gelesen, ich mag die jungen Patzer von heute nicht: wie flach sie schreiben, wie vordergründig! Gehen Sie mir mit ›heißen Eisen‹, Joe! Ihr faßt's mit Zangen an, daß es auch schön abkühlt, ehe ihr drangeht, es zu schmieden. Was soll dabei 'rauskommen? Am Ende schwindelt ihr Rosa in Rosa, daß einem übel wird vor soviel Bonbon-Geschmack – oder ihr flieht in die Historie ... Sie wollen mir widersprechen, Joe? Sie schreiben also selbst geschichtliche Romane. Wie ich Sie wieder ertappt hab ... Historie ist immer gut und weitet den Horizont, Joe, aber Sie werden mir zugeben müssen, daß in vielen Fällen – bei Ihnen nicht, Joe, bei Ihnen natürlich nicht! – diese ganze Geschichtsschreiberei eine Flucht ist: kann ja nichts schiefgehen dabei, wie? Man schlägt Jefimows Geschichtsbücher auf, schon weiß man, was man vom Bauernkrieg oder von Körner zu halten hat, wie? Die Gegenwart ist allerdings verzwickter –«

»Sie schießen weit übers Ziel hinaus, Maria. Da Sie uns ›junge Patzer‹ nicht lesen, sollten Sie sich vor oberflächlichen Urteilen hüten. Es gibt soviel ernsthaftes Bemühen, Maria, Sie dürfen uns nicht in Bausch und Bogen als Schönfärber und Nichtskönner und Konjunkturritter abtun, es sind schon gute Bücher geschrieben worden –« Joe blickte einen Moment stumm vor sich nieder, dann setzte er leiser hinzu: »– und es liegen bessere in mancher Schublade ...«

Ich habe mich aufgerichtet und mit beiden Händen Abwehr gewedelt, jetzt falle ich in die Kissen zurück, ich bin ganz mutlos, ich sage: »Wir sind ja selbst schuld, Joe ... Es gibt soviel Dummheit und Böswilligkeit und Feigheit, und wir unterwerfen uns, lassen uns gängeln von Kritikern und Lektoren, setzen Eintagsfliegen in die Welt ... ›Der Mensch braucht was zu essen, bitte sehr!‹ Nehmen Sie nur meine Freunde: Von Falstaff mag ich schon gar nicht sprechen, er macht die Kunst zur Hure ... Der Brave Anton hat Plakate gemalt – Joe, wir haben geschrien vor Begeisterung, bei Gott! wir waren hingerissen, und [ein] bißchen verstehen wir ja wohl von Kunst, was? ...

Dann haben irgendwelche Ignoranten seine Arbeiten als ›formalistische Spielereien‹ gebrandmarkt – und jetzt malt er denselben Mist wie die meisten anderen, sehr hübsch, sehr dumm, daß nur ja kein Spießer erschrickt, daß nur ja kein Funktionär das liebgewordene Chlorodont-Lächeln und die Proletarierfäuste auf den Plakaten vermißt –«

Joe sieht mir gerade ins Gesicht, sieht mich an mit seinen vertrackten Eulenaugen, vor denen meine Stirn Glas wird, ganz durchsichtig, immer ist mir, als lese er in meinem Kopf wie in einem aufgeschlagenen Buch. Er fragt: »Und Sie, Maria?«

»Fragen Sie mich nicht, Joe!«

Ich nehme eine Zigarette vom Nachttisch, Joe zündet ein

Streichholz an, und als ich die Zigarette an das Flämmchen halte, merke ich, wie meine Finger zittern, ich sage rasch: »Ich bin nicht hier, um über Kunst zu schwatzen. Ein anderes Thema, bitte!«

Wieso ein anderes Thema? Mitternacht ist vorüber, um diese Zeit hat ein fremder Mann in meinem Zimmer nichts zu suchen. Beklommenes Schweigen ist, auf einmal merken wir, daß wir geredet und geredet haben, um nichts sagen zu müssen, und Joe ist gewiß nicht gekommen, um sich einen ›jungen Patzer‹ schimpfen zu lassen.

»Dann muß ich wohl gehen«, sagt Joe und bleibt sitzen.

Sein Blick begegnet dem traurigen Grinsen des Aristide; behutsam nimmt Joe den bocksbeinigen kleinen Burschen auf.

»Das ist Aristide«, sage ich.

»Er ist bezaubernd«, sagt Joe und dreht das Tonfigürchen zwischen den Fingern, seine Augen leuchten vor Entzücken. »Aristide ist Ihnen ein bißchen ähnlich, Maria ...«

Damals wußte ich noch nicht, was Joe meinte, als er sagte, Aristide sei mir ähnlich, vielleicht hab ich's geahnt – ich war erschrocken: Joe soll Aristide nicht so ansehen ...

Ich sagte: »Ich habe ihn vom Heiligen Georg.«

Aus den Augenwinkeln spähte ich dem Mann ins Gesicht.

»Der Heilige Georg ist mein bester Freund, müssen Sie wissen; Sie sollten ihn kennenlernen, Joe –« Und ich sang das Lob des Heiligen Georg so überschwenglich, daß der stumpfeste Mann hätte eifersüchtig werden müssen auf diesen wunderbarsten Menschen unter Gottes Sonne.

Joe sagte schwunglos: »Ja, er scheint recht begabt«, und stellte unsanft den armen Aristide auf den Tisch zurück.

Ich freute mich über Joes Mißvergnügen, ohne Übergang sagte ich: »Gute Nacht, Joe.« Das war deutlich genug; was mußte der Mann auch um Mitternacht in mein Zimmer kommen und meinen Ruf aufs Spiel setzen – nur um mir zu sagen, ich habe ihm Blumen gebracht; er hätte das besser für sich behalten.

In der Tür drehte er sich um, er brach los: »Es ist einfach geschmacklos, Maria –«

Ich fragte sanft: »Sie sind verheiratet, nicht wahr?«

Mit zwei Schritten war er bei mir. »Verzeih mir, Maria!«

»Wir wollen uns nicht quälen, Joe, wir müssen uns aus dem Weg gehen, hörst du?«

»Ja, Maria, es muß eine Begegnung bleiben, nichts weiter. Ich bin verheiratet, ich habe zwei Kinder. Ich liebe meine Kinder –«

Ich lag steif ausgestreckt, die Arme über der Brust gekreuzt, ich wartete. Nein, er sagt nicht, daß er seine Frau liebt. Natürlich, sie versteht ihn nicht ... Jeder Dritte singt einem das Lied vom unverstandenen Mann vor. Daß sogar Joe sich diese Brücke baut – Immer spielen wir Komödie. Ach, es widert mich an ...

Ich wurde rot vor Scham, als Joe sagte: »Ich liebe meine Frau, Maria, und ich würde es dir nie verzeihen, wenn du dich zwischen mich und sie drängtest. Nein, wir verstehen uns nicht mehr: sie ist eine ganz schlichte Frau, eine gute, brave Frau, sie hat soviel mit den Kindern zu tun und mit dem Haushalt, sie findet nicht einmal Zeit zum Lesen.«

Ich legte ihm die Hand auf den Mund. »Bitte, nicht, Joe! Morgen wird es dir leid tun, daß du über deine Frau gesprochen hast, daß du so über deine Frau gesprochen hast.«

»Danke, Maria«, sagte Joe und küßte meine Hand, ehrerbietig, freundschaftlich und ganz fremd.

»Schlafen Sie gut, Joe.« Ich konnte meine heitere Gelassenheit noch festhalten, bis der Mann die Tür hinter sich geschlossen hatte, dann drückte ich das Gesicht ins Kissen und weinte: zerfließend in Mitleid mit mir selbst, gerührt von meiner Selbstlosigkeit ...

Wie heroisch hab ich mich in dieser Nacht gebärdet! »Wir wollen uns aus dem Weg gehen ...« Lieber Himmel, wie edelmütig war diese Geste: »Sprich nicht über deine Frau –« Wie eine Romanheldin hab ich mich aufgespielt ... Bis heute hab ich mir nicht Rechenschaft gegeben: Wo war die Grenze zwischen Spiel und Ernst? War dieses frühe Entsagen echt? War es Pose?

Mir ist das Wort ›Entsagen‹ ein Greuel, vielleicht weil ich es zum ersten Mal in einem unsäglich albernen Buch gelesen hab, als kleines Mädchen, noch keine elf Jahre alt, es war eines der Dutzend ›Pucki‹-Bücher, und es handelte sich darin um das Große Los: Ein kleiner Junge hatte es gewonnen auf einem Loszettel, der ihm geschenkt worden war, ich erinnere mich genau, und eigentlich gehörte das Los nun gar nicht ihm, sondern dem ahnungslosen Geber, und Pucki redete ihm zu, er solle ›entsagen‹. Diese Geschichte hat ein für alle Male meinen Begriff vom ›Entsagen‹ geprägt; höre ich das Wort, gleich muß ich an Pucki denken.

Heute ist mir nicht mehr nach Heroinen-Gesten und edlen Worten zumute. Ich will Joe nicht wieder hergeben, ich kann mir ein Leben ohne ihn nicht mehr vorstellen, alles würde ich für ihn tun, jede Schlechtigkeit begehen, um Joe zu behalten. Ich würde ohne Skrupel seinen Kindern den Vater wegnehmen, seiner Frau den Lebensgefährten …

Oh, es ist abscheulich, auch nur daran zu denken, ich weiß, wie abscheulich es ist, aber – Gott, verzeih mir die Sünde, ich kann an nichts anderes mehr denken …

Ich bin aufgeschreckt: in Joes Zimmer klingen Stimmen auf, eine Frau lacht, der Tisch wird gerückt und ein Stuhl schrammt über die Dielen, die Frau will sich ausschütten vor Lachen.

Das Zimmermädchen ist nebenan, ich hab gar nicht gehört, daß auch Joe heraufgekommen ist. Er hat eine so nette Art, mit den Mädchen zu scherzen, ich glaube, sie sind alle ein bißchen verliebt in ihn, auch die Köchin mag ihn gern, man merkt's an den Portionen, die sie ihm zumißt. Mich wundert's nicht, wenn sie verliebt in ihn sind, und wenn sie ihm schöne Augen machen, bin ich keine Spur eifersüchtig. Und überhaupt scherzt er mit ihnen nur, um seine Verlegenheit zu verbergen, es ist ihm peinlich, bedient zu werden, am liebsten würde er selbst sein Zimmer fegen und das Bett machen und den Teppich klopfen.

Das Mädchen, das im Dachgeschoß die Zimmer reinigt, ist ganz hübsch, von einer derben Hübschheit, dunkelhaarig und füllig; seit einiger Zeit schminkt sie sich, ehe sie heraufkommt – für Joe schminkt sie sich, denke ich. Sie trällert Schlager, in denen viel vom Küssen die Rede ist; auch jetzt singt sie, ganz laut, und wahrscheinlich bückt sie sich beim Zusammenfegen tiefer als nötig, damit Joe ihre Beine bewundern kann. Als ob Joe nach ihren Beinen gucken würde ... Na, sie soll sich bloß nicht so anstrengen!

Sie lacht, als werde sie gekitzelt, aber Joe hat sie bestimmt nicht gekitzelt, Joe tut sowas nicht. Himmel, dieses Mädchen muß ja Knöpfe auf den Augen haben, daß sie noch nicht gemerkt hat, den Joe interessiert keine andere Frau außer mir, und sie singt tauben Ohren ihre Kuß-Schlager.

Was sie bloß solange in Joes Zimmer zu suchen hat? In meinem Zimmer dauert das Reinemachen bloß halb solang. Natürlich bin ich nicht eifersüchtig, aber eben fällt mir ein, daß wir unseren Morgenspaziergang noch nicht absolviert haben, ich werde zu Joe hinübergehen und ihn abholen.

Im Korridor begegne ich schon dem Mädchen, sie sieht gar nicht mehr vergnügt aus, und ich grüße sie sehr freundlich, ich bin ja so großzügig – soll Joe doch ruhig [ein] bißchen nett zu ihr sein ...

Joe hat sich aufs Bett geworfen, selten hab ich ihn während der letzten Wochen, wenn ich in sein Zimmer kam, anders gefunden als in dieser Haltung: verkrümmt auf dem Bett liegend, den Blick starr an die Decke geheftet, einen Arm hat er unter den Nacken geschoben, er raucht. Viel zu viel raucht er jetzt, mindestens vierzig Zigaretten am Tag, eine zündet er an der anderen an. Und mir hält er Vorträge über den Lungenkrebs!

Wortlos streckt er einen Arm aus, ich lege mich zu ihm,

den Kopf an seiner Schulter, nach einer Weile sagt Joe: »Ich habe Angst um dich, Kind – wegen heute nacht, du weißt … Das mit dem grauen Mann, der mir über die Schulter sah – ich hab solche Angst um dich, Maja, du bist ja krank, wir richten uns zugrunde …«

Ich sage leichthin: »Was für ein grauer Mann? Ah so … Nu, das hab ich fast vergessen, hab's wohl bloß geträumt, Joe, mach dir keine Gedanken darüber. Bei Nacht spinnt man so allerlei.«

»Und das mit dem Brief, Maja, und mit dem Heiligen Georg?«

Warum fängt er wieder vom Heiligen Georg an? Begreift dieser Mann denn nicht, daß ich darüber nicht sprechen mag?

Ich sage: »Ich möchte heute sehr lustig sein, Joe, wir werden feiern, irgendeinen Grund zum Feiern finden wir schon, ich hab Lust zu trinken.«

Mit einem Ruck richtet Joe sich auf, ich bleibe ruhig liegen, Joe weiß ja nicht, wie höllisch schwer es mir fällt, so ruhig liegen zu bleiben und in sein Gesicht zu sehen, das auf einmal sehr alt ist, als er sagt: »Mein Gott, ich sitz hier und grübele und mache mir Sorgen um dich und den Heiligen Georg … Seit Stunden denke ich nur an dich und an den Jungen, wie man dir, wie man ihm helfen kann –«

Immer will Joe helfen, allen Leuten will dieser Apostel helfen. Wer hat ihn um Hilfe gebeten? Ich werd' schon allein mit mir fertig.

»Wie herzlos du bist, wie egoistisch! Erst weinst du und bringst dich um wegen des Jungen, erschreckst mich mit deinen Spukbildern – mir ist das Herz stehen geblieben, wie du heut nacht gesagt hast: ›Dreh dich nicht um, Joe!‹ Und ich nehme dich ernst, höre auf all dein Gerede und nehme dich ernst … Oh ja, es klingt reizend, man möchte dir glauben, alles möchte man dir glauben – und es ist doch nichts als die Konversation des psychischen und physischen Make-ups, Schund alles in allem, liebenswerte Vergewaltigung der besseren seelischen Potenzen deiner Opfer –«

Jedes Wort zerkratzt mir die Brust.

»Und du denkst an Feiern, in diesem Augenblick kannst du an Feiern und an Trinken denken. Grinse nicht so ekelhaft! Verflucht, du sollst nicht grinsen –!«

Ich bin mir gar nicht bewußt, daß ich gegrinst hab, irgendeine Grimasse werde ich geschnitten haben – merkt Joe denn nicht, daß das Elend an mir hochsteigt wie Wasser, daß ich fürchte, es muß mich ersticken? Er sollte mich doch besser kennen ...

Da lebt man wochenlang mit einem Menschen zusammen und glaubt, man sei ganz aufgegangen ineinander, daß man sich kennt bis in den letzten Hirnwinkel – und auf einmal spürt man: die letzte Gemeinsamkeit gibt es nicht, man hat aneinander vorbeigelebt und -geliebt und -gesprochen.

Ich stehe auf, vor dem Spiegel ordne ich mein Haar. Joe sitzt auf dem Bett, mit rundem Rücken, die Hände zwischen den Knien, auf einmal tut er mir schrecklich leid, ich sage in den Spiegel: »Ich kann doch nichts dafür, Joe, daß ich so bin.«

»Nein, du kannst nichts dafür, Maja, niemals kannst du etwas dafür«, sagt Joe hoffnungslos.

Verdammt, er soll nicht so hoffnungslos sprechen, als sei ich eine verlorene Seele! Soll er mich lieber beschimpfen, mir Vorwürfe machen, wenn er schon nicht begreift, warum ich heute, und gerade heute, Lärm und Ausgelassenheit um mich brauche.

Nun erst recht muß ich ihn reizen, und ich sage: »Übrigens werde ich mir jetzt gleich ein Festkleid kaufen, ich fahr zur Stadt 'rüber, dich nehme ich nicht mit. Du würdest mir nur dreinschwatzen und mir vorschreiben, was für ein Kleid ich wählen soll. Bestimmt würdest du mir etwas Dezentes aussuchen, nicht wahr? Etwas Strenges: schwarz und hochgeschlossen, daß ich aussschau' wie eine Gouvernante.«

Endlich wage ich einen Blick über die Schulter: Joe ist weiß vor Wut. Wie er mich jetzt haßt!

Ich gehe zur Tür, ich hab schon die Hand auf der Klinke, da sagt Joe leise, wie für sich: »Ich könnte dich erwürgen ...«

Als ich aus der Stadt heimkomme, sind die anderen schon bei Tisch, ich setze mich zwischen Hendrik und Joe, sie haben mir wie immer den Platz freigehalten. Joe sieht über mich hinweg, ich bin Luft für ihn, er redet durch mich hindurch.

Hendrik sieht man die durchwachte Nacht nicht an, seinem Gesicht kann keine durchwachte Nacht etwas anhaben.

Unbefangen hab ich mich neben Hendrik gesetzt, und unbefangen unterhalte ich mich mit ihm, wer uns beobachtet, mag an eine Art zärtlicher Kameradschaft zwischen Hendrik und mir glauben. In Gegenwart anderer sind wir ganz vergnügt, harmlos vergnügt, wir sind die Jüngsten in der Tafelrunde und benehmen uns auch so.

Wenn Joe uns beisammen sieht, setzt er seine onkelhafte Miene auf und behandelt uns ein bißchen von oben herab und sagt: »Hallo, ihr Primaner!«

Er ist fünfzehn Jahre älter als wir, und wenn er uns auch belächelt und ›Primaner‹ nennt – mich kann er nicht täuschen: die fünfzehn Jahre kränken ihn, er glaubt sich außerhalb einer augenzwinkernden Verschwörung unserer Jugend gegen ihn, gegen das Reifere, Ausgewogenere in ihm.

Vor einer Woche ist Hendrik ins Heim gekommen, eines Mittags saß er am Tisch, und eine Stunde später schon saß er mitten in Joes und meinem Leben, als könnte es nicht anders sein, und war nicht mehr zu missen.

Ich erinnere mich, wie wir den Speisesaal betraten; Joe und ich hatten Ping-Pong gespielt, wir waren erhitzt, im Gehen zog Joe noch schnell seinen Pullover über. Die Kritikerin hält auf gute Manieren, Joe hätte in Hemdsärmeln nicht bei Tisch erscheinen dürfen.

Hendrik saß mit dem Rücken zur Tür, er hatte die Ellenbogen aufgestützt und den Kopf gesenkt, zuerst fiel mir nur sein Haar auf, glattes, langsträhniges Haar von einem Blond, das man eigentlich nur malen kann; allenfalls kann ein sehr geschickter Friseur diesen Farbton hervorzaubern.

Ich stieß Joe an und flüsterte: »Ein Neuer. Schau: er hat Haare wie gesponnenes Gold ...« Tatsache, eine so blöde Bemerkung hab ich gemacht, und Joe grinste und sagte: »Du solltest keine schlechten Romane lesen, Kind.«

Trotzdem war ich noch ganz gleichgültig, als ich meinen Stuhl heranrückte. Da hob der Fremde den Kopf, und ich sah sein Gesicht, und mir blieb der Atem weg, noch heute ist mir diese Empfindung gegenwärtig: es war wie ein Schlag aufs Herz, erst in diesem Moment hab ich verstanden, was man mit ›atemberaubender Schönheit‹ meint.

Das sagt man so leichthin, viel zu oft wird das Wort strapaziert: ein Sonnenaufgang am Meer, ein Alpengipfel, ein romantisch zerfallenes Gemäuer, die Venus von Milo – gleich schreit und schreibt alle Welt von ›atemberaubender Schönheit‹.

Sollte ich den Erzengel Gabriel malen, ich gäbe ihm Hendriks Gesicht.

Ich glaube, ich hab nur ein einziges Mal Ähnliches empfunden: als ich die Dresdner Gemäldegalerie besuchte und vor der Sixtina stand ... Aber darüber kann man nicht sprechen und nicht schreiben.

Der Fremde stand auf und verbeugte sich gegen uns: eine knappe Verbeugung, eigentlich nur ein Kopfnicken, sehr hochmütig, sehr weit fort von uns; er genügte nur einer Anstandspflicht, nicht die geringste Neigung verspürte er, mit uns bekannt zu werden. Er murmelte seinen Namen, ich verstand ihn nicht, vielleicht sollten wir ihn auch nicht verstehen, vielleicht wollte er gar nicht, daß wir seinen Namen kennen und ihn anreden.

Ich stand und starrte ihn an, ich muß mich unsagbar albern benommen haben, aber der Fremde lächelte nicht, und dann zwickte mich Joe in den Arm, und ich sagte artig meinen Namen her wie eine Schülerin.

Wahrscheinlich hab ich mich nur deshalb nicht auf den ersten Blick in Hendrik verliebt, weil seine Schönheit so makellos ist – sie erweckt eher Furcht als Liebe und Begehren, ich bin kein Pygmalion, ich kann mich nicht in ein vollendetes Bild verlieben …

In weiß noch: ich war in der ersten halben Stunde ganz erstaunt, daß Hendrik aß und sich bewegte wie ein normaler Mensch. Inzwischen hab ich mich an sein Gesicht gewöhnt, wenn man die Sixtina im Zimmer hängen hat, gewöhnt man sich am Ende auch an sie, aber ein Nachklang jener Erschütterung ist noch heute in mir, wenn ich Hendrik sehe.

Ich möchte ihn zu gern malen, jeder Maler muß verrückt nach ihm sein, aber ich wage ihn nicht zu bitten, er möchte mir Modell sitzen, Hendrik ist unberechenbar; kann sein, er speist mich mit einem verletzenden Wort ab. Freilich ist es ebenso leicht möglich, daß er ohne Umstände einwilligt, man kann bei Hendrik niemals eine Reaktion voraussagen. Manchmal hab ich ihn im Verdacht, er legt es darauf an, die Leute zu verblüffen, just das Gegenteil von dem, was sie erwarten, zu sagen und zu tun – er kokettiert mit seiner Unberechenbarkeit …

Gleich am ersten Tag verblüffte er uns, Joe und mich.

Während der Mahlzeit hatte er uns keines Wortes gewürdigt, ich dachte, er sei ein rechter Affe und unerträglich verwöhnt. Es hätte mich nicht groß gewundert – wenn ich so schön wär, na also, mir wär's schon recht, wenn sich mir alle Männer bloß auf Knien näherten …

Wie wir aber nach dem Essen auf die Terrasse traten und noch berieten, wohin wir spazieren sollten – zum See oder hinüber in den Buchenwald –, da stand plötzlich der Fremde neben uns und fragte, ob er sich anschließen dürfe.

Eine Stunde hatten wir herumwandern wollen.

Aus einer Stunde wurden vier, und wir kamen am späten Nachmittag zurück als Freunde, wir sagten uns »du«, es konnte gar nicht anders sein – als hätten wir aufeinander gewartet.

Manchmal bin ich eifersüchtig auf Hendrik: wenn er sich mit Joe unterhält, grüblerisch, in halben Worten nur, über

Dinge, die ich nicht begreife. Nicht einmal Joes sanfte Heiterkeit kann mir die dunklen Sätze erhellen, ich bin außerhalb ihres Gedankenkreises, plötzlich sind mir die beiden Männer ganz fremd, und ich fühle, daß Joe mich über Hendrik vergessen hat.

Da sprechen sie über ›Weltschmerz‹, und sie sagen viel Kluges und Empfindsames, mir schwirrt der Kopf, trüb und beschämt hocke ich in meinem Sessel, ich wäre nicht hilfloser, wenn die beiden sich in einer fremden Sprache unterhielten.

»Wir sind Geschöpfe der Einsamkeit«, sagt Hendrik. Wenn ich sowas sagte, Joe würde mich auslachen, würde mich ›sentimental‹ schelten. Hendrik lacht er nicht aus, niemals würde er Hendrik sentimental schelten, er ist bezaubert von dem Jungen, hat nur Augen und Ohren für ihn und spricht zu ihm wie zu einem jüngeren Bruder.

Nein, ich verstehe sie nicht mit ihrem nebulösen ›Weltschmerz‹, und ich wage Joe nicht zu fragen – vielleicht würde er mir nur mit einem mitleidigen Schulterzucken antworten, allenfalls mit einem Zitat: »Wenn ihr's nicht fühlt, ihr werdet's nicht erjagen.«

Und Hendrik wage ich erst recht nicht zu fragen, wenn ich ihm zuhöre, scheint mir, er ist viel feiner konstruiert als ich, neben ihm komme ich mir vor wie ein Bauernmädchen, so unverschämt gesund.

Einmal hab ich die beiden schrecklich beleidigt, bin mit einem groben Satz in ihr behutsames Gespräch eingebrochen – damals dachte ich ja noch, das Leben sei gar nicht so unerhört kompliziert, wie die beiden es darstellten in ihren Phantastereien; gleich darauf war ich selbst erschrocken über meine Platitüde: daß das Leben doch schön sei, daß es sich lohne, alles in allem – irgend so etwas hab ich gesagt, geschickter formuliert natürlich, ganz literarisch, überzeugt und mit Schwung.

Na, die beiden starrten mich an, als sei ich ein unangenehmes Insekt, das plötzlich über ihren Sternenweg kriecht …

Nach einer Weile sagte Joe: »Du bist von animalischer Lebensgier, Maria.«

Später, als Joe in mein Zimmer kam, sagte ich: »Gut, ich hab wahrscheinlich keine philosophische Ader, und bei Hendrik mag der romantische Weltschmerz echt sein – aber, verdammt noch mal! dir steht er nicht zu Gesicht, Joe.«

Joe küßte mich und sagte: »Du hast zuwenig Tiefgang im Grüblerischen und zuviel Hochgang im Vitalen, Maja.« Er lächelte. »Bei dir reicht es, Gott sei Dank! nur zur optimistischen Tragödie.«

In dieser Nacht schliefen wir nicht miteinander, Joe war durch das ›falsche Vorzimmer‹ zu mir gekommen.

Hendrik hatte Joe schon verwandelt, und mich hat er nun auch verwandelt, glaube ich, obwohl ich bis heute nicht weiß, welchen Namen ich unserer gegenseitigen Zuneigung geben soll.

Die anderen im Heim glauben es zu wissen: einmal streifte in der Halle der Filmautor an uns vorüber und sang vor sich hin: »Das verliebte Trio …«

Wenn wir in den Speisesaal kommen, empfängt uns füchsisches Blinzeln der Kritikerin, die ihre sittliche Entrüstung wie eine Barriere um sich baut: die alte Geschichte, eine Frau zwischen zwei Männern, kreuz und quer lieben die drei durcheinander, Zustände sind das …

Einer raunt: »Das verliebte Trio«, die anderen lächeln, amüsiert, nicht boshaft; der Märchendichter preßt die Lippen zusammen und grüßt uns mit einem Blick, als wolle er das Blinzeln der Kritikerin und das Lächeln der anderen gutmachen.

Nun sitzen wir also bei Tisch, Joe ignoriert mich, er unterhält sich mit der Kritikerin; der Filmautor erzählt Witze, und ich lache übertrieben laut, um Joe zu ärgern. Der junge Schriftsteller N. – er ist vorgestern gekommen – sammelt von sämtlichen Tellern die Petersilie ein, er ist ein Vitamine-Narr, schluckt vor jeder Mahlzeit Glutamin und Ascorvit-

Tabletten – wenn er seinen Büchern nur halb soviel Nähr-
stoff wie seinem Körper gäbe ...

Zwischen Suppe und Braten verkünde ich Hendrik: »Wir
werden heute abend feiern.«

»Du hast heute morgen eine schlechte Nachricht bekommen, nicht wahr?« fragt Hendrik und ist kein bißchen verwundert, als ich sage: »Eben drum.«

Joe läßt seine Gabel auf den Teller klirren.

Ich sage: »Ich hab mir extra ein Kleid gekauft.«

»Du allein?« fragt Hendrik in ahnungsvollem Schrecken.

»Ganz allein«, sage ich stolz. »Ein wunderhübsches Kleid –«

»Wunderhübsch ...«, sagt Hendrik düster. »Das glaube
ich auch – bei deinem Urwald-Geschmack ... Soll ich raten,
wie es aussieht? Rosa, Bollchenfarbe –«

»Noch schlimmer, Hendrik.«

»Lila«, sagt er erschüttert.

»Fliederfarben«, verbessere ich.

Hendrik stöhnt. »Und schulterfrei, wie? Mit Falbeln und
Rüschen, he? Gesteh's, du Hula-Hula!«

»Schulterfrei. Mit Falbeln«, bestätige ich und bin nun
doch recht kleinlaut geworden.

Hendrik ringt die Hände. »Dacht' ich mir's doch! Dich
muß man schon allein einkaufen schicken, Maria ... Na, ich
lasse mich überraschen –«

Zu dritt steigen wir die Treppe hinauf, die vierte Stufe knarrt,
die siebente auch, auf dieser Treppe liegt kein Teppich, sie
windet sich hinter einer Tapetentür zum Dachgeschoß hinauf; hier oben haben früher die Dienstboten gewohnt, nehme
ich an.

Joe geht voran, er begleitet uns nur aus Gewohnheit, weil
es nun einmal zu unserem Tagesplan gehört, nach dem Essen eine Stunde zu schlafen.

Die drei Türen klappen: 11, 12 und 13.

Ich lege mich aufs Bett, obwohl ich weiß, daß ich nicht
schlafen werde. Das Dach muß undicht sein, an der Decke

wächst der tellerrunde Fleck, gestern hat es heftig geregnet. Vielleicht wird eben jetzt der Heilige Georg operiert, er hat unter der Äthermaske gezählt: ›… sechzehn … siebzehn …‹, nun schläft er, den Mund verzerrt von Schmerzen, die nicht in sein Gehirn dringen.

Warum, zum Teufel! wird das Dach nicht neu gedeckt?

Widerlich süß riecht der Saal, ein scharfer Geruch schwebt dazwischen, die Operationsschwester hat dem Jungen die Wimpern abgeschnitten, die Haare über der Stirn sind gestern schon abgeschnitten worden, als der Arzt die Schädelwunde vernähte.

Rechts nebenan tropft der Wasserhahn, die Wand ist so dünn, daß ich jeden Tropfen fallen höre. Daß Hendrik nie den Wasserhahn fest zudrehen kann … Klick … fällt ein Tropfen. Vielleicht bilde ich mir dieses aufregend regelmäßige Geräusch nur ein, so dünn ist die Wand nun auch wieder nicht, ich lausche angestrengt. Klick … fällt wieder ein Tropfen, siebzehn Sekunden nach dem ersten, ich hab zur Uhr gesehen und mitgezählt: … acht … zwölf … siebzehn.

Der Heilige Georg hat bestimmt nicht weiter als zur Siebzehn gezählt, sein Herz ist nicht so stark, daß er sich lange gegen die Narkose sträuben könnte. Der Heilige Georg ist überhaupt nicht sehr stark, in all den Jahren hat er sich nicht um seine Gesundheit gekümmert, manchmal ißt er zwei Tage lang nichts.

Einmal kam ich zu ihm ins Atelier, er knetete an einem Modell, seinen Kittel und die Hände und Arme bis zu den Ellenbogen mit Ton beschmiert; seine Augen glänzten, ich dachte, sie glänzten vor Freude, ich fand sein Modell wunderbar. Nachher merkte ich: der Heilige Georg hatte Hunger-Augen, kein Brotkrumen war im Haus, ich lief und kaufte ein paar Semmeln und ein Pfund Schinken.

Er stürzte sich darauf wie ein Wolf und schlang es in sich hinein, ein ganzes Pfund Schinken; er hatte sich nicht mal die Hände gewaschen, er merkte auch gar nicht, was er denn eigentlich aß.

Hinterher wurde ihm übel, und ich sagte: »Kein Wunder, du hast ein Pfund Schinken verputzt und mindestens ein halbes Pfund Ton.«

Er wischte sich die Hände am Kittel ab und beschaute seine Tonfigur. »Miserabel«, sagte er und erschlug sie. Seitdem kann er Schinken nicht mehr riechen.

Der Wasserhahn tropft. Ich werde verrückt ... Mit beiden Fäusten trommele ich gegen die Wand. Unmöglich, Hendrik zu wecken, die halbe Nacht läuft er im Zimmer herum, und jetzt schläft er wie ein Toter, eher kann ich die Wand zertrommeln als seinen Schlaf.

Wenn der Heilige Georg wenigstens ein Auge behielte ... In unserer Stadt gibt es nur einen Augenarzt, sicherlich ist solch eine Operation furchtbar schwer, man kann doch einen so winzigen Apparat wie das Auge nicht einfach zusammenflicken.

Auf einmal ertappe ich mich dabei, wie ich beide Daumen fest in die Handfläche drücke, als könnte ich damit dem Arzt helfen, der sich eben über die Heiligen Georg beugt. Wie schwer der Junge atmet ... Sein Gesicht ist weiß wie der Arztkittel, ganz weiß und hager – wie an jenem letzten Abend im September, als wir uns verabschiedet hatten, und ich stand auf dem Landungssteg und winkte, bis die Fähre im Dunkeln untertauchte.

Nach jener Nacht, als Joe bei mir gewesen war und wir uns versprochen hatten, einander aus dem Weg zu gehen, schickte ich dem Heiligen Georg einen Brandbrief: Er müsse mich besuchen, sofort, auf der Stelle.

Zwei Tage später kam der Heilige Georg, er hatte sofort, auf der Stelle, seine Arbeit liegen lassen, hatte sich nicht einmal umgezogen, nur den Kittel abgestreift und in sein schäbiges Aktenmäppchen Pyjama und Waschzeug gestopft, und war Hals über Kopf zum nächsten Zug gelaufen.

Dreimal am Tag ging ich zur Fähre, ich war ganz sicher, daß der Heilige Georg ohne Bedenken dem Magnet-Wort

›ich brauche dich‹ folgen werde. Vielleicht würde er beunruhigt sein, vielleicht würde er sich, so dringlich gerufen, falschen Hoffnungen hingeben, vielleicht riß ich ihn aus jener seltenen Gnaden-Stunde künstlerischer Eingebung – offen gestanden, das kümmerte mich wenig. Ich war traurig, brauchte Trost und Zerstreuung, ich brauchte den Heiligen Georg, also mußte er kommen ...

Zwei böse Tage und durchwachte Nächte hatte ich hinter mir: Joe und ich hielten uns an unser Versprechen, wir beschränkten uns auf Höflichkeitsfloskeln bei Tisch und nichtssagenden Wortwechsel in Gegenwart der anderen. Ich vergeudete die Tage mit Nichtstun; manchmal spielte ich Ping-Pong mit dem Märchendichter, – er spielt noch schlechter als ich –, manchmal streifte ich stundenlang durch den Park und suchte vergeblich die Freude des ersten Tages an der üppigen Buntheit der herbstlichen Wälder.

Das Nebeneinander-Leben wurde zur Qual gesteigert durch die dünnen Wände, die jeden Schritt, jedes Hüsteln, jedes Stuhlrücken im Zimmer des einen beflissen an den anderen vermittelten. Joe hatte damals für eine Zeitlang sein Zimmer mit dem des Malers vertauscht – nicht etwa meinetwegen, um mir näher zu sein, das bilde ich mir nun nicht ein. Eher glaube ich, daß der Tausch ein Einfall des Malers war, der hatte oft verrückte Einfälle, versteifte sich plötzlich darauf, er müsse eine Woche lang in Joes Zimmer hausen – keine Ahnung, was er sich davon versprechen mochte. Und Joe ist ein friedlicher Mensch, ist ganz selig, wenn er jemandem einen Gefallen erweisen kann; kommt einer gerannt und bittet Joe und spekuliert auf seine Gutherzigkeit – gleich läßt Joe sich überfahren und holt dem anderen das Blaue vom Himmel 'runter. Auch von dem Maler hatte er sich glatt überfahren lassen und für eine Woche mit ihm getauscht, hatte all seinen Kram in die 12 'rübergeschleppt und noch dem Maler beim Umzug geholfen, obwohl er den gar nicht besonders leiden kann.

Da hatte ich nun das Vergnügen, bei Tag und Nacht Joes

Schreibmaschine nebenan klappern zu hören, Joe arbeitete wie besessen, schien nichts im Kopf zu haben als seinen Roman ...

Ich dachte: Dieses eintönige Maschinengeklapper macht mich noch wahnsinnig ... Jetzt unterbricht er sich, er trommelt auf der Tischplatte und pfeift. Eine Unverschämtheit, so laut und so falsch zu pfeifen! Er komponiert sich, scheint's, seine Arien selbst ... Jetzt schiebt er seinen Stuhl zurück, er geht zur Tür – wenn er jetzt zu mir käme ...?

Aber er kam nicht.

Am Abend vor der Ankunft des Heiligen Georg erwähnte ich bei Tisch – ich richtete das Wort an den Maler und meinte Joe –, ich erwarte den Besuch des Bildhauers Georg R.

Der Maler horchte auf, erinnerte sich des Namens: er hat in einer Ausstellung eine Statue des Georg R. gesehen, einen schreitenden Knaben; er war beeindruckt, ja ergriffen gewesen, hatte anfangs nicht glauben wollen, daß dieses Werk, so eigenwillig und ausgewogen, von einem blutjungen noch ganz unbekannten Bildhauer stammte.

Seine Überraschung, seine unverstellte Freude, den Georg R. nun persönlich kennenzulernen, hat mich mit dem Maler versöhnt.

»Der wird seinen Weg machen«, sagte der Maler. »Eine große Begabung ... Er wird es schwer haben. Der macht keine Konzessionen.«

Ich sah eine Spur Traurigkeit wie einen Nebelstreif über den Zügen des Mannes: der hat die Fünfzig überschritten, hat um Anerkennung und Verdienstes willen sein eigentliches Anliegen verraten und säuft sich langsam aber sicher zu Tode.

Joe hatte betroffen aufgeblickt, als ich den Namen meines Freundes nannte, aber er schwieg und stand vom Tisch auf, während noch der Maler und ich uns in Lobeserhebungen auf den Bildhauer R. ergingen.

In dieser Nacht verließ Joe, endlose Wanderungen unterbrechend, zweimal sein Zimmer, er schaffte noch die drei Schritte über den Flur und verharrte vor meiner Zimmertür, minutenlang, ohne anzuklopfen, und ich lag im Bett, die Decke ans Kinn gezogen, ich zitterte vor Angst und betete: »Lieber Gott, mach, daß Joe kommt –«, und ich war entschlossen, Joe 'rauszuschmeißen, wenn er tatsächlich die Frechheit besitzen sollte …

Ich meinte Joes Atem vor der Tür zu vernehmen, und ich stürzte in Enttäuschung, wenn er stumm kehrtmachte und in sein Zimmer zurückschlich, und ich haßte und bewunderte ihn wegen seiner Standhaftigkeit.


Am Abend darauf holte ich den Heiligen Georg ab, es war schon stockdunkel, und ich fürchtete mich sehr, als ich quer durch den Park lief, um den Weg zur Fähre abzuschneiden. Das bleiche Licht der Uferweiden jagte mir Schauder über den Rücken, ich atmete auf, als durch die Bäume Lampen von der Anlegestelle blinkten.

Der Parkzaun endet am See, die letzten Pfosten umspülen winzige Wellen, eine vielstämmige, schräg überhängende Trauerweide bildet gleichsam eine Brücke zwischen dem äußersten Parkwinkel und dem See. Ich watete durch das seichte Uferwasser und zwängte mich durch das verkrüppelte Astwerk des Brücken-Baums.

Die Fähre hatte schon angelegt, die wenigen Fahrgäste hatten sich verlaufen – auf dem Steg stand verloren, sein Mäppchen unter dem Arm, der Heilige Georg.

Ich umarmte ihn stürmisch. »Daß du wirklich gekommen bist –«

Der Junge ist so verwirrt durch den ungestümen Empfang, daß er mir einen Kuß gibt, es ist ein lammfrommer Kuß, und der Heilige Georg erschrickt, als ich zu weinen beginne. »Um Gotteswillen, was ist passiert, Maria? Hab ich dich beleidigt? Das wollte ich nicht, Maria, wirklich nicht!«

Unter Tränen muß ich lachen. »Du bist ein unverbesserlicher Dummkopf!« Und ich dränge ihn durch die sperrigen Weidenäste; natürlich tritt er fehl und platscht bis über die Knöchel ins Wasser.

Himmel, erbarme dich über diesen Tolpatsch! Ich helfe ihm ans Ufer, Hand in Hand gehen wir durch den Park, der Heilige Georg sagt: »Mir ist, als wärst du schon Jahre fort, Maria, ich bin sooft an deinem Haus vorbeigegangen und hab geguckt, ob nicht doch Licht brennt in deinem Atelier. Und bei mir ist es so leer ohne dich – ach, Maria …«

»Nicht lyrisch werden, Heiliger Georg!«

Er schluckt, er sagt dann rasch: »Ehrenwort, wir vermissen dich. Falstaff hat keinen mehr, mit dem er sich zanken kann, und der Brave Anton hat Sehnsucht nach deinem Gin.«

»Madonna! Er ist ja völlig demoralisiert –«

»Du hättest mir längst schreiben sollen, Maria.«

»Ich hätte überhaupt zuhaus bleiben sollen – ach, Heiliger Georg …«

»Nicht lyrisch werden, Maria.«

Ich lasse seine Hand los, ich nehme ihm seinen schüchternen Scherz gewaltig übel. Ich fauche: »Kannst du nichts ernst nehmen, du? Ein reizender Freund! Ich hab dich nicht gerufen, damit du mir Zynismen an den Kopf schmeißt – fahr man gleich wieder ab!«

Immer werde ich ungerecht, wenn ich nervös bin, aber schließlich kann ich doch nichts dafür, daß ich nervös bin, das sollte der Heilige Georg längst wissen, wo wir uns doch solange schon kennen.

Wir waren schon auf dem Kiesweg zum Vorplatz, der Heilige Georg war stehen geblieben, bestürzt, mit hängenden Armen; seine Jacke, zu weit für seinen schmalen Jungenkörper, schlotterte um ihn. So stand er da in all seiner Hilflosigkeit, blaß, unordentlich angezogen, und seine Augen waren ganz schwarz vor Schmerz.

»Heiliger Georg, du bist der beste Mensch auf der ganzen Welt! Wenn ich dich nicht hätte –«

Im Korridor begegneten wir Joe. Er warf einen prüfenden Blick auf den Heiligen Georg, und ich hielt ihn auf und stellte die beiden einander vor, ganz förmlich: »Herr R. – Herr Z.«

Niemals war mir der Gedanke gekommen, der Heilige Georg könne jemandem mißfallen; erst beim Abendbrot, als ich ihn vorführte wie ein Wundertier, gab mir die Kritikerin zu spüren, daß man mit dem Jungen nicht viel Staat machen kann: der abschätzige Blick, die ironisch gekräuselten Lippen der Dame L. trieben mir die Röte ins Gesicht. Ich bin so an den Heiligen Georg gewöhnt, daß ich sonst seinem Äußeren gar keine Beachtung schenke, erst jetzt merke ich: er ist dünn, daß man ihm das Vaterunser durch die Backen blasen kann, er ist unrasiert, sein schwarzes Haar kraust sich wild über der Stirn, sein Hemd ist zerknittert – er wirkte recht verlottert neben der dezenten Eleganz der Kritikerin.

Ich war dem Maler für seine gemessene Begeisterung, dem Joe für seine warmherzigen, gescheiten Fragen dankbar. Den beiden hat es der Heilige Georg gleich angetan, sie übersahen sein unbeholfenes Gehabe bei Tisch: Händen, die ein Bildwerk wie den ›schreitenden Knaben‹ schufen, muß man jedes Ungeschick verzeihen.

Ich thronte stolz neben meinem Freund, mit jedem Blick und jeder Geste mußte ich den anderen beweisen: Seht, das ist mein Heiliger Georg, mein sanfter, kluger, begabter Freund ... Ich kostete die Anerkennung der anderen aus, als gelte sie mir, und wenn ich dem Jungen Tee einschenkte oder das Brot reichte, war meine Fürsorge nur zur Hälfte noch eine Herausforderung an Joe, fast hatte ich vergessen, daß ich mit dem Da-sein des Heiligen Georg den Joe hatte verletzen wollen.

Als wir uns später im Klubraum zusammenfinden, sitze ich zwischen Joe und dem Heiligen Georg, die in einen Disput verwickelt sind und darüber das Trinken vergessen.

Der Märchendichter hat sich still zurückgezogen.

Die Kritikerin schickt mäuseflink ihre Augen hin und her zwischen den Männern und mir.

Der Maler gießt einen Kognac nach dem anderen hinunter, er läßt den Blick nicht vom Heiligen Georg, hin und wieder wirft er Satzfetzen ins Gespräch, die schnoddriger werden mit jedem Glas.

Der Filmautor spielt Schallplatten ab und kritzelt in seinem Notizbuch, bienenfleißig und ganz abwesend.

Der Heilige Georg taut auf, er spricht sogar zusammenhängende Sätze und wendet sich bald nur noch an Joe. Stärker denn je spüre ich das Bezwingende in der sanften Heiterkeit Joes, die seine zuweilen lehrhaften Worte überstrahlt und den Heiligen Georg bezaubert; ich rücke näher an den Jungen heran, um mich ihm wieder in Erinnerung zu bringen: es scheint ja, als habe der bloß noch Augen und Ohren für Joe.

Der Eindruck, den der Heilige Georg empfängt, überträgt sich auf mich und vertieft schmerzvoll meine Zuneigung für Joe. Trotzdem brenne ich vor Eifersucht: der Heilige Georg ist meinetwegen gekommen, mich soll er trösten – und nun verliert er, der Zurückhaltende, Menschenscheue, im Handumdrehen sein Herz an Joe, an diesen Rattenfänger, der einen bloß anzuschauen braucht mit seinen bunten Eulenaugen, gleich muß man ihm hinterher laufen …

Der Maler ist schon betrunken, mit verschleierten Augen starrt er in sein Glas; ich ahne, was hinter seiner Stirn vorgeht.

Der Heilige Georg sagt, und bei ihm klingt das gar nicht pathetisch: »Die Kunst ist eine Heilige –« und seine Augen blühen auf wie schwarze Blumen.

Joe lächelt trüb, und der Maler sagt: »Nebbich, junger Mann! Die Kunst geht auf den Strich –« Seine Stimme flackert.

Der Heilige Georg sagt glühend: »Die Kunst duldet keine Zugeständnisse, man muß ihr gehören, mit jedem Atemzug –«

»Scheiße!« sagt der Maler, er torkelt auf, sein Sessel schlägt hintenüber, der Heilige Georg hebt fassungslos beide Arme gegen den Mann. Der steht schwankend, schwer auf den Tisch gestützt, er starrt dem Jungen ins Gesicht, er höhnt:

»Gott erhalte Ihnen Ihren Kinderglauben, Mensch!« und taumelt zur Portiere. Er verwickelt sich in den Falten und wäre gestürzt, wären Joe und ich nicht hinzugesprungen. Joe hält den Betrunkenen fest. Ich sehe: dessen Gesicht ist überschwemmt von Tränen.

Joe führt den Maler hinaus.

Ich streichele die Hand des Jungen. »Es ist nichts, Heiliger Georg. Vergiß es!«

Die Kritikerin rauscht davon.

»Trink!« sage ich. »Spül das 'runter. Es war häßlich, aber du sollst nicht mehr daran denken. Trink, Heiliger Georg!« Und er trinkt gehorsam.

Der Filmautor hat uns den Rücken zugekehrt, vielleicht arbeitet er wirklich, er pflegt zu sagen, er brauche Tumult bei seiner Arbeit und schreibe am liebsten in lärmerfüllten Lokalen. Hier sorgt er für Lärm: in der rechten den Bleistift, legt er mit der linken Hand unermüdlich dieselben vier oder fünf Dixie-Platten auf, und die zuckenden Rhythmen decken unser Flüstern zu.

Der Heilige Georg verträgt Alkohol nicht, er hat drei Kognac getrunken und ist schon beschwipst, er spielt mit meinen Fingern und fragt: »Möchtest du morgen nicht mitkommen, Maria, nach Haus?«

Ich sage: »Vielleicht. Ich weiß noch nicht.«

Er sagt: »Ich habe nicht mal ein Bild von dir, Maria, ich wollte –« Er zögert, überwindet sich, sagt hastig: »Ich wollte dich immer schon bitten: möchtest du mir nicht Modell stehen? Nein, nein, Maria, nicht so, nicht als Akt, du nicht, das käme mir vor wie Diebstahl. Deinen Kopf möchte ich haben –«

»Du sollst ihn haben«, sage ich und lache meine Befangenheit fort, ich möchte nicht eingestehen, was mir die Bitte des Heiligen Georg bedeutet, der so eigensinnig und wählerisch mit seinen Modellen umgeht.

Der Junge leuchtet auf. »Danke, Maria«, sagt er. Dabei hat er mir ein Geschenk gemacht mit seiner Bitte, der berühmteste Bildhauer hätte mich nicht stolzer machen können, wirklich!

Der Junge ist nun mächtig mutig, er wickelt meine langen, glatten Haarsträhnen um die Hand und sagt: »Dein Haar ist ganz rot im Licht, Maria.«

»Bah, mein Haar ist nicht rot, ich bin kein Fuchs ...«

»Fuchs ...«, lockt er. »Komm, Fuchs, komm ...« und er zieht mich an den Haaren zu sich heran.

»Bist du verrückt? Du tust mir weh –« Ich beiße ihn in die Hand, er schreit übertrieben laut auf, und der Filmautor fährt herum, überschaut die Situation und bückt sich grinsend wieder über sein Notizbuch.

Wir beide stecken kichernd die Köpfe zusammen. »Das kostet einen Kuß«, flüstert der Heilige Georg. »Gib, Rotfuchs! Na, gib schon ...«

Joe schlug den Vorhang beiseite, Joe war taub und blind, er setzte sich zu uns, als sei nichts geschehn, er stürzte schnell nacheinander [ein] paar Kognac hinab.

Wir fanden nicht in die köstliche Stimmung von vorhin zurück, und das Gespräch versickerte.

Joes Gleichmut erbitterte mich, ich flirtete schamlos mit dem Heiligen Georg, und der nahm meine flittrigen Halblügen als goldechte Versprechungen und strahlte Seligkeit.

Plötzlich erhebt sich Joe, er sagt kalt: »Gute Nacht!« und geht, ohne uns die Hand zu geben.

Der Heilige Georg ist auf einmal ernüchtert, er schüttelt den Kopf, und im Spiegel seines Gesichts sehe ich, daß ich blaß geworden bin.

»Was hat er, Maria? Was hast du?«

Ich zucke die Schultern. »Er ist bißchen komisch. Übrigens, was kümmert uns das?«

Wir irren durch den finsteren Wald, Hänsel und Gretel, die der Vater verlassen hat, wir sind so müde, und keine tröstliche Stimme klingt für uns. Ich sage: »Ich will schlafen gehen.«

»Wenn du meinst, Maria ...«

Georg hatte sein Zimmer im ersten Stock, und als wir die Treppe hinaufstiegen, sagte er versonnen: »Dieser Walter Z. ist ein wunderbarer Mensch. Ich verstehe gar nicht, warum du so abweisend gegen ihn bist. So ein Mensch, der einem alles klar und hell machen kann, verstehst du, Maria? Ich glaube, ich würde mich mit ihm befreunden. Du solltest dich an ihn halten, Maria, er kann dir [ein] bißchen Frieden geben. Das ist viel, Maria, das ist beinahe mehr, als man von einem anderen erwarten darf –«

»Hör auf, Mensch, hör auf!« bat ich. »Kein Wort mehr über ihn – er ist mir zuwider, ist so aufreizend rechtschaffen … Diese Sorte Menschen langweilt mich …«

Vor seiner Tür wollten wir uns verabschieden, aber unsere Hände fanden nicht auseinander, der Heilige Georg sagte: »Morgen muß ich wieder fort.«

»Nein!« rief ich.

»Ich muß arbeiten, Maria, gerade du solltest das verstehen.«

»Bleib hier«, bettelte ich. »Begreifst du denn nicht –?«

Nein, er begriff nicht, und als er mich endlich zu küssen wagte, glaubte er immer noch, meine Küsse gelten ihm.

Ich klomm die Stiege zum Dachgeschoß empor und prallte im Flur auf Joe. »Ah, Sie haben gelauscht … Wie geschmacklos, Verehrtester!«

Ich weiche zurück bis an die Wand, niemals habe ich Joes Gesicht so von Zorn entstellt gesehen, ich habe gedacht, Joe könne überhaupt nicht zornig werden. Joe packt mich bei beiden Schultern und schüttelt mich, er sagt wild: »Du bist gemein, Maria, du bist so gemein! Was machst du bloß mit dem Jungen? Der ist ja bis über beide Ohren in dich verliebt, das sieht doch ein Blinder, und du spielst mit ihm –«

Ich habe mich wieder ganz in der Gewalt, ich sage gelassen: »Und woher wollen Sie wissen, daß ich ihn nicht auch gern hab?«

»Pah, mich kannst du nicht belügen, ich kenne dich besser, als du denkst. Wie egoistisch du bist! Nimmst von den Menschen, was du brauchst, damit du ja nicht aus deiner herrlichen Trägheit gerissen wirst, du wirfst sie weg, wenn du sie ausgelaugt hast – aber mich kannst du nicht für deine üblen Spielereien einspannen, mich nicht!«

Auf einmal läßt er meine Schultern los, er sagt finster: »Wozu rede ich? Du weißt nichts von fair play, Maria, du kannst nicht mit Anstand verlieren –«

»Wovon sprechen Sie eigentlich?« frage ich kühl.

Joe tritt einen Schritt zurück, wenn er jetzt in sein Zimmer geht und die Tür hinter sich schließt, ist die letzte Hoffnung dahin. Mir ist auf einmal sterbenselend zumute, ich habe den Heiligen Georg schändlich belogen, und nicht einmal die Lüge hat mir geholfen, mir ist alles so gleichgültig, ich sage kläglich: »Wenn ich doch nichts dafür kann, Joe …«

Joe sieht mich an, und ich versinke in seinen unsäglichen Augen, die so strahlend sind und so groß, als habe Joe sich gleich zweimal gemeldet, als der liebe Gott die Augen verteilt hat.

Joe sagt: »Es ist ja ganz sinnlos, dir Moral zu predigen, du törichtes, selbstisches Geschöpf. Und welches Recht habe ich denn, dich zu tadeln, da mich selbst alles zu dir zieht?«

Niemals habe ich gezweifelt, niemals schlaflos in Bangigkeit gelegen, immer habe ich gewußt, was Joe mir jetzt unverhüllt sagt. Mein Körper bebt von den Stößen meines Herzens, wir stehen umschlungen, Joes Stimme ist über mir, ich höre seine Worte und fasse den Sinn nicht. »Ich kann den Kreis um mich nicht zerbrechen, ohne selbst zu zerbrechen.«

Wie er sich sträubt gegen mich, gegen sich … Mich kümmert's nicht, was später sein wird. Selbst Joe kann lügen, das ist wunderbar, und die Wahrheit ist wunderbar, die er vergebens fortzulügen versucht. Mag er Armseliges reden von Freundschaft und Vertrauen – ich, die Frau, weiß mehr als er, und er wird es wissen, wenn nicht heute, so morgen oder übermorgen oder nächste Woche, das macht nichts, ich kann warten, manchmal kann ich warten.

Nein, ich sagte nichts, jede Antwort wäre müßig gewesen,

ich ging in mein Zimmer, ohne mich nach dem Mann umzublicken. Er rief: »Maria!« Ich drehte den Schlüssel zweimal
herum.

Ich hörte Joe in seinem Zimmer wandern, und ich dachte:
Soll er sich quälen! Ich hab mich auch gequält, für mich ist
nun alles gut und klar, Joe liebt mich, es kann nicht anders
sein … Ich schloß die Augen und glitt willig in Schlaf.

Als ich erwachte, lag ich minutenlang betäubt von einem
unerhörten Glücksgefühl. Ich hatte geträumt:

Ich bin in meinem Atelier, ich sehe jedes Bild, jeden Nagel,
es ist, getreu bis in winzigste Einzelheiten, mein Atelier, doch
sehe ich nicht mit körperhaften Augen, ich bin ein Rauch, ein
Stäubchen, schwerelos, empfindungslos, nur Blick …

Die Tür springt auf, und kein Laut ist zu vernehmen, eine
Gestalt gleitet in den Raum, ein Mann ohne Gesicht, seine
Züge sind grauer Nebelfleck, aber ich bin nicht neugierig,
den Fremden zu erkennen.

Ich warte.

Ein fahlroter Schein drängt sich in das Dunkel und löst die
Konturen des Mannes ohne Gesicht aus dem Ungewissen.
Tiefer und röter wird das Leuchten, es geht von der Staffelei
aus und schwelt wie ein ferner Brand, und in der Glut hockt
auf den Fersen ein nacktes, gelbhäutiges Mädchen, den Kopf
schräg zur Schulter geneigt, scheu und erwartungsvoll.

»Maria!« ruft der Fremde.

Da ist das Atelier in Flammen getaucht, und das Mädchen
hebt den Kopf, und ich bin das Mädchen und bin Fleisch
und Blut und erkenne den Fremden: aus dem schwimmenden Nebelfleck schält sich das Gesicht Joes. Er streckt die
Arme aus, und ich werfe mich ohne Besinnen ihm entgegen
und versinke, ehe ich noch den Hafen seiner Umarmung erreicht habe, in einer heiß und kalten Welle, jettschwarz und
glänzend …

Ich lag ohne Atem, und als die Morgensonne den Traum
auslöschte, sprang die Freude in mir auf, eine Freude, die ich

ungetrübt durch diesen Tag und alle folgenden Tage tragen würde.

Erst einmal im Leben bin ich verliebt gewesen, richtig verliebt, das war noch während meiner Schulzeit, ich ging in die 12. Klasse.

Ein Neuer war zu uns gekommen, ein Junge von der Waterkant, blondlockig und draufgängerisch – ein rechter Affe, finde ich heute. Damals freilich war er für mich der schönste, kühnste aller Männer, ein Klaus Störtebeker, umwittert von Piraten-Romantik.

Wenn er guter Laune war, schnackte er Hamburger Platt mit spitzem s-t, er wiegte sich im Seemannsgang über den Schulhof, hochmütig durch Getuschel und kitzelndes Lachen, und die Bewunderung der Mädchen tänzelte ihm hinterher.

Er hieß Hans und benahm sich auch so: Hoppla, da bin ich! Er verdrehte uns, den Jungen wie den Mädchen, den Kopf, wir waren verrückt nach ihm. Wahrscheinlich hatte er nie ein Schiff von innen gesehen, aber er wußte zu erzählen, als habe er dreimal die Welt umsegelt: er war zuhaus auf den Balearen und in den Kneipen von Schanghai und im Hafen von Rio; er hatte mit Hula-Hula-Mädchen unter Kokospalmen getanzt und in den Londoner Slums mit chinesischen Dockern gesoffen.

Ich ging prompt seinem blauäugigen Radikalismus auf den Leim und verliebte mich Hals über Kopf in ihn.

Hans verachtete Mädchen mit der müden Arroganz eines übersättigten Snobs. Zu mir war er nur nett, wenn er meine lateinischen Übersetzungen abschreiben wollte; dann griff er mir unters Kinn und sagte: »Na, seute Deern …«, und lachte sein unwiderstehliches Teerjacken-Lachen, und ich ließ ihn abschreiben, und dann übersah er mich wieder – bis zur nächsten Lateinstunde.

Wochenlang war ich krank vor Liebe, aus einem Klassenfoto schnitt ich sein Bild und bedeckte es mit Küssen und trug es in einem Medaillon mit mir herum wie ein Amulett.

Ich schrieb Liebesgedichte, hysterisch und sentimental – ich werde heute noch rot, wenn ich sie wieder mal lese –, ich weinte, wenn er mich kühl grüßte, und war selig, wenn er mir ein freundliches Wort gönnte.

Bei einem Schülerball holte er mich zum Tanz. Damals waren noch die ›Caprifischer‹ im Schwange, und unsere Schüler-Kapelle schluchzte den Tango in einer rote-Sonne-im-Meer-Untergangsstimmung, daß mir die Knie watteweich wurden.

Nach diesem Tanz flüchtete ich – keine Hand durfte mich berühren, nachdem Hans' Arm meine Hüften umschlungen hatte. Mit einer Rasierklinge wollte ich mir die Pulsadern durchschneiden. Phantastisch! Die schönste und letzte der Tugenden, die in der Büchse der Pandora uns geblieben, die Hoffnung hielt mich am Leben: Einen Kuß von Hans und dann sterben ...

Meine unglückselige Leidenschaft hielt bis zum Abitur an und noch ein wenig darüber hinaus, aber dann verlor ich Hans aus den Augen und beinahe auch aus dem Sinn.

Zwei Jahre später, als ich auf der Kunsthochschule studierte, traf ich meinen Piraten in Berlin wieder, am Alexanderplatz, ich war eben 19 Jahre geworden und, wenigstens an Gestalt und Gehabe, kein Kind mehr. Wir begrüßten uns so überschwenglich wie ehemalige Schulkameraden sich begrüßen, die einander fast vergessen haben.

Hans lud mich in eine Bar ein, das Wiedersehen mußte gefeiert werden. Er war nach dem Abitur zurückgekehrt nach Hamburg, wo er, angeblich, in einem Hotel als Kellner arbeitete. Nun, den Kellner hab ich ihm nicht abgenommen: er investierte an diesem Abend in Fizzes und Cocktails soviel Geld, wie ich es während meiner ganzen Studienzeit nicht auf einem Haufen gesehen hab.

Ich wage nicht zu entscheiden, ob ich an diesem Abend dem Hans besser gefallen hab als damals in der 12. Klasse, ich weiß ja nicht einmal genau, ob mich selbst mehr als nur ein süß-sentimentales Erinnern an die Penne und die erste große Liebe verleitete ...

Damals konnte ich noch nicht abschätzen, wann ich zu trinken aufhören müßte, um klaren Kopf zu bewahren, und ich war dann furchtbar besoffen, und nach Mitternacht ging ich mit Hans.

Ich hatte bis dahin noch mit keinem Mann geschlafen. Sicher, Hans wußte das nicht, aber ich glaube, wenn er es gewußt hätte, es wäre ihm auch gleichgültig gewesen. Aber das ist eine scheußliche Geschichte, und ich mag daran nicht zurückdenken.

Später hab ich hin und wieder für jemanden geschwärmt, aber ich hab immer den Kopf oben behalten und mich nie wieder bis zur Bewußtlosigkeit betrunken und immer zur rechten Zeit nein gesagt – die geile Fratze des Mannes, die in jener Nacht sekundenlang aus meinem Alkohol-Rausch tauchte, hab ich nicht vergessen und das schmähliche, schmutzige Erwachen nicht verwinden können …

Ich dachte: Dem Heiligen Georg werde ich nicht verraten, wie es um Joe und mich steht, und ich werde ihn nicht halten, wenn er heimfahren will. Aber er soll ohne Enttäuschung heimfahren, er ist empfindsam wie eine Jungfer, vielleicht würde seine Arbeit darunter leiden, wenn er die Wahrheit erführe. Das heißt, ganz sicher bin ich nicht, ob ihm seine Arbeit nicht doch bedeutsamer und wichtiger ist als ein Mädchen, er hat sich nie um Mädchen geschert, so wenig wie um seine Anzüge, um Essen und Trinken und häusliche Ordnung.

Und irgendwann werde ich wieder bei ihm sein. Irgendwann … Ich mag nicht grübeln, was in der nächsten Woche sein wird oder im nächsten Monat, ich habe niemals Zukunftspläne geschmiedet oder dem Schicksal vorzugreifen versucht.

»Es wird sich schon alles historisch entwickeln«, pflegte mein Vater zu sagen. Er war Kunstmaler und ist sein Lebtag auf keinen grünen Zweig gekommen, er hat nur gemalt, was ihm paßte – und das paßte meist den Leuten nicht, die seine Bilder hätten bezahlen können. Trotzdem hat er nicht schlecht verdient, nur hat er sein Geld nicht einzuteilen verstanden. Ich bin nach ihm geartet, ich kann auch nicht einteilen.

Ganz schlimm ist es mit ihm geworden, nachdem Mutter beim Bombenangriff auf Magdeburg umgekommen war, da hab ich den Haushalt führen müssen, und in den Hungerjahren nach dem Krieg bin ich über die Äcker gekrochen und hab Kartoffeln gestoppelt und Ähren gelesen. Nicht einmal unsere Schnaps-Zuteilung hab ich verscheuern können, den Schnaps hat Vater selbst getrunken – und damals gab es für eine Flasche 200 Mark, und für 200 Mark kriegte man sechs oder sieben Brote auf dem Schwarzen Markt.

Das möchte man heute gar nicht mehr glauben, auch nicht, daß man damals oft vor Hunger nicht hat in den Schlaf kommen können. Manchmal ist es mir noch wie ein Wunder, wenn ich in den Speisesaal komme und den Tisch gedeckt finde mit allem, wovon man 1947 nur zu träumen wagte, und wir lassen dann noch die Hälfte übrig. Ich werfe nie ein Stück Brot weg, ich kann nicht vergessen, wie ich einmal, in der trostlosesten Zeit, meinem Vater eine Schnitte Brot von seiner Zuteilung – wir bekamen 200 gr. Brot pro Tag – gestohlen hab. Nein, er hat nicht geschimpft, er hat nie mit mir geschimpft, und ich hab nicht eine einzige Ohrfeige von ihm bekommen, solange ich denken kann.

Aber gemerkt hat er wohl, daß eine Schnitte Brot fehlte, eine von fünf hauchdünnen Schnitten, und wie ich sein Gesicht gesehen hab, sein krankes, mageres, unglückliches Gesicht, da hab ich mir geschworen: ich werd's ihm zurückgeben mit Zins und Zinseszins, ich werd für ihn sorgen ... Er hat es nicht mehr erlebt, wie ich mein erstes Bild verkaufte und in der Zeitung erwähnt wurde und Geld verdiente.

Der Schnaps hat ihn fertig gemacht und der Kummer wegen Mutter, dabei ist er immer ein starker, tapferer, heiterer Mensch gewesen, und nicht mal die Nazis haben ihn fertigmachen können, als sie ihn ins KZ gesperrt hatten wegen eines bösartigen Witzes über den Emporkömmling Hitler.

Ich glaube, er ist nicht einmal aus Prinzip gegen die Nazis gewesen, er hat keine fundierte politische Überzeugung gehabt, eher war seine Gegnerschaft aus Trägheit erwachsen und aus Liebe zu seiner Kunst, die die braunen Ignoranten als ›entartet‹ diffamierten, er mochte sich nichts vorschreiben und nicht kommandieren lassen. Mit Drohungen und Strafen richtete man bei ihm schon gar nichts aus, desto verstockter wurde er.

Das hat er mir auch vererbt: dieses wunderliche Ineinander von Trotz und Gleichgültigkeit, sich-treiben-lassen und mit-dem-Kopf-durch-die-Wand-wollen. Ich lasse mich auch zu nichts zwingen, was ich nicht von mir aus als gut und richtig erkannt und akzeptiert hab, bloß – meist ist die Mauer härter als mein Kopf ... Das hab ich oft genug zu spüren gekriegt, in der Schule und während des Studiums und in dem Jahr danach.

Ich hab's nicht leicht gehabt, das Entbehren hab ich nicht verlernt, ich hab mich ganz schön durchboxen müssen, aber es ist mir nicht übel bekommen: wenn ich auch dünn bin wie ein Schachtelhalm, ich hab breite Schultern, die können sich allerhand aufhucken.

Aber das ist schon wieder ein ganz anderes Kapitel, und nun wollte ich aufstehen und nach dem Heiligen Georg schauen: der wird einen greulichen Kater haben, wo er doch keinen Alkohol verträgt, der arme Kerl!

Das Badezimmer schwamm, Spiegel und Fensterscheiben waren feucht beschlagen. Das waren Joes Spuren. Wenn er schlecht geschlafen hat, pflegt er morgens heiß zu duschen. Er planscht wie ein Kind, und hernach steht das ganze Bad unter Wasser, und ich glitsche in klatschnassen Pantöffelchen durch die Pfützen.

Ich ärgerte mich diesmal nicht über die Sintflut. Joe hat schlecht geschlafen. Herrlich!

Ich wollte Joe gefallen und verschwendete eine halbe Stunde darauf, mich zu putzen und zu schminken und mein

Haar zu striegeln. Meine grünen Ohrclips verschloß ich in der Lade, neulich hatte Joe eine leis spöttische Bemerkung über meinen Urwald-Geschmack gemacht – vielleicht hat er recht, und überhaupt ähneln die Clips, wenn ich sie recht besehe, angelutschten Eukalyptus-Bonbons.

Ich dachte: Wenn's ihm beliebt, werde ich mich halt dezent kleiden ... In schwarzen Hosen und schwarzem Pullover werde ich durch die Halle wandeln wie meine eigene Ahnfrau. Schwarz macht schlank – ich bin nur noch ein Strich im Gelände, einfach lachhaft! ... Wie komme ich überhaupt dazu, um Joes willen meinen Geschmack zu vergewaltigen? Na, das gefällt mir: Leute, die ihrem Liebsten zuliebe sich die Nägel grün lackieren oder auf den Händen laufen oder sonst einen tollen Blödsinn veranstalten ...

Wie ich den Speisesaal betrat, gab es mir einen Stich: Joe saß nicht mehr auf dem Platz neben mir, sondern an der entgegengesetzten Seite des Tisches. An seiner Stelle hockte der Heilige Georg, den Kopf auf die Hände gestützt, mit verquollenen Augen, er mußte bös verkatert sein.

Trotzdem plauderte er angeregt mit Joe, und der beugte sich ihm entgegen und betrachtete ihn wie ein Vater seinen Sohn, sicherlich fühlt er sich im Unrecht dem Heiligen Georg gegenüber, ich dachte: Muß der ein zartes Gewissen haben ... Mich beachtete er gar nicht, knapp dankte er meinem Gruß.

Ich war sofort verstimmt und wollte meine schlechte Laune am Heiligen Georg auslassen, doch kaum hatte ich den Jungen [ein] bißchen zu sticheln begonnen, da traf mich ein Blick von Joe, der mir die Sprache verschlug.

Einmal hatte Joe gesagt: »Man darf nicht Schmerzen machen.« Und ich dachte: Ich will keine Schmerzen machen, Joe, ich will liebenswürdig zum Heiligen Georg sein, damit du mir nicht böse bist, Joe. Ich will ja alles tun, was du verlangst ...

Ich führte den Heiligen Georg durch meinen Park, sein Kopfweh verflog in der reinen, kühlen Morgenluft; wir bewarfen uns mit Schneebeeren und pflückten für mein Zimmer einen Strauß gelber und weißer und rosiger Löwenmäulchen.

Nach dem Mittagessen faulenzten wir im kurzen Ufergras, die Sonne wärmte noch, wir träumten in den glasblauen Himmel, und nur ich wußte, daß unsere Träume pfeilgerad aneinander vorbeiflogen.

Der Heilige Georg hatte in seinem Mäppchen neben Pyjama und Waschzeug auch seinen Skizzenblock verstaut, und er bat, mich zeichnen zu dürfen »– für die Plastik«, sagte er.

Ich war froh, daß ich eine halbe Stunde nicht zu sprechen brauchte. Ich sitze ganz still, die Hände um die Knie gefaltet. Der Heilige Georg kauert keine drei Schritte vor mir, aber er ist jetzt sehr weit von mir entfernt. Er arbeitet.

Nie hab ich einen so ergreifenden Ausdruck des Entrücktseins und der Hingabe an die Arbeit gesehen wie auf dem Antlitz des Heiligen Georg. Wenn er die Lider senkt, ist es, als schlössen sich spröde zwei Türen, durch die ich Eingang in ihn suchte, und das eckige Jungengesicht verwandelt sich in eine bestürzend fremde Landschaft.

Eine strenge Falte zackt zwischen seinen schwarzen Brauen; wenn er den Blick zu mir hebt, sind seine Augen dunkle Schächte, auf deren Grund alle Farben der Welt ruhen.

Spielerischer Wind weht mir eine Haarsträhne in die Stirn, ich wage nicht mich zu rühren und das Haar zurückzustreichen. Ob ich auch so versunken bin, so zugesperrt gegen andere, wenn ich vor der Staffelei stehe? Ich glaube, für mich ist Spiel und selbstische Beglückung, was dem Heiligen Georg heißes Mühen und unsausweichbarer Auftrag ist.

Nun klappt er seinen Skizzenblock zu, und mit einem schönen Lächeln, unter dem sein eben noch verpreßter Mund aufblüht, findet er zu mir zurück und in die bewegte Stille des herbstlichen Nachmittags.

Auf einmal überfällt mich stürmische Zärtlichkeit für den

Jungen. Ich sage barsch: »Zeig her, was du da verbrochen hast.«

Er schiebt den Block unter seine Jacke.

Ich werde patzig. Der Heilige Georg soll nicht so bockig sein, nie zeigt er mir seine Arbeiten, das kränkt mich, schließlich bin ich seine Freundin und hab ein Recht darauf, eher als andere zu wissen, was er schafft.

Nein, ich hab gar kein Recht, heute weniger denn je. Nun erst recht bedränge ich ihn, und als er entschieden den Kopf schüttelt, falle ich über ihn her, und wir wälzen uns im Gras und raufen wie Schulbuben.

Der Heilige Georg ist kein Schwächling, er wirft mich auf den Rücken und drückt mit den Knien meine Schultern an die Erde. Wir sind atemlos vor Lachen, ich fletsche die Zähne gegen ihn.

»Du hast ein Wolfsgebiß, Maria«, sagt der Heilige Georg. Er zieht seinen Skizzenblock aus der Tasche und wedelt mir damit vor der Nase herum. »Schnapp ihn, Wolf! Na, schnapp ihn doch –!« hetzt er.

»Warte, ich beiße dir die Kehle durch«, drohe ich und bin nun wirklich wütend, weil ich mich nicht rühren kann.

»Beiß doch«, sagt der Heilige Georg und beugt den Kopf zu mir, er lacht nicht mehr, und da entdecke ich ein Neues in seinen Augen, den Ausdruck von Begehren, den ich manchmal auf den Gesichtern anderer Männer gesehen hab, und der mir herzabdrückende Angst einflößt, weil er sich mit der Erinnerung an Hans verbindet und an die Nacht, die ich nicht vergessen kann.

Der Heilige Georg küßt mich wie ein Rasender. Ich schlage ihn mit aller Kraft ins Gesicht.

Ich bin noch mehr erschrocken als der Junge. Er ist kalkweiß, seine linke Wange flammt. Das hab ich nicht gewollt, aber weil ich selbst mit schuld bin an der Entgleisung des Heiligen Georg, werfe ich meine ganze Wut auf ihn und spiele mich auf, als habe er wunders was verbrochen.

Der Junge ist untröstlich. Weil ich halsstarrig bleibe gegen alle seine gestotterten Bitten um Pardon, sagt er endlich: »Ich zeige dir auch meine Skizzen, Maria, wenn du wieder gut bist.«

Ich sage wegwerfend: »Jetzt will ich deine blöden Skizzen auch nicht mehr sehen!«

Er verstummt. Welche Überwindung muß es ihn gekostet haben, mir seine Zeichnungen anzubieten.

Wir haben niemals ernsthaften Streit miteinander gehabt, es ist schon ein Kunststück, sich mit dem stillen, stets nachgiebigen Jungen zu verzanken.

Wohl eine Stunde lagen wir, verbissen schweigend, nebeneinander und nahmen übel. Mir tat meine Heftigkeit schon wieder leid – ich kann ohnehin niemals lange böse sein –, und ich schielte heimlich hinüber zum Heiligen Georg, der einen Arm schützend über die Augen gelegt hatte. Seine Verschlossenheit machte mich ganz nervös – entweder muß man sich richtig verkrachen oder sich vertragen, Halbheiten mag ich nicht. Ich sagte nadelspitz: »Siehst du, das hast du nun davon: ich komme nicht mit nach Haus ...«

Der Junge hatte, schien's, nur auf das erste Wort gewartet, ich hätte ihn noch zappeln lassen, wenn ich geahnt hätte, wie rasch er zur Versöhnung bereit war. Er versuchte freilich nicht mehr, mich zur Heimfahrt umzustimmen, aber er sagte: »Wenn du wiederkommst, ist die Plastik fertig.«

Woher wußte er, daß ich solange hierbleiben werde?

Ich sagte: »Ja, es kann noch ein paar Wochen dauern.«

Er sagte: »Ich warte, Maria – ein paar Wochen oder paar Monate, wie du willst ...«

Er nahm die letzte Fähre.

Ich begleitete ihn durch den Park zur Anlegestelle, wir gingen Schulter an Schulter und sprachen kein Wort auf dem ganzen Weg.

Erst auf dem Steg, als das Motorboot anlegt, erfaßt uns die Unruhe des nahen Abschieds, in der soviele unausgesprochne Worte mitschwingen. Als fiele das ihm jetzt erst ein, sagt der Heilige Georg überstürzt: »Du, ich hab mir bei

Tisch noch mal den Schwarzen angeguckt, den Märchendichter. Das ist ja ein verteufelt hübscher Bursche ... Weißt du, ich kann schöne Männer nicht leiden, sie denken immer, alle Mädchen fliegen auf sie –«

Ich ahne noch nicht, worauf der Junge hinauswill, und der ist sehr verlegen, als er, leiser nun, sagt: »Hör mal, du, laß dich von dem nicht einwickeln. Versprich mir das, Maria, laß dich auf nichts ein ... Bitte, bitte, reg' dich nicht auf, weil ich dir sowas sage – aber du bist viel zu vertrauensselig, du kennst die Männer nicht, du bist imstande und fällst glatt auf ein schönes Gesicht 'rein –«

Nun muß ich doch lachen, und der Heilige Georg merkt wohl, wie unverstellt meine Belustigung ist; er atmet auf. Er sagt: »Wenn du mal jemanden brauchst, um dich auszusprechen, dann geh lieber zu dem Walter Z. –«

Das Heulen der Bootssirene enthebt mich einer Antwort.

»Einsteigen!« ruft der Bootsführer.

Wir reichen uns die Hand. »Also, dann –«, sagt der Heilige Georg, und es klingt, als seien diese beiden Worte nur die ersten Akkorde einer Flut von Worten. Der Bootsführer trennt uns, resolut schiebt er den Heiligen Georg vor sich her über den Steg.

Die Ketten sind schon gefallen, ich laufe zum Boot. Der Heilige Georg neigt sich über die Reling. Der Motor tuckert. Das Boot treibt schon eine Armlänge vom Ufer ab. Ich sage: »Ich werde jeden Tag an dich denken, Georg«, und dieses Versprechen ist mehr als eine fromme Lüge.

Die Fähre gleitet auf den See hinaus. Der Heilige Georg bewegt die Lippen, ich verstehe seine Antwort nicht mehr. Plötzlich ist es mir ungeheuer wichtig zu wissen, was er mir noch sagen will; ich beuge mich mit halbem Leib über das Geländer, doch ich vernehme nur noch, zerwehend, meinen Namen.

Ich winke, bis das Boot und der Schatten an der Reling von der Nacht aufgesogen sind, ich winke noch, als der Heilige Georg mich unmöglich mehr erkennen kann, und ich bin von Traurigkeit erfüllt: mir ist, als sei eine Brücke ins Wasser gestürzt und ich stünde, abgeschnitten vom Ufer, mutterseelenallein auf meiner Insel.

Als ich mich durch die Weidenäste zwängte und im Park ans Ufer sprang, löste sich vom Zaun eine Gestalt. An den breiten, leicht vorgewölbten Schultern und den raumgreifenden Schritten erkannte ich Joe.

Er trat zu mir und nahm meinen Arm. Er hat unseren Abschied belauert – das ist einfach ungezogen! Er sagte ganz ruhig: »Sie gestatten doch, Maria, daß ich Sie begleite –?«

Ich hatte Lust, mich über seine Unverfrorenheit aufzuregen, da setzte er hinzu: »Sie sollten nicht abends allein durch den Park gehen.«

»Ihre Fürsorge ist wirklich rührend«, spotte ich und gehe schon an seiner Seite auf dem schmalen Pfad, der sich durch raunendes Gebüsch schlängelt. Ein Nachtvogel streicht mit klagendem Schrei ab. Ich zucke zusammen.

Joe lacht, er sagt: »Sie sehen selbst: es ist hier nicht ganz ungefährlich bei Nacht.«

Ich ärgere mich, daß Joe mich für einen Hasenfuß hält.

Joe sagt ernsthaft: »In solch alten Parks treibt sich mancher Spuk 'rum. In den Herbstnächten jagt ein Reiter ohne Kopf durch die Luft, stellen Sie sich vor: wenn er Sie zu sich auf den Sattel nähme – ein Reiter ohne Kopf …«

Ich blicke unwillkürlich zu den Baumwipfeln auf, um nach dem Kopflosen auszuspähen, und Joe sagt: »Vom Heimleiter hörte ich, daß sich in manchen Nächten hier ein schwarzer Hund zeigt, ein riesiger schwarzer Hund mit glühenden Augen –«

Natürlich ist das blanker Unsinn, aber ich erschauere; seit ich Conan Doyles ›Hund von Baskerville‹ gelesen hab, machen mich große schwarze Köter nervös. Ich bin froh, daß Joe sich so dicht neben mir hält – man kann ja nie wissen … Wenn plötzlich zwei glühende Augen aus dem Gebüsch funkelten, ich fiele glatt in Ohnmacht!

Ich sage: »Sie dürfen mir nicht so etwas vorspinnen, Joe, ich träume bestimmt davon.«

»Glauben Sie an Träume?«

»Aber keine Spur!« Ich denke an meinen Traum in der letzten Nacht und räume ein: »Bißchen schon.«

Joe sagt nachdenklich: »Letzte Nacht hab ich von Ihnen geträumt, Maria.« Und sachlich, als handele es sich nicht um ihn und mich, erklärt er mir, Träume seien Spiegelbilder von Gedanken und Gefühlen, die man am Tage gehegt habe – oft Verzerrungen und Ausweitungen eines nur abseitigen, flüchtig aufblitzenden Gedankens.

Ich sage zaghaft: »Ich hab auch von Ihnen geträumt, Joe.«

»Etwas Schönes?«

»Etwas Wunderschönes«, sage ich und möchte mir die Zunge abbeißen.

»Erzählen Sie mir!«

»Ich erinnere mich nicht mehr genau«, sage ich so gleichgültig als möglich.

Joe bleibt stehen. »Sie lügen ja schon wieder, Maria.«

Ich sage: »Jetzt fällt's mir wieder ein: Sie kamen in mein Zimmer und setzten sich zu mir aufs Bett, und auf einmal sprang Aristide – Sie wissen doch: der kleine Bocksbeinige – vom Nachttisch herunter und wuchs und wuchs und wurde riesengroß, und er packte Sie und biß Ihnen die Gurgel durch – knacks!« Ich lache ihm ins Gesicht.

»Und das finden Sie wunderschön?«

»Jawohl«, sage ich gehässig, »das finde ich großartig von Aristide, und ich wollte, er täte es wirklich.«

Joe schwieg betroffen. Nach einer Weile versuchte er zu scherzen: »Dann muß ich wohl mal mit Aristide ein Wort von Mann zu Mann sprechen ...«

Eine Stunde später trug ich Aristide hinüber in Joes Zimmer. Wie ich auf der Schwelle stand, tat Joe, als habe er eben wie besessen gearbeitet, er strich sich über die Stirn, als sei er noch ganz abwesend, aber ich bemerkte wohl, daß der

Bogen Papier vor ihm noch ganz leer war: Nicht ein Wörtchen hatte der Heuchler geschrieben!

Ich setzte Aristide auf den Schreibtisch, neben die Herbstastern, die ich vor [ein] paar Tagen Joe gebracht hatte, sie waren schon welk und strömten [einen] trockenen, strengen Geruch aus. Ich sagte: »Da haben Sie ihn – aber bloß geborgt, bloß für heute nacht.«

Joe schaute den Aristide an wie ein Verliebter.

Ich sagte: »Na, gucken Sie ihn nicht so verzehrend an – am Ende ist nichts mehr von ihm übrig.«

Joe zog meine Hand an die Lippen, er sagte: »Ich denke, wir werden sehr gute Freunde werden«, und es war mir nicht ganz klar, ob er Aristide meinte oder mich.

Joe hätte mir doch nicht von dem schwarzen Gespensterhund erzählen dürfen. Nachts träumte ich Entsetzliches: das grünäugige Untier zerrte mich in den See, ich schrie und schlug um mich, halb wahnsinnig vor Grauen.

Grelles Licht zerriß das Schreckbild, über mir war die besorgte Stimme Joes, ich schluchzte noch, als er mich aufrichtete und mir zusprach wie einem Kind.

Ich war schweißüberströmt. Joe streichelte mein Gesicht, er sagte: »Ich habe dich schreien hören, Maria. Hast du so schlimm geträumt?«

»Oh, es war furchtbar, Joe, dein scheußlicher Köter wollte mich ersäufen –« Ich klammere mich an ihn. »Bitte, nicht weggehen, Joe!«

Er zaudert, wahrscheinlich ist er aus dem Schlaf gerissen worden, es muß weit nach Mitternacht sein, Joe ist im Pyjama. Was ist schon dabei? »Gut«, sagt Joe. »Bis du eingeschlafen bist, Kind ...«

Er legt sich zu mir und schiebt den Arm unter meinen Nacken. Ich habe Vertrauen zu Joe, ich empfinde nichts als die Ruhe des Geborgenseins, und Minuten später bin ich eingeschlafen.

Erwachend, finde ich mich an Joes Brust, und ich bin erstaunt: Wie kommt der Mann in mein Bett? Joe liegt reglos, ich denke, er schläft, aber als ich ein wenig den Kopf hebe, sehe ich: er starrt mit weit offenen Augen zur Decke.

»Guten Morgen, Joe«, sage ich, weil mir vor Verlegenheit nichts Gescheiteres einfällt.

Joe rührt sich nicht, und ich frage: »Hast du gut geschlafen?«

Joe sagt: »Ich habe kein Auge zugetan, Maria.« Wirklich, er liegt in der gleichen Haltung wie vor ein paar Stunden, als ich sorglos an seiner Schulter einschlief.

»Warum denn nicht?« frage ich und weiß im gleichen Augenblick, wie töricht diese Frage ist.

Joe wendet mir langsam den Kopf zu, er sagt: »Vergib ihnen, Herr, denn sie wissen nicht, was sie tun.«

Er nimmt mein Gesicht in beide Hände. »Du brauchst nicht rot zu werden, Maria, nein, du sollst dich nicht schämen. Sieh mich an, Maria! Nein, du wußtest nicht, was du tatest, und ich wußte nicht, wie sehr ich dich liebe. Ich habe wachgelegen bis heute früh, ich habe deinen Körper neben mir gefühlt und deinen Atem auf meinem Gesicht, und ich habe dich nicht angerührt –«

Ich murmele: »Ich war ganz sicher, Joe, daß du mir nichts tust. Sonst hätte ich dich doch nicht gebeten, bei mir zu bleiben.« Ich bin furchtbar aufgeregt durch den Gedanken, Joe könnte vielleicht etwas anderes vermutet haben, ich wiederhole: »Ehrenwort, Joe, niemals hätte ich das getan, lieber wär ich noch mal im Traum ertrunken –«

»Sei ruhig, Maria«, sagt Joe, »ich glaube dir doch.«

Wir liegen still nebeneinander, ich bin nun ein Stückchen von dem Mann abgerückt. Nach einer Weile fragt Joe: »Hast du schon einmal mit einem Mann geschlafen?«

Jeder andere hätte mich mit einer solchen Frage verletzt, aber Joe ist eben nicht ›jeder‹, und ich sage: »Ja, einmal – aber nie wieder.«

»Es war sehr schlimm, nicht wahr?«

Sogar das darf Joe fragen, und ich nicke stumm.

»Das hab ich mir gedacht«, sagt Joe. »Seitdem hast du Angst, der bloße Gedanke an geschlechtliche Liebe erregt dir Ekel –« Er konstatiert das gelassen, ganz sachlich wie ein Arzt, der dem Leiden eines Patienten auf den Grund zu gehen sucht. »Das erste üble Erlebnis hat sich in dir festgehakt und läßt dir diesen natürlichsten Vorgang verzerrt und im trüben Licht einer schlechten Erfahrung erscheinen.« Joe lächelt schwach. »Du hast einen Komplex, Kind, einen ausgewachsenen Komplex ... Vielleicht solltest du dich einmal darüber aussprechen, das erleichtert und klärt.«

»Ja, vielleicht«, sage ich abweisend und wünsche, ich könnte Joe erzählen, was ich sonst keinem Menschen erzählt habe.

Joe schiebt die Decke zurück und fischt nach seinen Schuhen, er bleibt auf der Bettkante sitzen, unvermittelt wendet er mir das Gesicht zu und sagt: »Nun ist ja alles ganz anders, Maria«, sagt es in tiefem Erstaunen, als werde ihm jetzt erst bewußt, daß diese Nacht, in der nichts geschehen ist, unser Verhältnis zueinander von Grund auf verwandelt hat.

Er küßt mich auf die Stirn. »Ich hole dich dann zum Frühstück ab«, sagt er und hat mit diesem alltäglichen Satz die Tage der Gemeinsamkeit eingeleitet.

Die ersten Tage waren noch überschattet von Bestürzung, doch fand ich mich rascher und selbstverständlicher als der Mann in das unerhört Neue unseres Zusammenlebens; für mich war das Wunder schon kein Wunder mehr, als Joe noch fassungslos rätselte, warum es ihn hatte überrumpeln und aus der ruhigen Bahn seines von rechtschaffenen Prinzipien bestimmten Lebens werfen können.

Wenn er Gewissensbisse hatte, so sprach er nicht darüber, und eigentlich gab es ja noch keinen Grund für Gewissensskrupel, unsere Zuneigung war platonisch, jedenfalls bildeten wir uns das ein, unsere Hauptvokabel hieß ›Seele‹; wir sprachen nicht über unsere Liebe, wir sprachen überhaupt nicht über Liebe, geflissentlich gingen wir dem Thema ›Liebe‹ aus dem Weg ...

Ich hatte fast vergessen, daß Joe verheiratet ist, das war so bedeutungslos, damals jedenfalls war es noch bedeutungslos. Nur selten, wenn ich seine Hand ergriff, an der er den goldenen Ring trug – nun trägt er ihn schon seit Wochen nicht mehr –, peinigte mich Eifersucht auf jene Frau, der Joe vor dem Gesetz gehört. Er hat mir nie wieder von ihr erzählt, er besitzt auch kein Bild von ihr, und ich kann mir nicht selbst ein Bild von der Unbekannten machen. So wurde meine Eifersucht allmählich gegenstandslos, ich hegte weder Abneigung noch Mitleid für die Frau, so wenig ich für eine Wolke am Himmel, einen Dunstschleier am Horizont Abneigung oder Mitleid hegen könnte.

Jeder im Haus mußte uns für Freunde halten, nicht mehr und nicht weniger als Freunde: es gab keine zärtlichen Andeutungen zwischen uns, keine verstohlenen Winke, Vertraulichkeit ist mir zuwider, schon das bloße Wort ›Vertraulichkeit‹ erzeugt mir im Mund den Geschmack von Honigseim, klebrig und überzuckert.

Wir nahmen zusammen die Mahlzeiten ein, wir spielten Ping-Pong und streiften stundenlang durch den Park, Joe hatte seine Arbeit liegen lassen und war nur noch für mich da. Wenn ich zu Bett gegangen war, kam Joe noch einmal zu mir, ›Gute Nacht‹ zu sagen, er blieb oft eine Stunde bei mir, wir lagen ganz ruhig nebeneinander und schwatzten über Gott und die Welt.

Wir küßten uns auch, aber Joe war zurückhaltend, sorgsam vermied er alles, was mich hätte erschrecken und an jenes erste häßliche Erlebnis gemahnen können. Niemals gab er mir Anlaß, ihn zurückzuweisen, und allmählich gewöhnte ich mich an ihn und seine Nähe; er spürte jede leiseste Regung von Abwehr in mir, ehe sie sich noch in ein Wort, eine Geste umgesetzt hatte.

Joes einfühlsame Rücksicht hatte meinen Abscheu in Scheu verwandelt, aber Tag für Tag schob ich die letzte Aussprache hinaus – um die Wahrheit zu sagen: ich hatte Angst vor mir ... Nein, das ist läppisch, und nicht einmal in Gedanken sollte ich diese idiotische Redensart gebrauchen, ich bin kein Backfisch mehr, und irgendwo hab ich gelesen: ›Wenn eine Frau Angst vor sich selbst hat, dann braucht man nichts mehr zu fürchten ...‹

Du lieber Himmel, wie haben wir uns gequält! Krampfhaft haben wir uns an unsere platonische Liebe geklammert ...

Manchmal überfiel mich mitten im sachlichsten Gespräch, ja sogar bei Tisch, in Gegenwart der anderen, ein heftiges Verlangen, Joe zu umarmen und zu küssen, und ich mußte mich in Gelächter und Albernheit retten. Dann schaute Joe mich so sonderbar an, er wird geahnt haben, was mich plagte, und heute weiß ich selbst, daß mich die Sehnsucht nach ihm fast aufgefressen hat, aber das wollte ich mir nicht eingestehen, ich dachte ja, jede körperliche Beziehung sei etwas Schmutziges, zutiefst Unmoralisches.

Früher bin ich ordentlich stolz auf meine Gefühlskälte gewesen, hab vor meinen Freunden große Reden geschwungen, Reden voll milder Verachtung für Leute, die ›miteinander schlafen‹. »Was ist das schon, he?« hab ich gesagt. »Geschlechtliche Liebe ist Befriedigung animalischer Bedürfnisse, Konzession an das Tier in uns.«

Ja, das hab ich gesagt, ich erinnere mich genau an diesen Satz, den ich mir ganz allein ausgeknobelt hatte, ich protzte mit diesem Satz, gelassen hab ich ihn hingesprochen, sehr von oben herab.

Der Heilige Georg hat gar nichts gesagt, und Falstaff hat gefeixt und eine Fratze geschnitten, als habe er einen dreckigen Witz auf der Zunge, und der Brave Anton, der manchmal sehr ernsthaft und vernünftig sein kann, hat gesagt: »Du sprichst wie ein Blinder von der Farbe«, und er hat meine Schulter getätschelt, aber nicht spöttisch herablassend wie sonst, eher [ein] bißchen mitleidig. Da hab ich mich schleunigst auf ein Gebiet geflüchtet, auf dem ich mich besser auskenne.

Und heute, in dieser Minute und in jeder Minute am Tage, weiß ich, daß ich keine Blinde mehr bin, Joe hat mir die Augen geöffnet, ich bin ja jetzt erst eine richtige Frau geworden ...

Als die künstliche Schranke zwischen uns spandünn geworden war, als ein Händedruck von Joe mir die Finger versengte und unsere abendlichen trägen Gespräche immer zaghafter um einen gewissen Kern schlichen, da nahm ich mir endlich vor, dem Joe Generalbeichte abzulegen. Das war zwei Wochen nach dem Besuch des Heiligen Georg, vielleicht noch eher, mir ist jedes Zeitgefühl auf unserer Insel verloren gegangen.

Ganz plötzlich hatte ich mich entschlossen, von einer Minute auf die andere, gerade als Joe sehr böse auf mich war.

Wir hatten an dem Abend ›bei Grafens‹ gespielt, wir spielen oft Komödie, erst seit Hendrik hier ist, sind wir ernst und gemessen geworden, und Komödie spielen macht uns keinen rechten Spaß mehr, wir kommen uns schrecklich albern dabei vor. Und überhaupt kann man das nur zu zweit spielen, und wir sind ja nun kaum noch zu zweit, immer ist Hendrik bei uns, auch wenn er gar nicht körperlich, greifbar und sichtbar, in der Nähe ist.

Mal haben wir ›Jonnys Bar‹ gespielt: Wir hängen ein Schild ans Klavier, »Bitte, nicht auf den Pianisten schießen, er tut sein Bestes«, wir sind Trapper und Goldgräber, stemmen die Füße auf den Tisch und wälzen Kaugummi und saftige Flüche im Munde. Wir schießen mit Riesencolts in die Zimmerdecke und sprechen eine blumenreiche Sprache, Gemisch von Winnetou und Mississippi-Tramp – kurz: wir benehmen uns wunderbar wüst und schimpfen uns mit Behagen ›elender Komantsche‹ oder ›räudiger Coyote‹.

›Jonnys Bar‹ spielte ich mit Hingabe, Joe freilich war nicht vollendet in dieser Rolle, er schämte sich wohl ein bißchen vor sich selbst, überhaupt macht er nicht gern Radau, und er versteht über Ludwig Feuerbach und den Ausgang der klassischen deutschen Philosophie besser zu reden als über seine Erfolge bei der letzten Grizzly-Jagd in den Rocky Mountains.

Eher glückt ihm der ›Prominente‹: Wir haben zwei oder drei Nationalpreise, eine Villa bei Berlin und zwei ›Wartburg‹-Wagen, einen dezent fliederblauen für Joe und einen kanariengelben für mich. Wir sind leicht versnobt, die Zigarette baumelt mit freundlicher Skepsis im Mundwinkel, wir sind so berühmt, daß wir nicht mal mehr zu arbeiten brauchen, wir müssen uns bloß ab und zu ein Bonmot ausdenken oder den Plan für ein unerhörtes Kunstwerk, das wir niemals ausführen werden.

Wir schlendern durch den Park und sind geistreich, und dann wälzen wir ein Problem: wo wir heute mittag dinieren werden – Leute wie wir essen nicht, sie dinieren –, und Joe will unbedingt in die Mitropa am Bahnhof Friedrichstaße, damit er die Verbindung mit den Massen nicht verliert, aber ich bin für Kempinski am Ku'damm, unter Kempinski tu ich's nicht mehr.

»Ruf den Chauffeur, Joe!« sage ich.

Joe tadelt mild: »Liebes Kind, wir sind nicht nach Kempinski angezogen –« Wir blicken an uns hinab, wir tragen saloppe Pullover und Cordhosen, die an den Knien ausgebeutelt sind.

»Na, und?« frage ich und setze mein hochmütigstes Lächeln auf. »Lieber Freund, wir sind so berühmt, daß wir uns auch das leisten können ...«

Also speisen wir im nobelsten Restaurant, wir bestellen Gerichte, die wir gar nicht kennen, und wenn wir bei einem Gang nicht wissen, welches der Dutzend raffinierter Bestecke wir benutzen müssen, lassen wir mit Naserümpfen die Platte abservieren.

Manchmal vertieften wir uns so in unser Spiel, daß wir am Ende fast vergessen hatten: wir sind Maria und Joe, eine unbekannte Malerin und ein Schriftsteller ohne klangvollen Namen.

Meist konnte Joe es sich nicht verkneifen, hernach philosophische Betrachtungen über diese ›Flucht aus dem Alltag‹ anzustellen, und er zog weise Schlußfolgerungen und hielt mir Vorträge über Tiefenpsychologie, von denen ich allenfalls die Hälfte verstand.

Je lustiger wir vorher waren, desto tiefsinniger wurde Joe danach, ich konnte mich zuweilen ernstlich über seine Lehrhaftigkeit ärgern: dieser Mensch wandelt mit erhobenem Zeigefinger durchs Leben …

Nun, an jenem Abend spielten wir also ›bei Grafens‹, und Joe umgab mich mit der gravitätischen Courtoisie eines Kavaliers alter Schule. Sechs Kerzen brannten auf dem Kamin, einem Prunkstück, in dem niemals Feuer angezündet wird, und im Klubraum mischte sich der Duft von Parfüm und Wachs, wir nippten zeremoniös am Wein und flirteten à la Biedermeier.

Ich hatte schon einen Schwips, einen netten kleinen Kicher-Schwips, da wurden mir die betulichen Artigkeiten Joes und die zierlichen Spieldosen-Walzer langweilig; ich suchte heiße Musik im Radio, und wir tobten im Boogie durch die Halle, und weil niemand uns beobachtete, durfte ich mir nach Belieben Arme und Beine ausrenken. Ich war außer Rand und Band, und Joe ertrug mit engelhafter Geduld meine wilde Laune.

Dann sitzen wir wieder im Klubraum, ich bin erhitzt und atemlos und stürze ein Glas Wein ’runter, Joe hat schon wieder sein onkelhaftes Lächeln aufgesetzt, gleich wird er mahnen: »Trink nicht so hastig, Kind, es wird dir nicht bekommen.«

Männer sind so schwer von Begriff; man kann an ihrer Seite sterben vor Verlangen nach Zärtlichkeit, sie merken nichts, höchstens fragen sie: »Du hörst wohl gar nicht zu, Liebling? Weißt du, meine Ansicht über die politische Lage –«

Ich brauche unbedingt einen Vorwand, Joe zu küssen, gerade in diesem Augenblick muß ich ihn küssen, aber schließlich kann ich ihn nicht so direkt darum ersuchen, sowas tut ein anständiges Mädchen nicht. Ein anständiges Mädchen sagt beispielsweise: »Eigentlich ist es unpassend, sich ohne jede Formalität auf einmal zu duzen –«

Wir duzen uns schon seit zwei Wochen, aber ein Gentleman übersieht großzügig diese kleine Verspätung der Anstandsskrupel, und Joe ist ein Gentleman, er sagt: »Oha! Wir haben ja noch gar nicht Brüderschaft getrunken – das müssen wir aber schleunigst nachholen.«

Also kreuzen wir die Arme und trinken Brüderschaft, und ich werfe mein Glas an die Wand, der brave Joe zögert, ich sage: »Niemand soll nach uns aus diesen Gläsern trinken.«

Joe lächelt. »Ach, du Backfisch –« und dann zerklirrt auch sein Glas an der Wand.

Joes Kuß ist anders als all die Küsse in den Tagen zuvor, ich stemme beide Arme gegen seine Brust und sage überstürzt: »Mir ist heiß, wir wollen Ping-Pong spielen – zur Abkühlung.«

Joe fügt sich ohne Widerrede.

Ich verpatze jeden Ball.

»Dein Spiel ist unter aller Würde«, tadelt Joe.

Ich nörgele: »Wenn doch heute die Bälle so klein sind ...«

»Die Bälle sind nicht kleiner als gestern.«

Wenn ich beschwipst bin, werde ich streitlustig. »Und überhaupt sind die Schläger miserabel, wer soll bloß mit solchen miserablen Schlägern einen Ball treffen, he?«

Joe bleibt aufreizend gelassen, und nun erst recht suche ich Händel und überschütte ihn mit den lächerlichsten Vorwürfen, die in der Anschuldigung gipfeln, er habe mir absichtlich mit seinem blöden Ping-Pong die Laune verderben wollen.

Joe legt wortlos den Schläger auf die Platte und kommt um den Tisch herum auf mich zu, erschrocken stehe ich still,

Joe sieht mich unverwandt an, streng ist sein Gesicht und undurchdringlich und läßt mich wieder einmal die ganze Überlegenheit seiner 35 Jahre fühlen. Er faßt mich beim Arm und führt mich aus dem Saal und hinüber in die Bibliothek, ich wage nicht aufzumucken.

Joe schaltet die Stehlampe ein, der Lichtkreis schneidet eine gelbe Insel aus dem warmen Braun des holzgetäfelten Raums.

Ich sitze Joe gegenüber, die Hände artig im Schoß gefaltet, und versuche ein Pensionats-Gesicht zu ziehen.

»Katzen-Dixi«, sagt Joe.

»Hm?«

Joe sagt grimmig: »Eben, Katzen-Dixi: ›Kraul mich stundenlang, aber nicht gegen den Strich.‹ Und was du dazu schnurrst –« Plötzlich bricht er los: »Verdammt, was bin ich eigentlich für dich? Für deine Launen bin ich mir zu schade, hörst du? Dein Spieltrieb grenzt an Sadismus, und deine animose Triebhaftigkeit –«

»Genug jetzt!« schreie ich und trommele mit beiden Fäusten auf die Tischplatte, daß Joe erschrocken zusammenzuckt und verstummt. Ich weiß nicht, was »animose Triebhaftigkeit« bedeutet, aber gewiß ist es etwas Beleidigendes, und ich bin beleidigt, jawohl, und ich will Joe verletzen, rachsüchtig sage ich: »Du bist ja bloß wütend auf mich, weil ich noch nicht mit dir geschlafen hab –«

Unbewußt hatte ich das Böseste und Gemeinste gewählt, das Einzige, was Joe in diesem Moment treffen mußte, und ich sah, daß Joe blaß wurde und eine Hand hob, entsetzt und hilflos eine Hand hob, als müsse er einen Schlag abwehren. »Oh, Gott …« murmelte er, und er war jetzt kein erwachsener Mann mehr und war mir nicht mehr überlegen, sein langer schmaler Mund war verkniffen, wie im Schmerz, und auf einmal wußte ich, daß ich Joe liebe wie nichts auf der ganzen Welt. So klar wußte ich das, als stünde jemand neben mir und spräche diesen Satz: »Ich liebe Joe« laut aus, und kein anderer Satz hatte mehr Raum in meinem Kopf.

Ich schob den Lampenschirm ein wenig beiseite, daß das Licht nicht auf mich fiel, ich wandte den Kopf ab und begann zu erzählen: von meiner Schulzeit und von Hans, und wie ich mich in Hans verliebt hatte, und wie wir uns später begegnet sind und ich betrunken war, und all das andere ...

Ich hab nichts unterschlagen und kaum etwas beschönigt, natürlich hab ich mich [ein] bißchen verteidigt, aber nicht zu laut, nicht zu aufdringlich, ich hab versucht, sachlich zu sein und war sachlich genug, daß neben der Abstand errichtenden Kühle kein Platz für Scham blieb.

Joe unterbrach mich nicht, und je länger ich erzählte, desto weiter fort rückte die ganze Geschichte, am Ende war es gar nicht mehr meine, sondern die Geschichte irgendeiner Fremden, und was mir anfangs noch beklemmend und beklagenswert erschien, wurde auf einmal leicht und [ein] bißchen lächerlich, ich dachte verwundert: ... und damit hast du dich jahrelang herumgeschleppt ...

Ich hatte nicht zu Joe hinübergeblickt, ich starrte an die Wand, ein paar Handbreit über der Holztäfelung ist ein Schmutzfleck, länglich geringelt, der einer Raupe ähnelt, und wenn man lange daraufstarrt, wird die Raupe lebendig, sie krümmt sich träg, kriecht die Wand hinab ... Ich dachte, man sollte dem Zimmermädchen sagen, daß die Raupe ausradiert wird, schließlich gehören Raupen nicht in die Bibliothek, Fräulein!

Wie lange hab ich gesprochen? Was hab ich ausgesprochen, was nur gedacht? Auf einmal fällt bleierne Angst in mein Herz, ich warte auf Joe – wenn er jetzt nur nicht etwas Falsches, etwas Tröstendes sagt ...

Joe schweigt, er schiebt den Lampenschirm zurück, das Licht stürzt auf mein Gesicht, ich muß blinzeln. Meine linke Hand hab ich auf den Tisch gelegt – »die Linke kommt vom Herzen«, sagten wir als Schulmädchen –, für Joe hab ich meine Hand auf den Tisch gelegt, mehr braucht's doch nicht.

Joe beugt sich ein wenig vor, »Maria«, sagt er, »Maja«, damals nannte er mich zum erstenmal Maja.

Ganz sanft, wie unabsichtlich, berührt seine Hand meine Finger; seine Hand ist kühl und breit, die Fingerglieder, in den Gelenken verdickt, verraten den ehemaligen Arbeiter, obwohl die Haut an den Innenflächen weiß und glatt ist.

Diese sanfte, schwebende Berührung war eine Besitznahme, das hab ich gespürt, und eine Sekunde ist ein Funken Haß aufgeglommen, aber dann dachte ich: Joe ist ja auch nur ein Mann …

Joe hat mich nicht geküßt, jedenfalls nicht in der Bibliothek mit der scheußlichen Raupe an der Wand und der scheußlicheren Geschichte an allen vier Wänden. Noch als die Tür aufgerissen wurde, gab er mir einen Blick aus seinen vertrackten Eulenaugen, der erstickte den Hochmut in mir: Joe ist eben doch anders als andere Männer …

Unsere Hände lagen noch nebeneinander auf dem Tisch, und der Filmautor feixte; der Maler blickte ihm über die Schulter, er ist ein vortrefflich erzogener Mann, und sein Gesicht strahlte Diskretion, schonend und väterlich, es war zum Kotzen.

Der Filmautor verkündete, er habe eben einen Anruf bekommen: der Produktionsbeschluß für seinen neuen Film sei da, das müsse begossen werden, und wir, Joe und ich, dürften uns natürlich nicht drücken – die Nacht sei ja noch lang … Dies letzte begleitete ein Augenzwinkern voll unverschämten Wohlwollens.

Der Filmautor spendierte Sekt, er war zuerst besoffen, aber mehr vor Freude über den Produktionsbeschluß als vom Sekt; sein bewegliches Clownsgesicht war zerknittert vor Erregung, er schrie und lachte und steppte wie ein schwarzer Schuhputzer, seine Augen, blau und rund wie Glasmurmeln, kugelten ihm beinahe aus dem Kopf.

Joe trank mäßig.

Der Märchendichter schüttete den Sekt in sich hinein wie Wasser und wurde immer melancholischer, seine schönen Zigeuneraugen verschleierten sich, ich dachte, er würde

gleich zu weinen anfangen, es war komisch und sehr peinlich.

Ich trank anfangs zu viel und zu schnell, und je mahnen-
der Joes Blicke auf mir ruhten, desto mehr und schneller
trank ich; wenn ich die Augen schloß, tanzte ein roter Wir-
bel in meinem Kopf, und dann wurde mir mordsübel, hätte
ich mich nicht vor den anderen geschämt, ich wäre 'rausge-
gangen und hätte mich erbrochen.

Auf einmal erhebt sich der Märchendichter, langsam, mit
den Bewegungen eines Nachtwandlers, er breitet die Arme
segnend über Joes Kopf, und feierlich sagt er: »Deine
Stimme ist Musik, und über deinem Haupt hängt der Flügel-
schlag der sieben Schwäne. Wo dein Fuß schreitet, entfalten
sich Blumen. Der Baum, von deiner Hand berührt, trägt üp-
pige Frucht.« Er schwankt und fällt in seinen Sessel zurück,
sein Kopf schlägt dumpf dröhnend auf die Tischplatte, er
schläft, und unsere Beklemmung löst sich in Gelächter.

Auch Joe lacht, und dann schiebt er dem Märchendichter
ein Kissen unter den Kopf. »Schlaf, Bruder in Apoll«, sagt er
und greift sich eine volle Flasche, und nun kennt selbst er
kein Maß mehr.

»Trink, Apostel!« schreie ich und falle Joe um den Hals,
wir küssen uns, der Klubraum dreht sich um mich, Musik
und Gelächter und Stimmen fließen ineinander zu einer
Welle von Getöse, die anschwillt und abklingt und mich
betäubt.

Plötzlich reißt es mich herum, eine Hand ist auf meine
Schulter gefallen, und Joe hat mich losgelassen, seine Arme
liegen noch um meine Hüften, aber sie halten mich nicht
mehr, eine beinerne Kette ohne Leben. Vor mir hängt in
blauem Rauch das Gesicht des Malers mit breiten, feuchten,
halboffenen Lippen, seine gemessene Würde ist verschwunden, wirr strähnt sich sein wunderbares weißes Haar, und
sein Römerkopf – er verweist gern auf seine Ähnlichkeit mit
Kaiser Augustus – hat sich in eine Fauns-Maske verwandelt,
gierig und alt und grinsend.

Ich dränge Joe beiseite und laufe hinaus, die ersten Schritte sind noch tastend, ich gehe wie auf Watte, vorsichtig steige ich die Treppe hinauf, schwer aufs Geländer gestützt, ich bin betrunken, fürchte zu fallen ... Ekel würgt mich, alles ekelt mich an: der Maler und Joe und ich, am meisten ekele ich mich vor mir selbst.

Ich setze mich auf eine Treppenstufe, höhnisch flackert der rote Läufer, grellrot auf den blassen Marmorstufen, der Marmor ist bestimmt unecht, eine geschickte Fälschung, man möchte schwören, es sei echter Marmor, karischer – oder heißt es »karibischer«? Blödsinn, es gibt höchstens ein karibisches Meer, wo, zum Teufel! ist das karibische Meer? Ich bin immer schwach in Erdkunde gewesen, hab lieber meinen Lehrer gezeichnet, nun haben wir's: ich weiß nicht mal, wo das karibische Meer ist und wie die berühmten Marmor-Steinbrüche heißen, das ist wirklich blamabel, ich hätte in Erdkunde besser aufpassen sollen, so interessant war der Lehrer gar nicht, daß sich eine Zeichnung von ihm lohnte, so ein Hutzelmännchen mit Glatze und Schnurrbart ... Tatsächlich, er hat einen Schnurrbart wie ein Hunnenkönig. Hunnenkönig, Dschingis Khan ... Tamerlan, gestorben 1405, da bin ich nun ganz sicher: Tamerlan, Todesjahr 1405, das hab ich behalten, es ist die Telefonnummer eines meiner Freunde, der ist Historiker, ein wandelndes Lexikon ...

Verfluchter Suff! Wenn der Maler mich geküßt hätte – mir ist eh' schon übel, oh, ich kann mir mein Gesicht vorstellen, weich und zerfließend in Hingabe, als ich Joe küßte, und die anderen schauten zu und lachten und klatschten Beifall; ich möchte vergehen vor Scham ...

Ich kauere auf der Stufe, die Stirn auf den Knien, meine Glieder sind schlaff und schwer, ich muß krampfhaft die Augen aufreißen, wenn mir die Augen zufallen, kippe ich vornüber und rolle die Treppe 'runter, vierundzwanzig Stufen, ich werde mir den Hals brechen, übrigens ist mir das gleichgültig, ich hab mir eh' alles verpfuscht, den Abend mit Joe hab ich mir verpfuscht – was soll Joe bloß von mir denken?

Der Gedanke an Joe wischt mir mit eins den kreiselnden Nebel aus dem Gehirn, und so klar, als schaute ich mir selbst über die Schulter, weiß ich, warum ich getrunken hab und immer mehr getrunken, obwohl ich längst über die Grenze hinaus war: ich hab Angst gehabt vor Joe, so tiefe, herzabdrückende Angst, ich hab mir Mut antrinken wollen, hab mir eingebildet, ich könnte Scham und Hemmungen mit Alkohol 'runterspülen ...

Joe und der Filmautor stürmten die Treppe herauf, der Filmautor schwenkte eine Schnapsflasche, sie stürzten sich mit Indianergeheul auf mich, ich dachte: Schnaps auf Sekt – das muß doch schief gehen ...

»Iphigenie, das Land der Griechen mit der Seele suchend«, spottete Joe, sein Gesicht war [ein] bißchen verzerrt, Joe ist ein schlechter Komödiant.

Sie zerrten mich auf die Diele, flüchtig dachte ich, wir dürften doch nicht so laut sein, die Kritikerin würde erwachen und uns 'runterputzen, aber dann lärmte ich mit, und wir ließen die Flasche reihum gehen, der Schnaps war scharf, er brannte in der Kehle und schmeckte widerwärtig, beim ersten Schluck drehte sich mir fast der Magen um.

Als die Flasche das zweite Mal kreiste, sträubte sich der Filmautor, seine Murmelaugen waren schmale, glitzernde Schlitze. »Auf die Knie!« befahl Joe und drückte den Mann nieder, kniend umschlang er Joe und mich, ich zwängte ihm den Flaschenhals zwischen die Lippen, er gurgelte und schluckte und wurde still, selig besoffenes Behagen breitete sich über sein Gesicht.

Als ich aufblickte, stand in ihrer Zimmertür die Kritikerin, massig im wallenden Morgenrock, verschlafen und böse, sie keifte, ich verstand nicht, was sie keifte; ich lachte in ihr verschlafenes, böses, keifendes Gesicht. Ihre Stimme überschlug sich, Joe sagte würdevoll: »Meine Liebe, Sie haben keinen Humor«, und er schlang den Arm um meinen Nacken und küßte mich, und auf einmal verfiel das Gesicht der Dame und wurde grau und stumpf, sie stammelte hilflos: »Ich muß doch sehr bitten, Walter –«

Der Filmautor schmiß die leere Flasche an die Wand, er brüllte: »Après nous le dèluge!« und stolperte die Treppe hinab; wir hörten, wie er sich unten im Waschraum erbrach.

Da standen nun Joe und ich der Dame L. gegenüber, verlegen und aufsässig, und ein Blick der Dame traf mich, stechend vor Haß, und ich begriff, es war nicht nur der Haß der alternden Frau gegen die junge: die Fünfzigjährige hatte eine späte Neigung zu Joe gefaßt ... Sekundenlang kostete ich hämisch ihre schamlos nackte Eifersucht aus.

»Komm, Maja«, sagte Joe, und die Kritikerin stützte sich mit einer Hand gegen den Türpfosten, sie zitterte, Joe hat vielleicht geglaubt, sie zitterte vor Kälte.

Ich faßte Joes Hand, ich blickte noch einmal zurück zu der Frau, die am Türpfosten lehnte, dicklich, verblüht, mit farblosen Lippen und dünnem Haarknoten, und da regte sich unvermittelt neben meinem eitlen Weibchen-Triumph eine Anwandlung von Mitleid, dem oberflächlichen, leis verächtlichen Mitleid der Besitzenden für die Besitzlose.

Wir zogen uns die Stiegen hinauf, die Tür fiel krachend hinter der Kritikerin ins Schloß, Joe und ich wagten uns nicht anzusehen.

Vor meinem Zimmer gaben wir uns die Hand, ganz flüchtig, Joe schüttelte stumm den Kopf, jeder ging in sein Zimmer, ich schloß mich ein, obwohl ich wußte, Joe würde nicht kommen, aber ich war nicht sehr enttäuscht, eher [ein] bißchen erleichtert.

Am nächsten Morgen spielte sich am Frühstückstisch eine widerliche Szene ab.

Wir fünf waren verkatert und mißlaunig und aus irgendeinem Grunde allesamt böse aufeinander, der Maler stöhnte vor Kopfweh, wir raunzten und warteten gereizt auf ein schiefes Wort, um übereinander herfallen zu dürfen.

Die Kritikerin rauschte herein, imposant in wohlgeschnürter Leibesfülle, sie hatte Rouge aufgelegt, ihr selbstbewußtes Gehabe – sie fühlte sich uns allen moralisch überlegen – deutete in nichts auf die zitternde, graue Frau von gestern nacht.

Joe starrte beharrlich auf seinen Teller nieder, er tat, als sei er beschäftigt mit Essen, aber er zerkrümelte das Brot zwischen den Fingern und süßte dreimal seinen Kaffee; wider Willen mußte ich lachen, als er einen Schluck nahm und das Gesicht verzog.

Dieses unziemliche Lachen nahm die Kritikerin zum Anlaß, in die schwüle Stille hinein [ein] paar Bemerkungen fallen zu lassen, indirekt und doch sehr deutlich auf mich gemünzt: über junge Mädchen, die sich nicht zu benehmen wissen, die mit verheirateten Männern poussieren und Orgien feiern, und wer weiß, was sich sonst noch alles abgespielt hat ...

Ihre Gemeinheiten wurden noch gemeiner durch den Ton, in dem sie sprach, an alle und keinen gewandt, und ich war furchtbar wütend, am liebsten hätte ich ihr eine 'runtergehauen.

Joe war aufgezuckt, es schien, er wollte der Dame scharf entgegnen, aber er beherrschte sich und versuchte zu begütigen, und vielleicht hätte die L. Frieden gegeben, wenn der Maler nicht ganz laut gesagt hätte: ihm persönlich seien knusprige Mädchen lieber als alte Weiber, die keinen Spaß verstehen.

Die L. wurde abwechselnd weiß und rot, sie war auf einmal gar nicht mehr vornehm, sie zankte wie eine Marktfrau, die anderen gaben Kontra, und die Stichelreden wurde spitziger, die Dame L. mußte einen Menge unangenehmer Dinge schlucken, ihr fettes Kinn schwabbelte vor Entrüstung.

Natürlich war sie im Recht, wir hatten uns rücksichtslos benommen, aber ihre Eifersucht steigerte unser Vergehen ins Verbrecherische, sie ließ sich zu Äußerungen hinreißen, wüsten Anschuldigungen, die mir galten, ›dieser unmoralischen

117

Person‹, daß ich es endlich nicht mehr ertragen konnte und vom Tisch aufstand.

Joe herrschte mich an: »Bleib, Maria!« und er nahm meine Hand und hielt sie fest, auf dem Tischtuch, daß alle es sahen, und er sagte: »Ich erwarte, Margret, daß Sie sich bei Fräulein D. entschuldigen.«

Die Dame lachte grell, aber sie lachte, glaube ich, bloß deshalb so grell und höhnisch, damit ihr nicht das Heulen kam: Joe hatte sie schrecklich beleidigt.

»Entschuldigen?« rief sie schrill. »Entschuldigen bei dieser –?« und sie gebrauchte ein pöbelhaftes Wort, und Joe preßte meine Finger, daß es mir weh tat.

Übrigens war ich die Ruhigste von allen, gerade diese Beschimpfung hatte mir die armselige Ohnmacht der Dame L. bewiesen, ganz nebenbei dachte ich, eigentlich müßte ich ihr die Kaffeekanne an den Kopf schmeißen, und ich war verwundert, daß ich es nicht wirklich tat.

In das eisige Schweigen sagte der Filmautor, grob und mitleidlos: »Sie sind ja hysterisch, Sie brauchen einen Mann, damit Sie sich abreagieren können.«

Offen gestanden, im ersten Augenblick war ich dem Mann dankbar, daß der einer Beleidigung eine schlimmere entgegengestellt hatte, aber dann sah ich, wie der Frau die Tränen übers Gesicht liefen und wie sie langsam ihre Serviette auf den Teller legte und aufstand und hinausging, schluchzend, ihre Schultern zuckten.

Ich sagte zu dem Filmautor: »Das hätten Sie nun doch nicht sagen dürfen, Horst.«

Zum Mittagessen erschien die Kritikerin nicht.

Als wir durch den Park schlendern, frage ich Joe, ob er mal nach der Dame L. geschaut habe, schließlich sei sie doch eine gute Bekannte von ihm.

»Sie sitzt im Zimmer und heult«, sagt Joe kalt. »Ich wünsche nicht, daß du sie noch einmal erwähnst.«

Ich wünsche aber sehr, sie zu erwähnen, jetzt erst recht

wünsche ich sie zu erwähnen, Joe ist doch sonst so friedfertig, wir können nicht wochenlang am selben Tisch sitzen mit einer Frau, die mich haßt.

Ich sage: »Sei nicht starrköpfig, Joe, schließlich hat sie mich beleidigt, nicht dich.«

Joe macht eine wegwerfende Handbewegung, für ihn ist das Thema erledigt, aber für mich ist es durchaus nicht erledigt, ich muß mir immer vorstellen, wie mir wohl zumute wär, wenn ich fünfzig wär und verliebt in einen Mann, der vor meinen Augen ein junges Mädchen küßt – ich glaube nicht, daß ich das gelassen und mit Würde hinnähme.

Und allmählich quetsche ich aus dem widerwillig antwortenden Joe die Geschichte der Dame L. heraus, und es ist eine recht betrübliche Geschichte:

Die L. stammt aus reichem Hause, sie war in den zwanziger Jahren verlobt mit einem Fabrikanten. Ihre Eltern verloren während der Inflation ihr Vermögen, und mit dem Geld ging auch Margrets Verlobung flöten, so schön war sie nun auch nicht, daß ein Fabrikant, der sich an der Inflation gesund gestoßen, sie gehalten hätte. Sie hat dann recht flott gelebt, man weiß nicht genau, wovon; sie war klug und charmant, sie soll ihre Liebhaber rasch gewechselt haben – über diesen Punkt ging Joe schnell hinweg, Klatsch mag er nicht, trotzdem war ich befriedigt, daß die Dame L. keine keusche Susanna gewesen ist.

Sie war schon hübsch ausgereift, gewissermaßen ›in den besten Jahren‹, als sie sich zum zweiten Mal verlobte, mit einem Offizier, der dann 1940 in Frankreich fiel. Sie hat später, eine Frau nahe der Vierzig, studiert und das Staatsexamen abgelegt, und jetzt arbeitet sie für eine bedeutende Zeitschrift.

Soweit hat Joe mir erzählt, und nun sage ich: »Gut, sie ist eine hysterische, larmoyante Ziege und heute morgen hat sie mich hundsgemein abgekanzelt – aber sie hat verdammt viel Pech gehabt im Leben, und wenn ich soviel Pech gehabt hätte, ich wär' heute auch so eine Ziege und wär' neidisch auf junge Mädchen und würd' sie abkanzeln.«

»Na, und?« fragt Joe.

»Na, und?« äffe ich ihm nach. »Na, und jetzt geh ich zu ihr und bitte sie um Entschuldigung wegen des Radaus heute nacht, und wenn du nicht mitkommen willst, dann ist es mir auch wurscht.«

»Du bleibst hier«, sagt Joe scharf, »ich dulde nicht, daß du dich demütigst, sie wird dich noch einmal beleidigen –«

»Na, wennschon«, sage ich und drehe mich um und gehe stracks ins Haus und ins Zimmer der Kritikerin. Soll Joe aufgebracht sein – schließlich ist die L. eine Frau, eine unglückliche Frau, vermute ich, trotz all ihrer Klugheit, und es muß verflucht hart sein, wenn man keinen Menschen hat, der einen liebt.

Wie ich das von Tränen aufgeschwemmte Gesicht der Frau sehe, bereue ich es kein bißchen, daß ich zu ihr gegangen bin, und ich bitte ganz artig um Entschuldigung und sage, wir werden uns nächstens bemühen, nicht wieder solchen Krach zu schlagen, und sie soll halt nicht mehr böse sein und nicht unser aller Zusammenleben vergiften.

Die L. ist so ausgehöhlt gewesen vom Alleinsein und vom Warten auf ein halbwegs nettes Wort, daß sie sich nun ihrerseits entschuldigt hat für ihre Heftigkeit, und dann haben wir uns eine Weile ganz vernünftig unterhalten, sie hat noch [ein] bißchen geschluchzt und gejammert, sie habe dem Walter Z. nicht zugetraut, daß er so ausfallend gegen sie werden könnte.

Da ich nun einmal meinen Canossagang auf mich genommen hatte, dachte ich, es könne nicht schaden, wenn ich die Sünden der anderen gleich mit ablüde, und in Joes Namen erklärte ich, es täte ihm leid, und auch der Filmautor bedaure, daß er sich im Ton vergriffen habe.

Kurz und gut, wir schieden zwar nicht als Freundinnen, aber als miteinander sympathisierende Feindinnen, und ich war froh, daß ich mich überwunden hatte, meinen linken Backen hinzuhalten, nachdem ich schon auf den rechten eine saftige Watsche gekriegt hatte.

Joe hatte in der Diele auf mich gewartet, er fragte ungläubig: »Du bist wirklich bei ihr gewesen?«

»Klar«, sagte ich, »war man halb so schlimm, Stunk mag ich nun mal nicht –«

Joe wandte sich schweigend ab, er stützte sich aufs Geländer, ich konnte sein Gesicht nicht sehen, und sein Schweigen beunruhigte mich, ich dachte schon, ich hätte vielleicht doch alles falsch gemacht und Joe meinte, ich habe keinen Stolz; ich fragte kleinlaut: »Nimmst du's mir übel, Joe?«

Er drehte sich um und sagte: »Daß du das tatsächlich fertiggebracht hast … Du bist ein guter Mensch, Maria – nein, lach nicht, du bist besser als ich, niemals werde ich dich ganz begreifen lernen –«

Ich sagte heftig: »Red keinen Quatsch, Joe, mach mich nicht edelmütiger als ich bin.«

Joe führte mich zu einem Stuhl, er stand vor mir und forschte in meinem Gesicht, er fragte streng: »Warum hast du das getan?«

Ich zuckte die Schultern, ich verstand nicht, warum Joe solch Gewese davon machte, ich sagte ungeduldig: »Gott, sie hat mir eben leid getan, was gibt's da groß zu schwatzen?« und ich wünschte, Joe möchte endlich von anderem sprechen, am Ende werde ich wirklich noch in meiner Bravheit schwelgen: ›liebet eure Feinde‹ und so – ich liebe meine Feinde durchaus nicht, und Großmut ist nicht meine Sache, ich bin einfach verliebt, beneidenswert glücklich verliebt, ich kann's mir leisten, einer anderen ein Häppchen von meinem Glück abzugeben.

»Du wirst mir immer ein Rätsel bleiben«, sagte Joe, und er küßte mich auf die Stirn, und nun hatte er mich also wirklich soweit, daß ich meinen Edelsinn bewunderte und nur zu gern bewundern ließ.

Ich fürchte, Joe hat mich erst an diesem Tage richtig liebgewonnen, gerade in dem Augenblick, als meine Regung von Anständigkeit zum puren Schwindel geworden war, weil ich sie durch Selbstlob verwässerte.

Oh, ich erinnere mich deutlich an Joes Stimme, seinen Gesichtsausdruck, seine Zärtlichkeit, als er sagte: »Maja, das Mädchen auf der Lotosblume ...«

Ich glaube, ich habe verstanden, was er meinte mit der »Lotosblume«, und das war nicht sentimentalisch und lächerlich, Joe ist eben ein Dichter, und Dichter hängen zuweilen den schlichtesten Feststellungen ein goldbrokatenes Kleid um, daß sie wunders wie spinnig aussehen, aber wenn man das rechte Gehör hat, sind sie gar nicht spinnig.

In dieser Nacht kam Joe zu mir, ich hatte die Tür nicht verschlossen, in der letzten Zeit hatte ich die Tür nie mehr verschlossen, ich war ja an Joes ›Gute-Nacht‹-Besuche gewöhnt.

Mir war kalt vor Angst, eiskalt bis in die Fingerspitzen, ich dachte, das Herz müßte mir die Brust zersprengen, aber wir hatten solange gewartet und waren soviel Umwege gegangen, die törichten, überflüssigen, notwendigen Umwege aller Liebenden, und ich nahm Joe zu mir.

Nun bin ich Joes Geliebte, seit fast drei Monaten bin ich seine Geliebte, das ist eine unendlich lange Zeit: elf oder zwölf Wochen, neunzig Tage beinah. In diesen neunzig Tagen kann man sich neunzigmal zerstreiten und wieder versöhnen, und das haben wir denn auch getan. Eigentlich passen wir gar nicht zusammen, haben in fast jedem Punkt verschiedene Meinungen, die immer wieder hart aufeinander prallen; Joe kann verdammt halsstarrig sein, und ich bin schon gar kein Friedensengel.

Freilich, so arg wie heute, wegen des Heiligen Georg, haben wir uns noch nie verzankt ... »Ich könnte dich erwürgen«, hat Joe gesagt, das ist einfach lachhaft, Joe kann ja keiner Fliege ein Bein ausreißen.

Einmal hat er in seinem Zimmer eine Motte gefangen, ich wollte sie zerquetschen, aber Joe sagte ganz andächtig: »Schau, Maja, wie schön ...« und er ließ mich in seiner hohlen Hand die Motte betrachten, ihre flirrigen Knopfaugen, die be-

benden, mit silbergrauem Schmelz überhauchten Flügel, und dann öffnete er das Fenster und schnippte sie in den Garten.

»Na, gut«, sagte ich, »und jetzt wird sie von einem Spatz gefressen.«

Immer vergißt Joe, daß Motten von Spatzen gefressen werden und die Frösche im See von Hechten und die Menschen von Menschen … »Einer ist dem anderen sein Wolf«, sagte ich, und Joe schüttelte den Kopf und wehrte sich und stritt erbittert dagegen – wenn alle Menschen wären wie Joe, die Welt wäre schon der Vorgarten zum Paradies.

Und dieser Mann hat Lust, mich zu erwürgen … Na, mein Lieber, spiel' dich bloß nicht auf! … Wie er dagesessen ist, die Hände zwischen den Knien, er war weiß vor Wut … Also gut, ich werd' jetzt zu ihm gehen, ich werd' ihm sagen – ich weiß nicht, was ich ihm sagen werde; vielleicht – aber das wird sich schon von selbst ergeben …

Ich schleiche aus meinem Zimmer und über den Korridor, sacht drücke ich die Klinke nieder, ohne anzuklopfen, nicht immer wird dem aufgetan, der anklopft.

Joe hockt am Schreibtisch, den Kopf in den Händen, mit rundem Rücken, dem Rücken eines alten Mannes, er hat mich nicht eintreten hören; besser, ich ziehe mich leise wieder zurück, nichts Gescheites ist mir unterwegs eingefallen …

Wenn ich verlegen bin, werde ich meistens albern, und ich bin jetzt sehr verlegen: Joe hockt so jammervoll da, und ich liebe ihn sehr. »Buuh«, heule ich, und wie Joe erschrocken herumfährt, stürze ich mich auf ihn und umklammere seinen Hals und verriegele seinen Mund mit Küssen.

»Maria –«

»Still, Joe! Die Platte kenn' ich: ein unernstes, ein unmögliches Geschöpf … Nein, ich kann launische Weiber nicht leiden, Joe, Tatsache, ich kann sie nicht leiden, aber was soll ich machen, wenn ich doch selbst in so einem launischen Weib drinstecke? Schweig! Man soll über einem Streit nicht die Sonne untergehen lassen, und gleich wird die Sonne untergehen –«

Ich schwatze drauflos, Joe kommt nicht zu Wort, ich schwatze seinen Widerstand in Grund und Boden, und als ich endlich Luft holen muß, ist Joe besiegt und sagt: »Ich geb's auf, Maria ...«

»Und du wirst mich nicht erwürgen?«

»Da sei Gott vor, mein Liebling!«

»Und ich darf feiern, Joe?«

Er zögert, er seufzt, endlich sagt er: »Wenn es denn unbedingt sein muß ...«

»Es muß sein, Joe, unbedingt, ich bin ein schwacher Mensch, homo sum, das Haupt an den Sternen, die Füße im Pfuhl –«

»Laß gut sein!« winkt Joe ab. »Wenn du zu philosophieren anfängst, dreht sich mir der Magen um. Das Haupt an den Sternen ... Geh, du Sternenhaupt, du Pfuhlfüßige, geh und zieh dich um und stell dich mir vor; du mußt schön sein heute abend, meine kleine Geliebte soll sehr schön sein; ich bin eitel für dich, Maja, den Männern sollen die Augen aus dem Kopf fallen –«

Ich lasse Joe erst ins Zimmer, als ich fix und fertig angekleidet bin; all meine bescheidenen Make-up-Erfahrungen habe ich aufgeboten. Ich tupfe noch einen Hauch bräunlichen Puders auf Schultern und Wangen und wuschele die Stirnlocken durcheinander, daß ich nicht gar zu geleckt aussehe.

Steif stehe ich mitten im Zimmer, die Arme vom Leib abgespreizt, um die Wolken fliederblauen Perlons nicht zu zerdrücken, ich fühle mich sehr unbehaglich und möchte eigentlich viel lieber meine abgeschabten Cordhosen anziehen.

Joe steckt den Kopf durch den Türspalt. »Darf ich?«

»Du darfst«, sage ich und schneide vor Befangenheit eine Grimasse.

Joe steht unter der Tür und sagt gar nichts, und nach einer Weile frage ich in aller Bescheidenheit: »Fällt es sehr auf, daß ich hübsch bin?«

Joe tut einen Schritt auf mich zu, ich sage hastig: »Nicht küssen! Der Lippenstift färbt noch ab –«

Joe muß lachen, er umfaßt mich behutsam, als sei ich eine Porzellanpuppe, und sagt: »Amüsier dich, Maja, nur verlang nicht von mir, ich sollte mich auch amüsieren, ich bin eben schwerblütiger als du, und vielleicht komme ich nachher doch noch auf ein Stündchen in den Klubraum, versprechen kann ich's nicht –«

»Und du bist nicht eifersüchtig, daß ich den Abend mit Hendrik verbringe?«

»Zur Eifersucht gehört ein kleines Gehirn«, doziert Joe, und ich ärgere mich; mir wär's lieber, Joe wäre eifersüchtig; er verdiente, betrogen zu werden – interessant zu sehen, ob dann sein Hochmut noch standhielte ...

»Dann werde ich also Hendrik wecken«, sage ich leichthin und schiebe Joe zurück. Ich gehe ihm voran und bin schon vor Hendriks Zimmer, da berührt Joe meinen Arm.

»Maria, versprich mir –«, sagt er gepreßt.

»Nu, was?« frage ich ungeduldig.

Er murmelt: »Mach keine Dummheiten, Maja, bitte ...«

»Ach, Joe, du wundervoller Dummkopf ... Ich glaube, der Lippenstift färbt doch nicht mehr ab –«

# II. Teil

*Für Hendrik*

*Eine Nacht und ein neuer Morgen und noch ein Tag*

Hendriks Gesicht ist schlafrot; auf der rechten Wange hat sich das Strickmuster seines Pullovers eingedrückt, und die Haut ist geriffelt von kleinen Rhomben. Diese schlafrote, rhomben-gemusterte Wange gibt seinem Antlitz etwas Kindliches, seine Schönheit ist gleichsam irdischer geworden, und wie er nun gähnt und sich die Augen reibt und ein blankes Lächeln seine breiten, festen Zähne entblößt, habe ich die Befangenheit abgestreift, die mich immer von neuem bei Hendriks Anblick überfällt.

»Laß dich beschauen, Maria«, sagt er, und ich muß mich drehen, um mein Kleid ins rechte Licht zu setzen. Vor dem Spiegel hab ich mir noch so gut gefallen, und ich wünschte, ich gefiele auch Hendrik, aber unter seinem Blick schwindet der Glanz des Kleides, kläglich fallen die wolkigen Falten in sich zusammen, der zarte Schimmer von Violett wird stumpf, und meine Arme und Schultern finde ich nicht mehr schlank, sondern mager und schlaksig; demütig warte ich auf Hendriks vernichtendes Urteil.

»Mach die scheußliche Kette ab«, sagt er, und ich protestiere nur schwach: die Kette ist nicht scheußlich, eine dünne Reihe Perlen, ganz dezent; aber Hendrik zerrt sie mir vom Hals, daß der Faden reißt und die Perlen ins Zimmer springen.

»Schon besser«, sagt er, und: »Jetzt siehst du ganz nett aus, Maria.«

Ganz nett … Na, das ist auch ein Kompliment! Bei Hendrik ist das wirklich ein Kompliment – ehe der mal ›ganz nett‹ sagt …

Trotzdem ich wütend bin über Hendrik – was fällt diesem

Angeber eigentlich ein, mir einfach die Kette vom Hals zu reißen? – schwebe ich stolz an seiner Seite die Treppe hinab und in den Trubel, in Gelächter und Streit-Stimmen und Klavierklimpern, die den Klubraum und die angrenzende Bibliothek erfüllen.

Paar Neue sind gekommen, große Diskutierer vor dem Herrn, leider ist meine Fraktion nicht vertreten, nur Schriftsteller sind hier und ein Verleger; der fünfzigjährige Maler ist abgereist, er hat mir noch einen Gruß an den Heiligen Georg aufgetragen.

Der Verleger M. – er leitet einen bedeutenden Verlag und wird von den Schriftstellern ehrfürchtig hofiert – sitzt in einer Ecke und liest; wo er geht und steht, da liest er, ganz selten spricht er mit jemandem, aber wenn er spricht, wird es ringsum still, und es wird nicht nur deshalb still, weil er ein bedeutender Verleger ist. Er spricht sehr leise, man muß schon die Ohren spitzen, um jedes Wort zu hören, und die Jüngeren fangen mit halboffenem Mund seine Worte auf wie einen goldenen Regen; er sagt nie etwas Überflüssiges, nicht zuende Gedachtes, er ist weise und will mit seiner Weisheit nicht leuchten, die Weisheit leuchtet aus ihm.

Er soll sehr krank sein, hat sich aus der Emigration ein unheilbares Magenleiden mitgebracht; vielleicht umgibt der nahe Tod sein fleischloses, gelbliches Gesicht mit dem Abstand gebietenden Glanz, der die Stimmen in seiner Nähe dämpft und die Unbescheidenen bescheidener macht.

Als wir in den Klubraum kommen, blickt der Verleger flüchtig auf und nickt Hendrik zu, freundlicher, als er jemals anderen zunickt, und Hendrik, der Hochmütige, in sich Versperrte, errötet wie ein junges Mädchen und verneigt sich in Richtung des Mannes.

Ich wünschte, Hendrik hätte dem M. sein Buch angeboten, dieses klare, verworrene, beklemmende Buch – der M. hätte es verstanden und zu würdigen gewußt. Freilich strahlen im Autorenverzeichnis seines Verlages Namen von so hohem Klang, daß Hendriks sprödes Selbstbewußtsein nicht ausreichte zu dem Versuch, seinen Namen dieser Rangliste erhabener Geister hinzuzufügen.

Wir haben die Deckenlampen ausgeschaltet und einen Leuchter mit drei Kerzen auf den Tisch gestellt; die bläulichen, golden gesäumten Flämmchen neigen sich vor unserem Atem und entweichen flackernd den jähen, unkontrollierten Armbewegungen des Filmautors und den honigduftenden Rauchwolken aus seiner Sherlock-Holmes-Pfeife; er raucht einen vorzüglichen holländischen Tabak.

Der Verleger hat sich zurückgezogen, mit gelbem, schmerzlich zuckenden Gesicht, und wir sind gesprächiger geworden.

Der Schriftsteller N. hat eine Flasche 92 %igen Fein-Sprits geholt, ein höllisches Gesöff, man darf es nicht schmeckerisch über die Zunge gleiten lassen, man muß es 'runterspülen mit einem Schluck, und nach dem ersten Glas tränen die Augen. ›Samson-Flip‹ haben sie den Sprit getauft, er ist ohne Würze und beginnt erst im Magen zu brennen, eine Feuerkugel steigt die Brust herauf und in den Kopf, sie rollt durch das Gehirn und zergeht und erzeugt ein Empfinden schwebender Leichtigkeit; ein halb Dutzend Gläser vom ›Samson-Flip‹ werfen auch einen starken Mann um.

Der Klaus N. hat mir neulich sein Buch gegeben, es ist sein Erstlingswerk und in drei Auflagen erschienen und sicherlich gutgemeint; nach zwanzig Seiten hab ich die Braven und die Schlechten durchschaut, als trügen sie Schilder um den Hals, und ich hab gewußt, daß der X entlarvt und der Y prämiiert und der neue Hochofen trotz aller perfiden Anschläge eingeweiht werden wird – es konnte ja gar nichts schiefgehen, weil die negativen Helden gar so blöd und plump sich benahmen, und weil die positiven Helden nicht irrten und nicht litten, und weil überhaupt der Sozialismus des Klaus N. der Weisheit letzter Schluß ist …

Die paar Liebesszenen, die der Klaus N. in sein Buch verbacken hat wie süß-saures Zitronat in faden Kuchen, sind ohne Schmelz und großporig wie sein Gesicht mit dem tief

in der Stirn angesetzten sandfarbenen Haar und dem dünn-
lippigen Mund, der zu streng ist für seine fünfundzwanzig
Jahre, zu hart – von der toten, bleiernen Härte der buchsta-
bengläubigen Scheuklappen-Dogmatiker, der erstarrten
Lehrer einer Idee, die doch jeder Erstarrung widerspricht ...

Ich bin ein höflicher Mensch, deshalb hab ich das Buch
ausgelesen, aber dann bin ich dem N. aus dem Weg gegangen: einerseits wollte ich aus meinem Herzen keine Mör-
dergrube machen, andererseits wollte ich den N. nicht kränken, der so ehrlich wie simpel ist, in dessen Buch alles
›stimmt‹ und eben deshalb nichts stimmt und gestimmt ist –
jene zarte, vieltönige Saite in ihm ist nicht gestimmt, die verwandte Saiten in mir zum Klingen bringen könnte.

Wie er mich dann aber doch mal in der Bibliothek über-
rumpelte und um mein Urteil befragte, zog ich aus dem
Schrank ein Buch, das ich mit Ergriffenheit und stürmischer
Begeisterung, unter Tränen und Lächeln gelesen hab, das
mich von Haß in Liebe geworfen, vom Zweifeln zum Begreifen, einem widerwilligen, zornigen, doch unausweich-
lichen und aufwühlenden Begreifen geführt hat – Gladkows
›Zement‹ gab ich dem Schriftsteller N., und der fragte schul-
terzuckend: »Warum? Das habe ich längst gelesen.«

»Desto schlimmer«, sagte ich und legte sein eigenes Buch
daneben, das mir kein Lächeln und keine Träne entlockt, das
weder Haß noch Liebe erweckt hatte – nur dumpfen Wider-
willen und die Enttäuschung der Suchenden, die sich um die
reine Wahrheit betrogen fühlen.

Da endlich begriff er, und seitdem verfolgt er mich mit der
versteckten, kleinlichen, bösartigen Rachsucht eines niedri-
gen Geistes – er kennt nicht den großzügigen Vendetta-
Rausch, nicht den schönen, kühlen, überlegnen Gleichmut
der tiefer Empfindenden; er traktiert mich mit Taktlosigkeiten zu dümmlichen, zu augenfällig aufs Verletzen berech-
neten Taktlosigkeiten, als daß es sich lohnte, sie ihm zu verweisen.

Heute abend bezeigt er sich sehr freundlich gegen mich, aber seine Freundlichkeit geht auf Katzenpfötchen, gleich wird er mir die Krallen zeigen, gleich wird sein gönnerhaftes Nett-sein abblättern, wenn nur erst der ›Samson-Flip‹ den instinktiven Respekt vor Hendrik ertränkt hat.

Die Köpfe der Männer schweben, mit verschwimmenden Konturen, als bleiche Flecke über den dunkleren Schultern, im Aschenbecher verzehren sich Zigarettenstummel in stinkenden dünnen Rauchsäulchen.

Es ist noch nicht Mitternacht, und wir sind bei der Politik angelangt; wenn heute drei Menschen sich treffen, gleich sind sie bei der Politik, sogar die Liebe, sonst Thema Nr. 1, hat die Politik verdrängt.

Der N. referiert über die politische Mission des Schriftstellers – klar, der N. hat ein Buch geschrieben, das in drei Auflagen erschienen ist, drei Auflagen sind ein ganz stattlicher Erfolg, und nun ist der Schriftsteller N. berufen, uns seine Glaubensartikel zu predigen mit dem selbstverständlichen Anspruch auf ihre Unfehlbarkeit, und: »Der Schriftsteller muß den Massen immer um drei Schritte voraus sein«, doziert er.

Ich werd' schon wild, wenn ich bloß das Wort »Massen« höre – als sei das Volk eine Herde blöder Tiere ... »Paß man auf, du Avantgardist«, sage ich, »daß du den Massen nicht davonläufst! Solltest lieber gleichen Schritt mit ihnen halten –«

Sofort stellt mich der N., hat wohl hinter meinem Angriff eine abschätzige Anspielung auf sein Buch gewittert, und hier kann ich ihm nicht ausweichen, ich will's auch nicht mehr, ich bin nicht mehr ganz nüchtern, darum pfeife ich auf Höflichkeit und Autoren-Eitelkeit und sagte geradeheraus: »Wie ich dein Buch zugeklappt hab, ist mir das Grauen hochgestiegen vor deiner Sorte Sozialismus ... Dein Sozialismus ist ein Arbeitshaus, in dem Traktoren rattern und Drehbänke kreischen und alles nach ›Leistungssteigerung‹ schreit; ein Arbeitshaus, hörst du, in dem keine Blumen blühen und keine Musik klingt ... Und wenn der Sozialismus so düster aussieht wie bei dir und deinesgleichen, dann kann er mir gestohlen werden, damit du es nur weißt!«

Dieser unqualifizierte Schlußsatz hat die Gewitterwolke auf der Stirn des N. aufgerissen, und jetzt bricht's über mich herein mit Donner und Blitz und ideologischem Hagelschlag, und zuerst bin ich bestürzt: das Gesicht des N. ist wie versteinert, nur seine Augen leben, sie funkeln vor Haß.

Ich möchte dem Mann erzählen, wie mein Sozialismus aussieht, und wie die Menschen sind in meinem Sozialismus, und daß ich es mir gar nicht so einfach mache, wie der N. denkt, und daß ich mich qualvoll herumschlage mit den tausend Widersprüchen in unserer Zeit, daß ich bitter leide unter Unrecht und Intoleranz und doch über der Bitterkeit den wunderbaren Traum nicht vergessen hab. Ich möchte ihm erzählen, wie Joe mit mir spricht, Joe ist auch in der Partei, und ich kann alle Zweifel vor ihm ausschütten, er wird nicht ungeduldig und nicht überheblich, er erklärt mir, was ich nicht verstanden hab, und ich glaube ihm.

Wozu soll ich dem N. das erzählen? Es gibt keine gemeinsame Sprache zwischen uns. »He, brüll mich nicht an«, sage ich lässig. »Möchtest mich als ›konterrevolutionäres Element‹ an die Wand stellen, wie?«

Hendrik legt mir die Hand auf den Arm; Hendrik hat bis eben still im Schatten gesessen, ein enges, hochfahrendes, trauriges Lächeln um die Lippen.

Der Filmautor lehnt sich über den Tisch, tanzende Schatten zerknittern sein bewegliches Clownsgesicht, zum erstenmal nimmt er beim Sprechen die Shag-Pfeife aus dem Mund, und seine runden, glasblauen Murmelaugen sind dunkel vor Strenge, als er sagt: »Genosse N., mir sind ehrliche Zweifler lieber als hirnlose Nachbeter –«

Klaus N. fährt auf, der Filmautor drückt ihn in den Sessel zurück, er sagt: »Wie sprichst du bloß mit den Menschen? Spielst dich auf mit deinem ›Bewußtsein‹, deiner trockenen Wissenschaft … Was hast du schon geleistet? Vater Staat hat dir Schulgeld nachgeschmissen und Stipendien und Gelder aus dem Kulturfonds, damit du dein Buch hast schreiben können – und was für ein Buch! Mir ist's gegangen wie der Maria: gegraust hat's mich ...«

Der Filmautor darf dem N. den Kopf waschen: 25 Jahre ist er älter als der Rotzjunge, ist seit 1930 in der Partei, in die Emigration hat er gehen müssen, hat wahrhaftig genug geleistet und gelitten für seine Sache ... Und schreiben kann er, das ist mal sicher, sein letzter Film ist eine tolle Kiste.

Klaus N. ist verduftet, er hat noch etwas gemurmelt von »versnobten Intellektuellen« und ist gegangen mit beleidigtem und beleidigendem Schulterzucken, seinen Fein-Sprit hat er mitgenommen.

»Schade«, sagt der Filmautor und klopft die Pfeife am Aschenbecher aus, »schade um den ›Samson-Flip‹. Jetzt haben wir nur noch Magenbitter –« Er gießt ein, kostet, schlürft und schüttelt sich. »Der haut den dicksten Eskimo vom Schlitten –«

Warum ist Joe nicht gekommen?

Ich öffne einen Fensterflügel; die Nacht ist klar und kalt, eisweißes Mondlicht schäumt in den Platanen. Der Mond hat einen Hof: der Morgen wird frostig sein; das Rasenrondell ist schon mit Reif bestäubt, und die Luft zittert vor Stille.

Der nahende Winter krümmt mir den Rücken, ich presse die Arme an den Leib und wölbe die Schultern, dünn und fröstelnd in meinem Schmetterlingskleid, das mich nicht mehr freut, der ganze Abend freut mich nicht. Hoffnungslos lausche ich auf einen Schritt in der Halle – es geht nun rasend schnell bergab, dem Ende entgegen, ich kann Joe nicht mehr halten.

Mir ist kalt, nicht nur von der Frostluft ist mir kalt und von dem steinernen Gesicht des N. und von dem engen, hochfahrenden, traurigen Lächeln Hendriks ...

Hinter meinem Rücken grummeln die Stimmen der anderen, von weit her nimmt mein Ohr widerwillig auf, was sie da reden über Bücher und Frauen, über Wein und Politik, über die Regierung ... Ich glaube, die meisten Menschen haben zwei Kästchen im Gehirn: eins mit offiziellen Meinungen und eins mit Privatmeinungen; je nach Ort und Zeit und der Einstellung sie umgebener Personen ziehen sie das eine oder das andere Kästchen heraus und packen ihre Meinungen aus, und manche wissen am Ende nicht mehr: wo ist ihre Wahrheit – im privaten Schubfach oder im offiziellen?

Ich wünschte, sie würden endlich schweigen und ans Fenster treten und sich bewußt werden der belebenden Mondnacht und ihrer bleichen, lindernden Stille.

Ich wünschte, ich könnte vergessen, daß es diese anderen gibt, und dürfte mich ganz versenken in die Einsamkeit, die in mir und um mich ist.

Warum ist Joe nicht gekommen? Joe, Johannes, der sanfte Tröster unter dem Kreuz ... Joe, um den die Menschen sich sammeln, geheimnisvoll angezogen, als strahle ein mildes Licht aus ihm, das unser Suchen erhellt ...

# Wenn die Stunde ist, zu sprechen …

## Erzählung

»Sie lebten dem Morgenrot
Und säten Dämmerung.
Sie lebten der Idee
Und sagten sich los vom Menschen.
Sie lebten dem Traum
Und Lüge ward ihr täglich Brot.«

*Adam Ważyk*

## 1. Kapitel

*Debut der Dreizehnten*

An einem naßkalten Dezembermorgen betritt Eva Hennig zum erstenmal die neue Klasse.

Wie sie unter der Tür steht, nicht zu neugierig, nicht zu gleichmütig sich umblickend, ist sie so selbstverständlich schon Mittelpunkt, daß die anderen spüren: sie wird es bleiben, heute und all die Wochen bis zum Abitur.

Sie sitzen, sechs Jungen und sechs Mädchen, steifrückig auf ihren Stühlen. Sie sind befangen, als seien sie fremd hier, nicht dieses schmale, anmutige Mädchen. Wie sie aus dem Dämmer unter der Tür ein paar Schritte vortritt, löst das bleiche Frühlicht ihr bräunliches Gesicht aus dem Ungewissen. Die Mädchen kneifen die Augen ein, und die Jungen schlucken.

Eva grüßt, und nun muß wohl doch jemand aufstehen und die Neue willkommen heißen. Die Blicke aller ziehen sich zusammen auf einem sehr großen, blonden Burschen. Der springt stracks auch herab von dem Tisch, auf den er lässig sich hingeflegelt hat. Die müd ironische Miene eines durch nichts zu beeindruckenden Mannes hat er festhalten können während der drei Minuten, da die Fremde unter den Zwölfen steht und sie alle, ihnen noch unbewußt, schon verändert hat. Sie hat auch ihn, Klaus Hoffmann, schon verändert. Er ist kein Mann mehr, als er ihr die Hand reicht, die das Mädchen kühl und fest zugleich umschließt; er ist ein Junge, dem das Herz im Halse schlägt, als er sich in ihren dunklen Augen verirrt.

Er wundert sich, daß es wirklich solche Augen gibt: von samtenem Schwarz, das Licht und Schatten aufsaugt. Er sagt: »Du bist also die Neue …« und das Du geht ihm nicht ganz glatt über die Lippen. Er will zuvorkommend sein und wird albern, er schwatzt Überflüssiges, indes er die anderen der Hennig vorstellt. Er merkt, daß die über jeden einzelnen den gleichen prüfenden Blick gleiten läßt: einen Blick, bestürzend kalt.

Der Junge fühlt sich gekränkt für die anderen. Er setzt Hochmut gegen Hochmut: seine Stimme festigt sich, er spricht knapper nun, sehr unpersönlich.

»Walter Mandelblüt«, sagt er. Und vor dem Mädchen taucht auf, grobknochig über magerem Halse, das Gesicht des Jungen mit dem zarten Namen. Ein überaus häßliches Gesicht; unter dem brandroten Haarschopf glänzen uralte, gescheite Augen.

Auf einmal wird es still in der Klasse. Eine eigene Spannung ist in den Zügen der Umstehenden. Doch das Mädchen verrät keine der erwarteten Bewegungen: weder Neugierde noch Mitleid noch gar jene leise Verachtung, die mancher Fremde, der dem Juden begegnet, nicht verbergen kann.

Das Mädchen schiebt mit einer kleinen, raschen, ganz natürlichen Geste den linken Ärmel Walters zurück. Sie erkennt auf dem dünnen Unterarm die eingebrannte Kennnummer. Die Haut ist sehr weiß. Die Nummer schattet blaßblau auf dem kränklichen Weiß. Das Mädchen will etwas Unverbindliches sagen. Sie will etwas Freundliches sagen. Sie schweigt, weil sie nach Sekunden des Alleinseins mit dem Gefährten die anderen ringsum wiederfindet.

Eva legt ihre Hand in die Walters, flüchtig und ohne Wärme. Aber sie sehen sich, der junge Jude und das Mädchen, an wie Menschen, die einander zutiefst kennen, ohne je voneinander gewußt zu haben.

Klaus, der den beiden am nächsten steht, wendet den Kopf ab, beschämt, als sei er unvermutet Zeuge geworden eines Wiedersehens von Bruder und Schwester nach langer Trennung.

Höflich hilft er dann Eva aus ihrer Windjacke. Die Mädchen tuscheln am Fenster. Die Jungen drücken sich vor der

Wandtafel herum. Sie streiten lauthals und unbeteiligt über eine Mathematik-Aufgabe. Es ist alles wie sonst vor der ersten Stunde. Es ist alles ganz anders. So stark empfindet Klaus das Ungewöhnliche dieses Schulmorgens, daß er es nicht dem Erscheinen der Neuen zuzuschreiben wagt.

Als das Mädchen ihre rote Kappe abstreift, überwältigt ihn das strahlende Schwarz ihres Haares.

Er sagt: »Wenn du dich zu mir setzen möchtest –?« und er rückt dabei schon den Stuhl an seiner Seite zurecht. Sie dankt ohne Lächeln. Offenbar nimmt sie seine Aufmerksamkeit als einen ihr gebührenden Zoll, und er bereut, der Stolzen ein weniges an Stolz nachgegeben zu haben.

Nun sitzen sie nebeneinander. Durch die hohen Fenster sickert Schneelicht. »Wir haben jetzt Deutsch«, sagt der Junge. Eva nickt.

Er nimmt noch einmal einen Anlauf. »Bei Studienrat Sehning –«

»So«, sagt das Mädchen.

Klaus kaut auf der Unterlippe. Er ist niemals vorschnell mit einem Urteil bei der Hand. Er sträubt sich, das Mädchen jetzt schon abzutun als arrogant oder dumm. Es läutet zur Stunde. Klaus sagt: »Wir behandeln die Schicksalsfrage in der ›Iphigenie‹.«

Das Mädchen hebt die Brauen. »Schicksal ist Nonsens«, sagt sie.

Klaus stutzt. Das hat er schon irgendwo gelesen. Solche Gemeinplätze sind ihm zuwider. Er sagt: »Das ist doch billig, Mensch!«

Sie antwortet nicht. Sie starrt zum Fenster hinaus. Im Morgendunst schwimmen die feuchten, nackten Äste der Linden. Das Mädchen denkt bitter, warum sie denn nicht aus ihrer Haut schlüpfen könne; warum sie unfähig sei, dem neben ihr ein Geringes nur zu zeigen von ihrem Empfinden – mit jener wunderbaren Bedenkenlosigkeit, die ihren siebzehn Jahren noch anstünde …

Von der Seite mustert sie den Jungen. Nicht verstohlen –

wenn sie einen Menschen ansieht, wendet sie ihm den Kopf ganz zu mit einer Unmittelbarkeit, die den anderen überrumpelt und wehrlos macht.

Klaus liegt über der Tischplatte mit aufgestemmten Ellenbogen, den Mund verpreßt. Ihr hat geschwindelt vor den großgeschweiften Bögen dieses Mundes, vorhin, als der Bursche ihr entgegengetreten und die leis spöttische Überlegenheit von seinem Gesicht abgeblättert ist, noch ehe er das erste Wort an sie gerichtet hat.

Sie sucht nach einer belanglosen Frage. Aber nun ist es zu spät: in der Klassentür steht der Lehrer Sehning. Gelassen wartet er ab, bis das Geschwätz im Raum verebbt ist. Er geht zum Katheder. Groß und hager, ein Mann Anfang der Sechzig, lehnt er an seinem Tisch. Er stützt die Spitzen der langgliedrigen Finger gegeneinander, ein dünnes, bleiches Dach bauend, gleichsam als wolle er darunter die dreizehn Jungen und Mädchen vereinigen, daß sie allein ihn noch sehen und hören.

Sie sehen und hören nur ihn noch. Sein Da-sein ist so zwingend, daß eine Wellenbewegung durch die Klasse streicht im einmütigen Vorneigen aller gegen ihn, der mit einem guten Lächeln ihre Bereitschaft empfängt, seine Gedanken zu denken. Auch Eva Hennig ist unwillkürlich der Bewegung der anderen gefolgt, und sie wartet auf die Stimme des Mannes.

Und so ist das, wenn Eva Hennig einen Menschen kennenlernt, der mehr als flüchtiges Interesse in ihr weckt: Sie hat sich Bilder geschaffen von Gestalten, die ihr aufgestiegen sind aus Sagen und alten Geschichten: Nun trifft sie zuweilen auf einen Menschen, der gleicht den von ihr gemodelten Bildern dieser oder jener Gestalt: So muß der Pirat Störtebeker das kühne Profil des Klaus Hoffmann getragen haben; so muß der Zauberer Cagliostro gleichgesehen haben diesem Manne Sehning. Und Zug um Zug findet sie den großen Magier in dem, der auf fünf Monate ihr Lehrer sein wird: die mächtige gewölbte Stirn, die geierschnäbelig, doch ohne Schärfe gebogene Nase; unter dem langen, strichschmalen Mund der eisgraue Spitzbart … Legt ihm um den Hals die Spitzenkrause, um seine Schultern den schwarz-samtenen Radmantel, drückt das purpurgeschlitzte Barett auf sein Haupt – er ist's!

Schon die ersten Sätze Sehnings ernüchtern das Mädchen. Er beklagt sich zänkisch über die nachlässige Führung des Klassenbuchs, das ein Spiegel der in der Klasse herrschenden Unordnung sei – »Wann endlich, Herrschaften, werden Sie lernen, Ihre Hefte wie Ihre Hirne einzuteilen in Sparten, in Fächer, in ein übersichtliches System? Das in Ihren Köpfen herrschende Chaos, das Sie als genialische Eigenwilligkeit auszudeuten belieben, ist auf einen bedauerlichen Mangel in Ihrer Erziehung zurückzuführen –«

Seine dumpfe, schollerige Stimme scheint er tief aus der Brust heraufzuholen. Sie ist knapp an Atem und zerbricht seine Satzperioden. Sie kratzt wie Metall auf Metall, als er dem bescheidenen Widerspruch der von Plathen begegnet, einer faden Blondine, die das Klassenbuch verwaltet. »Ich verbitte mir Ihre Widersetzlichkeit, Frl. von Plathen, wenn ich Sie zu Recht tadele!« ruft er. Ein rechthaberischer Greis, den die fahrigen Gesten, die wegen einer Nichtigkeit vor Zorn gerötete Stirn seines Zaubers jäh entkleiden.

Eva, eben noch widerwillig bereit, sich fesseln zu lassen, krümmt die Mundwinkel. Ein Cagliostro! – Ein alter Studienrat im schlechtsitzenden Straßenanzug, Junggeselle wahrscheinlich, hausend in seinem möblierten Zimmer – peinlich aufgeräumt von einer nach Seife und Bohnerwachs riechenden Haushälterin –, vergraben unter Büchern, die ihn verknäulen in Schicksalsfragen und ähnlichen mystischen Unsinn …

Die von Plathen senkt zimperlich die Lider, ein tomatenrotes, gescholtenes Schulmädchen. Sehning ist befriedigt.

Vielleicht entdeckt er wirklich erst in diesem Augenblick, da er sich von der Getadelten abwendet, die neue Schülerin neben Klaus Hoffmann. »Oh, ein unbekanntes Gesicht –!« Eva ist argwöhnisch, sie hält seine Überraschung für gespielt.

Sicherlich hat er sie seit Minuten schon insgeheim beobachtet. Sie erhebt sich erst, als er dicht vor ihrem Tisch steht.

Die Schroffheit, die er eben noch an den Tag gelegt hat, fällt von ihm ab, ganz übergangslos. Er begrüßt aufs liebenswürdigste das Mädchen, ja es schwingt sogar, als er sie Platz zu nehmen bittet, eine Spur von Galanterie in seiner schollerigen Stimme. Alte Lehrer sind vor Mißdeutungen geschützt; sie dürfen zuweilen einer hübschen Schülerin diese sachte Galanterie bezeigen.

Sehning trägt selbst die Personalien der Eva Hennig ins Klassenbuch ein »Geboren am –?«

»3. Oktober 1935.«

»Und wo?«

»In Paris.« Dies letzte ist zu leicht hingesagt worden, um echt zu wirken und einen Rest kindlicher Eitelkeit zu verbergen.

Der Mann horcht auf. »Sie sind französische Staatsangehörige?«

»Nein. Meine Mutter war damals emigriert nach Frankreich. Sie kam aber dann bald wieder zurück nach Deutschland.«

Das versperrte Gesicht der Fremden nimmt dem Mann die Lust zu den Fragen, zu denen ihn die großäugige Neugier der Zwölf drängt. Er fragt sachlich: »Der Beruf Ihrer Eltern?«

»Meine Mutter ist seit dem ersten Dezember Bürgermeisterin Ihrer Stadt.«

Der Mann schlägt sich vor die Stirn. »Hennig ... Natürlich – deshalb kam mir Ihr Name so bekannt vor.« Er verbessert milde: »Sie meinten: Bürgermeisterin unserer Stadt – da Sie, Frl. Hennig, ja nun zu uns gehören.«

Eva zieht die schwarzen Brauen zusammen, sie sagt streng: »Ich bin nicht gern hier. Ich wäre lieber zuhause geblieben. Kleinstädte mag ich nicht –« Sie unterbricht sich, als habe sie schon zuviel Vertrauliches ausgeplaudert.

»Sie werden sich eingewöhnen«, sagt der Lehrer. »Andere haben sich auch eingewöhnen müssen – Menschen, die älter waren als Sie und schwerer zu verpflanzen. Die Verhältnisse sind zuweilen stärker als wir.«

»Verhältnisse …«, wiederholt das Mädchen. Und nach einer winzigen Pause: »Meine Mutter hat einen Parteiauftrag.«

Der alte Mann runzelt die Stirn. Doch er nimmt schweigend die Zurechtweisung hin. »Und Ihr Vater?«

»Tot.«

Das ist nichts Außergewöhnliches: von seinen zwölf Schülern haben fünf ihren Vater im Kriege verloren. So oft hat Sehning diese Antwort auch in anderen Klassen gehört, daß er gewohnheitsgemäß, Bestätigung erwartend, fragt: »Gefallen?«

»Nein.« Sie tut einen kurzen, scharfen Atemzug. Sie sagt klar, nicht laut: »Er ist ermordet worden im KZ Buchenwald.«

Totenstille.

Sehning aber, Lehrer von Generationen junger Menschen, Sehning klappt still das Klassenbuch zu. Er sieht das Mädchen an. Seine Augen sind gelb wie Bernstein, gesprenkelt mit rostbraunen Pünktchen. Er spreizt die Hand über das Buch, dem in silbernen Lettern der Name »Iphigenie« eingestanzt ist. Er spricht zu allen, ohne den Blick von der einen zu ziehen. Er sagt: »Alles menschliche Gebrechen sühnet reine Menschlichkeit.« Und öffnet sein Buch, und öffnet seine Welt – für die, die ihn verstehen.

Große Pause. Sie drängen zur Tür, die Jungen für sich, die Mädchen für sich. Sie vermeiden den Blick auf Eva, die sich mit ihren Büchern zu schaffen macht, ungewiß, wem sie sich anschließen soll. Niemand fordert sie auf, mit ihm zu gehen, und sie gesteht sich nicht, daß sie auf eine solche Aufforderung wartet.

Langsam und ungewöhnlich sorgfältig wischt Klaus die Tafel ab. Wassertropfen rinnen aus dem Schwamm in seinen Ärmel. Er achtet es nicht. Er denkt, er könne sich doch sonst freiweg mit jedem Mädchen unterhalten, es sei doch eine Kleinigkeit, die Eva zu fragen, ob sie mit ihm auf den Hof komme.

Es ist keine Kleinigkeit, und als die anderen endlich die Klasse verlassen haben, muß Klaus noch ein paar Stühle aus dem Weg schieben und umständlich die Fenster öffnen. Der Luftzug wirft die Tür ins Schloß. Der Junge erschrickt, als habe er selbst sich jetzt den Weg abgeschnitten zu den alten Freunden. Es ist, als habe er sich ausgeliefert dem Alleinsein mit dem fremden Mädchen, dessen Gegenwart ihm die Brust beengt.

Er stößt die Hände in die Hosentaschen und schlendert zur Tür. Auf der Schwelle erst zögert er.

Eva sitzt noch immer in der gleichen Haltung über ihren Büchern: die Wangen in die Hände gestützt. Klaus kann von ihrem Gesicht nur den schmalen Nasenrücken erspähen und die sanfte Rundung ihrer Stirn. Er fragt rauh: »Willst du hier in der Klasse hocken bleiben, du?« Er weiß schon, bevor sie noch ja gesagt hat, daß die unbeholfene Bitte, die jedes andere Mädchen aus seiner Stimme herausgehört hätte, an Eva abprallen wird.

Er irrt sich nicht. Das Mädchen nickt stumm. Sie gönnt ihm nicht einmal einen Blick.

Klaus läuft vor seiner Niederlage davon. Er poltert die Treppen hinab und rempelt an der Hoftür ein weißblondes Mädchen. Sie zischt: »Paß doch auf, du Affe!«

Klaus, pikiert, dreht sich zu ihr um. Ihre Lippen sind rot wie Mohn. Er deutet eine Verbeugung gegen sie an. »Oh, Pardon«, murmelt er zärtlich und umfängt ihr eben noch erbostes Gesicht mit einem langen Blick aus leuchtend grünen Augen. Sie zeigt ihm kokett lächelnd die Zähne.

Er kennt die Kleine flüchtig, sie gehört in die 11. Klasse. Wenn er sie jetzt zum Kino einladen würde oder zum Tanz, sie würde es ihm nicht abschlagen. Er genießt ihren himmelblauen Augenaufschlag, kehrt sich ab, jäh verfinstert, und läßt die Enttäuschte stehen.

Die spitzenzarte Schneedecke auf dem Hof ist schon zerrissen von vielen stampfenden und schlitternden Füßen. Nur zwischen den Wurzeln der Linden hängen noch schmutzigweiße Fetzen. Der Morgennebel hat sich gesenkt, und unter dem blaßblauen Morgenhimmel ballen sich Grüppchen schwatzender Jungen und Mädchen. Am Zaun entlang spazieren Pärchen, manche haben verstohlen die Finger ineinandergehakt, während andere durch einen braven Schritt Abstand voneinander zu verbergen suchen, was in Wahrheit dem Unbefangensten auffällt.

Klaus schreitet, schlank und hochbeinig, über den Hof, durch Zank und Getuschel und quirlendes Gelächter. Seinem Gang – geschmeidig, als habe er Sprungfedern in den Gelenken – tänzelt die heimliche Bewunderung der Mädchen nach. Er ist es gewöhnt, er schaut sich nach keiner um.

Das Spiel hat seinen Reiz für ihn verloren, eben weil es nur ein Spiel ist, das ihn einen zu geringen Aufwand an Mühe kostet. Die Weißblonde hat er schon vergessen, als er das Backsteinhäuschen am unteren Ende des Hofes betritt.

Der Junge zündet eine Zigarette an. In dem engen, übelriechenden Gang drücken sich die siebzehn- und achtzehnjährigen Burschen umeinander. Jüngere sind im Raucherkollegium nicht zugelassen.

Ein Sommersprossiger erzählt einen zotigen Witz. Wer die Pointe nicht versteht, lacht am lautesten. Sie sind Männer, die rauchen und fluchen und sich über die Beine ihrer Mitschülerinnen unterhalten. Sie dürfen ganze zwanzig Minuten lang vergessen, daß es die Penne gibt mit Schularbeiten und Leistungskontrollen.

Klaus stiehlt sich aus dem Gelächter der anderen. Er denkt: Was ist das schon, so ein Abend mit einem Mädchen? Im Kino ein Händedruck; im Lokal ein paar Tänze zu dummer, süßer Musik, ein paar Galanterien; ein finsterer Hausflur: ein bißchen Sträuben, weiches Geflüster: ›… wie schön dein Haar ist …‹, Küsse, Versprechungen, die nie gehalten werden, ein Abschiedskuß – vorbei!

Klaus drückt seine Zigarette an der Mörtelwand aus. Die ist zerkratzt und mit unzüchtigen Symbolen beschmiert von Generationen unruhiger Jungenhände. Klaus denkt, am nächsten

Morgen sei es dann immer am schlimmsten: der schale Geschmack im Mund, die klebrigen Blicke der Vertraulichkeit ...

Der sommersprossige Hagedorn geht ihn um eine Zigarette an. Seine Daumennägel sind schon quittegelb vom Nikotin. Klaus wirft ihm sein Etui zu mit einer Geste, die eine Ohrfeige herausfordert: er verabscheut den Hagedorn, einen schlauen Kriecher, feig und lüstern. Der fängt das Etui mit der Geschicklichkeit eines Taschenspielers und bedient sich.

»Die Neue da«, sagt er und stößt den Rauch aus der Nase, »die macht mir Laune.« Er fährt sich mit der Zunge über die Lippen. »Ein Rasseweib –« Er verstummt vor Hoffmanns grünem Wutblick. Er wittert, begreift, schlägt den anderen schallend auf die Schulter. »Du hast wohl schon vorgefühlt, was? Du bist wohl schon abgeblitzt, was?«

In dem Jungen steigt grimmige Lust auf, dem Hagedorn sein fatales Grinsen aus dem Gesicht zu schlagen. Er knurrt: »Ach, Scheiße –« Er dreht sich auf dem Absatz um und geht; er empfindet wie Schleimklümpchen auf seinem Nacken die Augen des Sommersprossigen.

Tief atmend in der reinen Winterluft, verfolgt Klaus Hoffmann ein Paar, ein Bild köstlichster Harmonie: Sie ziehen, einem Doppelgestirn gleich, selbstvergessen ihre Bahn. Sie halten sich nicht einmal bei den Händen, und dennoch muß jeder wissen, daß die beiden zusammengehören. Klaus kennt ihre Geschichte von Anfang an: damals, als Jonny mit ihm zusammen in die 10. Klasse versetzt worden, war die Karla eben in die Oberschule gekommen. Die beiden haben sich ineinander verliebt, als sie sich zum erstenmal im Schulflur begegnet sind. Eine Geschichte ohne Sensationen, ohne ersichtliche Höhepunkte, ohne Zerwürfnisse. Sie sind, Jonny wie Karla, friedfertigen Charakters und von rührender Kindlichkeit. In der Schule steht es seit drei Jahren fest, daß die beiden, sobald sie mündig geworden, heiraten und das bravste, unauffälligste Ehepaar werden unter Gottes Sonne.

Die Karla schlenkert vergnügt ihre Zöpfe. Jonny ergreift eine der nußbraunen Flechten und wickelt sie um seine

Hand – eine Liebkosung, zärtlicher als ein Kuß. Klaus drückt die Handfläche auf eine Eisenspitze des Gitterzauns. Er lauscht auf den stumpfen Schmerz und weiß im letzten Gehirnwinkel, daß sein Gehabe unsäglich komisch ist.

Beschämt löst er sich vom Gitter. Am offenen Fenster seiner Klasse erspäht er das fremde Mädchen und den Juden, Schulter an Schulter, in sachtem Gespräch. Er hat den stillen, gescheiten Mandelblüt immer leiden mögen. Wie der jetzt die Hand auf Evas Arm legt, ohne daß sie eine Geste der Abwehr macht, denkt Klaus, man dürfe eben keinem Menschen über den Weg trauen; auch dieser Jud' sei ein Heimtücker und um keinen Deut besser als der widerwärtige Hagedorn.

Als Klaus die Tür hinter sich zugeschlagen hat, ist Eva aufgezuckt; sie hat seinen Schritten nachgelauscht, bis sie im Korridor verklungen sind. Sie hat ihr Buch geschlossen; ihr augenscheinliches Interesse an den Sentenzen des Cicero ist ohnehin nur geheuchelt gewesen.

Sie ist ans Fenster getreten und hat den großen, blonden Burschen beobachtet. Niemand hätte aus ihrer aufrechten Haltung, ihrem versteinten Gesicht eine Gemütsbewegung zu lesen vermocht: sie hat in bitteren Jahren gelernt, sich zu beherrschen, und wenn ihr Herz flattert, färben sich ihre braunen Wangen nicht tiefer.

Der Jude gleitet schattengleich neben sie. Er sagt: »Du bist allein, Eva.«

»Ich bin immer allein«, sagt das Mädchen ohne Bedauern.

»Hast du keine Freunde gehabt, dort, wo du herkommst?«

»Ja. Nein. Ich weiß nicht. Ich hatte immer gute Kameraden, in der Schule, in der Pause; mein Zimmer zuhaus war fast zu eng für die, die nachmittags da herumgesessen haben. Aber das war auch bloß äußerlich, verstehst du?, ganz im Innern war ich doch immer allein.«

Walter sagt: »Vielleicht hast du dein Inneres abgeriegelt gegen deine Kameraden. Sowas spürt man doch – ob einer sich für die anderen ganz aufschließen will.« Er legt seine

Hand auf ihren Arm: der Handrücken ist kreuz und quer zerschnitten von wulstigen Narben.

Das Mädchen schluckt. Sie sagt leise: »Die haben mich eben nicht verstanden ...«

»Du hättest dich um ihr Verstehen bemühen sollen«, beharrt Walter. »Hast du dich bemüht?«

»Ja doch ...« sagt das Mädchen gequält. Sie ruft heftig: »Aber sie wollten mich ja nicht verstehen – oder sie konnten nicht. Begreifst du: im Anfang habe ich sie alle gehaßt, weil sie Deutsche waren, Kinder von Deutschen, die uns gepeinigt haben und in den Dreck getreten. Und sie haben ja nichts durchgemacht von dem, was ich habe durchmachen müssen – und du –« Sie stockt. Unverwandt ruhen die tiefen, grauen, uralten Augen des Juden auf ihrem Gesicht.

Das Mädchen starrt auf die verstümmelte Hand. Langsam steigt ihr das Blut in die Wangen. Sie errötet, wie braunhäutige Menschen erröten: kaum sichtbar für einen oberflächlichen Blick.

Walter verschränkt die Arme im Rücken. Die Tür wird aufgerissen, eben als der Junge fragt, ob er Eva gelegentlich besuchen dürfe. Und Klaus muß hören, wie sie, die spröde Stimme erwärmt durch einen Klang echter Freude, sagt: »Gleich heute – wenn du magst.«

## 2. Kapitel

### Geschichte des Juden Mandelblüt

Die neue Bürgermeisterin hätte eine komfortable Wohnung bekommen können. Der Herr vom Wohnungsamt, der seine Klienten für gewöhnlich mit bedauerndem Achselzucken und Vertröstungen bedienen muß, hat mit überströmender Herzlichkeit beteuert, er werde für die Frau Bürgermeister selbstverständlich ... Ein Einfamilienhaus am Stadtrand? Nein? Nun gut, Stadtmitte also – fünf Zimmer und Bad, bitte sehr ...

Die Frau hat in kühlem Erstaunen die Brauen gehoben. Ob es dem Herrn nicht bekannt sei, daß sie allein sei mit ihrer Tochter, daß sie ihr Arbeitszimmer im Rathaus habe, daß der junge Dr. Kurze, praktischer Arzt, eine Wohnung mit Räumen für seine Praxis suche?

Der Mann hat sich gewunden vor Verlegenheit. Natürlich ist ihm der Fall Dr. Kurze bekannt, aber die Frau Hennig ist schließlich das Stadtoberhaupt, und er erinnert sich nur zu gut des verflossenen Bürgermeisters Hielscher: Der hat ihm einen Mordsspektakel gemacht, als das Wohnungsamt eines seiner sechs Zimmer beschlagnahmen wollte. In diesem Zimmer – das war der ganzen Stadt bekannt – pflegte der Sprößling Hielscher auf seinem Dreirad zu trainieren …

Die Bürgermeisterin hat eine recht bescheidene Drei-Zimmer-Wohnung in der Hauptstraße gemietet, keine fünf Minuten vom Rathaus entfernt.


Hinter der Gardine verborgen, wartet Eva. Ihrem Fenster gegenüber, am Eingang des Kinos, flammt eine violette Neonröhre auf. Der Wintertag verdämmert; in den Häuserwänden blinken schon gelbe Fensteraugen.

Endlich gleitet die magere Jungengestalt in den Lichtkreis der Straßenlampe. Eva reißt das Fenster auf und winkt und ruft.

Als sie die Korridortür öffnet, hat sie schon wieder ihre alte Gelassenheit zurückgefunden. Doch überhaucht ihre zu strengen Züge ein leiser Glanz erfüllter Erwartung, und mit Wohlgefallen betrachtet Walter das Mädchen.

Sie führt ihn in ihr Zimmer. Mandelblüt schaut sich um, bedachtsam, ohne Scheu. Es enttäuscht ihn, daß dieser Raum in allem seinen Vorstellungen entspricht, die er sich dem Auftreten der Hennig nach gemacht hat: gradlinige Möbel von anmaßender Schlichtheit, keine warmen Farbflecke, keine der süßen Nichtigkeiten, mit denen Mädchen ihre Kommoden und Wände so gern schmücken.

Walter hat einmal eine Freundin gehabt, ein sanftes, heiteres

Ding, Näherin in einem Konfektionsbetrieb. Die hat sich lange gesträubt, ehe er ihr Stübchen betreten durfte – es duftete darin nach Wachs und Äpfeln und schwach nach Mottenkugeln, und eine bunte Decke versteckte eine arg verschlissene Stelle der Tapete. Über dem Bett baumelte – neben der Fotografie Walters – ein possierliches Äffchen. Das hatte sie wohl auf irgendeinem Jahrmarkt gewonnen.

Eine leis belustigte Rührung hat ihn ergriffen im Zuhause der einstigen Freundin. Nichts davon spürt Walter hier: in dieser gleichsam künstlich eisgekühlten Atmosphäre weben keine rosenroten Träume, und niemals werden Lachen oder Weinen einer Verliebten die gläserne Ruhe zersplittern.

Der junge Mensch mit den alten, wissenden Augen denkt auf einmal erschrocken, dieses Mädchen Eva Hennig sei ja ganz eingefroren. Er sagt unvermittelt: »Wenigstens ein Äffchen könntest du an die Lampe hängen – oder einen Teddybären.«

Eva, verwundert und verständnislos, zuckt mit den Schultern. Walter würde ihr gern erzählen von der kleinen, lustigen Näherin, die dann mit dem Elektriker in ihrem Betrieb angebandelt und ihm, Walter, den Laufpaß gegeben hat. Er hat eben kein Glück bei Mädchen. Er begreift es, wenn er in den Spiegel sieht: so wenige Menschen nehmen sich die Mühe, hinter seiner blassen Stirn zu forschen. So wenige sind bereit, sein spitzes, hageres Gesicht und seinen brandroten Haarschopf zu vergessen über dem, was sich hinter seiner Stirn verbirgt. Aber all das sind Dinge, die man der Eva nicht erzählen kann …

Sie hat keinen Gedanken verschwendet auf das Äußere des Jungen, so nah ist er ihr schon in der ersten Stunde gewesen. Sie bietet ihm Zigaretten an, sie streicht ein Hölzchen an und gibt ihm Feuer. Als das Flämmchen sein häßliches, gescheites Gesicht aus dem schwimmenden Grau hebt, sagt Eva: »Ich freue mich, daß du gekommen bist.«

Sie hocken, die Knie angezogen, nebeneinander und rauchen schweigend, doch ohne jene Verlegenheit, die zwei

Menschen überfällt, wenn sie zum ersten Male allein sind.

Nach einer Weile sagt Walter: »Ich habe den ganzen Nachmittag an dich denken müssen.«

Durch das Fenster fällt das zuckende Violett der Neonröhre. Eva tastet nach der Hand des Jungen. Behutsam streicht sie über die wulstigen Narben. »Messerschnitte«, sagt der Junge sachlich.

Er hört ihre unausgesprochene Frage, er erzählt: »Ich war in Auschwitz – ein Jahr – oder hundert Jahre, ich weiß nicht. Manchmal ist mir –« Er unterbricht sich und saugt aus seiner Zigarette eine winzige Pause, bis er seiner Stimme wieder sicher ist. »Wir waren viereinhalbtausend, Kinder von Juden und Halbjuden, als wir in Auschwitz eingeliefert wurden. Wir waren noch dreiundsiebzig, als die Russen uns 'rausholten. Keiner von uns war älter als vierzehn Jahre –«

Seine Stimme zerbricht. »Dreiundsiebzig von viereinhalbtausend«, wiederholt er flüsternd; es klingt wie ein heiserer Schrei. Er sitzt schlaff, mit rundem Rücken. Sein Mund steht halboffen, so jäh hat das Entsetzen ihn wieder überwältigt.

Das Mädchen bleibt reglos, nur ihre Lippen zittern.

Sie sagt plötzlich, so trocken und glasklar, als habe nie eine Träne ihr Auge getrübt: »Und vorher? Was war vorher?«

Die Frage reißt den Jungen auf. Er hat nie über das Vorher gesprochen, keinem Menschen. Er lehnt sich an den Bücherschrank, die dünnen Hände hinter dem Rücken verschränkt, und preßt den Kopf gegen das scharfkantige Holz, als könne der körperliche Schmerz ihm Kraft und Halt geben.

… Er war ein Kind, keine fünf Jahre alt, als sein Vater, angesehener Arzt und reinrassiger Arier, sich von der Jüdin Ruth Mandelblüt scheiden ließ. Wahrscheinlich war es ihm nicht leichtgefallen – aber er hätte, gebunden an diese Frau, niemals die Stellung als Chefarzt seines Krankenhauses bekommen, er hätte vielleicht ganz aufhören müssen zu praktizieren.

151

Von einem Tag auf den anderen verschloß sich dem Kinde sein hübsches, geräumiges Spielzimmer, nicht einmal sein Schaukelpferd fand Platz in der düsteren Kellerwohnung, die der Jüdin zugewiesen wurde.

Von einem Tag auf den anderen verschwanden aus seinem Leben all die freundlichen Herren und Damen, die er des Abends, wenn sein Vater eine Gesellschaft gegeben, hatte begrüßen dürfen. Einmal stieg er mit seiner Mutter in die Straßenbahn. Im Wagen saß eine elegante junge Frau, die hatte ihm manchmal Spielsachen geschenkt und Bonbons. Er war zu ihr gelaufen, ihr ›guten Tag‹ zu sagen; sie war aufgesprungen und rasch ausgestiegen. Seine Mutter hatte ihm eine Ohrfeige gegeben. Es war das erste Mal, daß sie ihn schlug.

Er kam in die Schule. Als ihn einer seiner kleinen Kameraden ›krummer Jud‹ schimpfte, verstand er ihn nicht. Er fragte seine Mutter, ob ›Jude‹ ein Schimpfwort sei. Sie weinte. Als man ihm zum zweiten Male das böse Wort nachschrie, schlug er zu. Seine Klasse, in seltener Einmütigkeit, fiel über ihn her und richtete ihn übel zu; blutend und verschmutzt kam er nach Hause. Seitdem schwieg er hartnäckig zu allen Beleidigungen. Er war sechs Jahre alt und wußte schon, was Einsamkeit ist.

Er lernte lesen. Wenn er mit seiner Mutter durch die Straßen ging, buchstabierte er jede Inschrift, jede Reklame, stolz auf seine frische Wissenschaft.

Einmal setzten sie sich in ein Lokal, an einen Ecktisch; seine Mutter bestellte Essen. Walter schickte seine Augen spazieren, er entdeckte Worte an der Wand, einen Satz; er buchstabierte, lautlos die Lippen bewegend, wißbegierig fragte er: »Mama, was heißt un-er-wünscht?« Die Frau fuhr auf, sie drehte sich um und wurde weiß wie die Wand. Sie nahm den bestürzten Jungen bei der Hand und floh mit ihm aus dem Lokal, ohne das bestellte Essen abzuwarten. Die Jüdin Mandelblüt hatte gerade unter dem Schild gesessen: »Juden unerwünscht«.

Walter hatte immer geglaubt, seine Mutter heiße nur Ruth. Auf einmal trug sie noch einen zweiten, fremden Namen: Sarah. Das Kind wunderte sich, daß seine Mutter weinte, wenn sie seine Zeugnisse unterschrieb, und daß zu ihrer Unterschrift das neue, dunkle, klingende Wort Sarah gehörte. Er wußte damals noch nicht, daß ein Erlaß der Nazis jeder jüdischen Frau den Namen Sarah zudiktierte, so wie es jedem jüdischen Mann den zusätzlichen Namen Israel aufzwang.

Eines Tages, als seine Mutter aus der Stadt zurückkam, entdeckte der Junge wiederum ein Fremdes an ihr: sie trug auf der Brust den gelben, sechszackigen Davidsstern. Seit jenem Tage weinte sie nie mehr, sie war wie ausgedörrt.

Später dann, im Kriege, durfte der Junge nicht mehr zur Schule gehen. Er war wie ein Blatt im Winde, er wehte fühllos über Beschimpfungen und Schläge hinweg und war schon welk und alt, ehe er noch hatte jung sein dürfen.

Seine Mutter wurde nach Theresienstadt verschleppt. Jahre später, als er selbst die Hölle Auschwitz überlebt hatte, erfuhr er, Ruth Mandelblüt sei im Lager verhungert.

Er suchte seinen Vater – vielleicht nur, um ihm ins Gesicht zu spucken.

Er fand ihn nicht; eine dünne Spur, die nach Süddeutschland wies, verlief sich ...

»Ich habe Jahre gebraucht«, sagt der Junge, »ehe ich einem Deutschen ohne Haß gegenübertreten konnte. Ich glaube alles, was man erzählt von ihren Verbrechen in Frankreich und in Rußland und in all den Lagern –« Er hebt seine Hände und wendet sie dicht vor seinen Augen, als betrachte er sie zum erstenmal, fremd, wie ein nicht ihm Zugehöriges. »Wenn ich einen von *denen* träfe, würde ich ihn ins Zuchthaus bringen. Nur ins Zuchthaus ... Man hätte Galgen und Rad nicht abschaffen sollen –«

Aus den Winkeln kriecht die Finsternis auf den Jungen zu, der hölzern steht – wie lange schon? Er ist nicht gewiß, was er ausgesprochen hat, was nur gedacht. Er hört den

Atem Evas, er wartet. Nichts. Kein armseliges Wort, nur der gepreßte Atem.

Walter dreht das Licht an, das grell die Schatten zerreißt. Er hat Eva den Rücken zugekehrt. Er denkt verzweifelt, er hätte doch schweigen sollen – wenn sie jetzt etwas Falsches sagt, wenn sie etwas Tröstendes sagt, er wird diese neue, schwerere Enttäuschung nicht verwinden können.

Sie sagt nichts.

Mit Anstrengung, bleierne Angst im Herzen, wendet er sich um.

Das Mädchen weint, lautlos, mit erstarrtem Gesicht.

### 3. Kapitel

*Dr. Rinck läßt bitten*

Der Direktor der Oberschule läßt Eva Hennig zu sich bitten.

Sie übereilt sich nicht, seinem Ruf zu folgen. In der alten Schule hat sie das Allerheiligste stets ohne Herzklopfen betreten, sehr sicher ihrer Stellung und ihres Einflusses auf den jungen, hilflos energisch sich aufspielenden Direktor.

Sie bummelt über den Schulflur und bereitet sich im Geiste auf das zu erwartende Gespräch mit Dr. Rinck vor, den sie aus Erzählungen ihrer Mutter kennt. Danach ist mit dem Mann nicht gut Kirschen essen: der sei aalglatt und nicht zu fassen in seinem zwielichtigen Spiel zwischen Ernst und Ironie, schwer durchschaubar … Zu dem wird sie nicht hingehen können wie zu dem jungen Zauderer in ihrer alten Schule, und unverblümt von ihm fordern: »Tun Sie das! Veranlassen Sie dies!«

Noch vor der gepolsterten Tür zum Direktorzimmer ruft sich Eva ins Gedächtnis zurück, was ihr über diesen Dr. Rinck zu Ohren gekommen. Es ist allzu Widersprüchliches, Verknäultes, als daß sie einen gleichmäßig fortlaufenden Faden entdecken und festhalten könnte.

... Der Mann – er mag heute das siebzigste Jahr erreicht haben – war in Berlin Direktor eines Gymnasiums gewesen. Er gehörte der SPD an und tat sich durch nichts in seiner Partei hervor.

1933, wenige Monate nach der Machtergreifung der Nazis, kostete ihn ein geistreicher Scherz über den Emporkömmling Hitler seinen Berliner Posten; er wurde strafversetzt in diese Kleinstadt. Gewiß war es ihn hart angekommen, den ihm liebgewordenen Kreis Gleichgesinnter verlassen zu müssen, doch wurde dieser Kreis in der Folge ohnehin bald gesprengt, und seine Freunde – Professoren und Schriftsteller – emigrierten nach Frankreich und in die USA.

Gewarnt durch das Schicksal seiner Freunde, schien Dr. Rinck seine Parteizugehörigkeit vergessen zu haben. Sicher ist, daß er keine Widerstandsarbeit leistete. Er schlängelte sich durch die neue Zeit wie Tausende anderer, geschickt nach rechts und links manövrierend: der aufmerksamste Spitzel hätte nichts Belastendes gegen ihn auszusagen gewußt.

Er hätte wohlbehalten die zwölf Jahre überstanden, hätte ihm nicht endlich seine Spottsucht einen schlimmen Streich gespielt. Im Kriege, nach den ersten Bombenangriffen auf deutsche Städte, machte ein geschliffener politischer Witz die Runde im Lehrerkollegium. Sei es durch Zufall, sei es durch systematische Bespitzelung ans Licht gekommen – Dr. Rinck wurde als Autor jenes bösartigen Witzes ermittelt, denunziert und von der Gestapo verhaftet.

Fünf Monate hielt man ihn im Untersuchungs-Gefängnis Moabit fest. Da aber auch der findigste Staatsanwalt keine Anklage wegen Hochverrats gegen ihn konstruieren konnte, wurde er endlich auf freien Fuß gesetzt und – mit einer kläglichen Pension – kaltgestellt.

Er trat erst wieder in den ersten Maitagen 1945 an die Öffentlichkeit: als der Stadtkommandant mit einer Handvoll Volkssturm-Leute und wilder Wehrwolf-Pimpfe die Stadt gegen die anrückende Rote Armee verteidigen wollte – »... bis zum letzten Mann, bis zum letzten Blutstropfen ...«

In der Nacht auf den 6. Mai ließ Dr. Rinck durch zwei desertierte Soldaten den Stadtkommandanten gefangennehmen und im Keller seines eigenen Hauses einsperren. Die Volkssturm-Männer, ihrer Führung beraubt, verstreuten sich und kehrten nach Hause zurück, froh, einem sinnlosen Untergang in letzter Minute entronnen zu sein. Die Wehrwölfe zogen sich an die nahe Elbe zurück, sie ermordeten zwei amerikanische Offiziere und wurden von einem Trupp erbitterter US-Soldaten niedergemacht. Sie starben – fünfzehn, sechzehn Jahre alt – den Heldentod für jenes Deutschland, das einen Tag später kapitulierte. Vier von ihnen waren Unterprimaner und ehemalige Schüler des Dr. Rinck.

Am 6. Mai fuhr Dr. Rinck mit zwei Stadtverordneten, denen die Angst bis zum Halse gestiegen war, einer Panzerspitze der Roten Armee entgegen, eine weiße Fahne schwenkend, und übergab kampflos die Stadt.

Betraut mit der Aufgabe, eine neue, demokratische Schule in der Stadt aufzubauen, bewährte er sich vortrefflich; er übernahm die Leitung der Oberschule, unbeschwert durch sein hohes Alter. Er war in die SED aufgenommen worden und trug ständig das Parteiabzeichen, doch blieb etwas Zwielichtiges um ihn, und niemand wußte mit Bestimmtheit zu sagen, ob dieses Abzeichen ihm mehr bedeutete als ein Äußerliches, gleichsam einen Schutzschild, hinter dem er seine Stellung gegen Jüngere verteidigte ...

Dies also ist der Mann, der Eva Hennig zu sich hat bitten lassen. Sie empfindet nun doch einige Spannung, als sie auf den Klingelknopf neben der Tür drückt. Das rote Lämpchen flammt auf: »Herein«.

In dem hellen, kahlen Raum findet sich Eva einem Greis gegenüber, der mit kurzen, lebhaften Schritten ihr entgegeneilt, beide Arme ausstreckend, als wolle er das Mädchen an seine Brust ziehen.

Eva, argwöhnisch gegen Gefühlsausbrüche Fremder, weicht unwillkürlich einen Schritt zurück.

Dr. Rinck stutzt. Dann läuft ein belustigtes Lächeln über

sein Gesicht, er ruft: »Daran erkenne ich dich – die ganze Mutter!« Und er führt sie mit der gravitätischen Courtoisie des alten Kavaliers zu einem Ledersessel, in dem das schmale Mädchen fast versinkt. Sie kommt sich auf einmal zwergenhaft vor gegen den kleinen, straffen, alten Mann. Der zwinkert ihr hinter den Brillengläsern zu. »Du bist imstande«, fährt er fort, »mir übelzunehmen, daß ich dich so schlankweg duze –«

Er hat es getroffen, und Eva ärgert sich jetzt ernstlich über den vergnügten Greis, der harmlos weiterschwatzt: »Dabei habe ich dich schon gekannt, als du so ein winziger Steppke warst –« und er zeigt mit der flachen Hand eine unwahrscheinlich geringe Höhe an.

Eva lacht artig mit. Sie sucht sich auszumalen, wie dieser Mann, eine weiße Fahne schwenkend, die Panzerleute der Roten Armee empfangen und dank seiner Vernunft und Entschlossenheit eine Stadt gerettet hat, die zu jener Zeit mehr als dreißigtausend hoffende, verzweifelnde Menschen in ihren Mauern beherbergt hat.

Sie ist jetzt, da der Mann solch albernes Zeug daherredet, geneigt, die Geschichte seiner mutigen Tat ins Reich der Märchen zu verweisen. Ja, es mischt sich eine Spur Verachtung in ihre Zurückhaltung, indes Dr. Rinck, ruhelos im Raum auf und nieder laufend, geschwätzig seine Erinnerungen an ihre Frau Mutter auskramt.

Auf einmal verhält er den Schritt, und ohne Übergang verwandelt sich sein ungeheuer lebendiges Gesicht. Er blickt, ernst und forschend, hinab zu dem Mädchen, in ihr fleischloses, bräunliches Gesicht mit den hochgeschwungenen schwarzen Brauen. Mit einem Ausdruck aufrichtigster Teilnahme, der das Mädchen entwaffnet, sagt er: »Wie ähnlich du deiner Mutter bist ... Die Augen hast du freilich von deinem Vater –« Er kreuzt die Arme über der Brust und streichelt sacht sein Kinn; in Nachdenken versunken, grübelt er laut: »Welch ein Mann, dein Vater ... Unfaßlich – diese Kraft in einem Menschenkörper! Immer glaubten wir, jetzt und jetzt müßte er doch gesprochen haben; dieses Maß an Leiden sei doch nicht erträglich für einen Menschen aus Fleisch und Blut ... Er hat es ertragen. Er hat niemanden verraten – sie hätten ihn in den Zellenboden stampfen können. Lieber Gott, und wie hatten sie ihn zugerichtet –!«

Eva sitzt kerzengerade, die Finger ineinandergeflochten, um ihr Zittern zu verbergen. Sie ist blaß bis in die Lippen.

Der Mann erschrickt. Für Minuten hat seine wägende Vernunft ihn verlassen und er ist aufgetaucht aus dem heiter überlegenen Spiel, das er mit den Menschen treibt, immer von neuem sich ergötzend an den Zweifeln der Getäuschten, die er launisch von Sicherheit in Befangenheit wirft.

Warum hat er die Tochter seines Mithäftlings Hans Hennig belasten müssen mit den Leiden ihres Vaters?

Er, der sich mit kaum gesengter Haut aus dem Fegefeuer gerettet hat, gedenkt mit Neid und Bewunderung des Genossen Hennig, weil er niemals hat sein können wie dieser, so standhaft und kompromißlos ...

Es ist aber unter den vielen guten und bösen Erinnerungen seines siebzigjährigen Lebens die Erinnerung an den Genossen Hennig eine der besten und bösesten.

Zum letzten Male begegnet ist er Hennig in einem der trostlos grauen Steinflure des Moabiter Untersuchungs-Gefängnisses. In Moabit hat Hennig auf sein Urteil gewartet. Vorher haben ihn die Gestapo-Bullen in ihren Kellern in der Prinz-Albrecht-Straße in der Mache gehabt. Von seinem Gesicht ist nicht mehr viel übrig geblieben, und sein zerrissener Mund hat sich keinen Gruß mehr abzwingen können. Die Tiere haben alles Menschliche in seinen Zügen zernichtet. Sie haben die Züge selbst ausgelöscht. Nur seine Augen haben noch gelebt, diese langen, gewölbten, dunklen Augen ...

Wie hat er, Dr. Rinck, sich täuschen lassen können durch die flüchtige Ähnlichkeit mit den Augen der Tochter? In Schnitt und Farbe gleichen sie wohl denen des Vaters, aber sie lassen schmerzlich vermissen jenen nie auszulöschenden Glanz, der aus einem so gütigen wie tapferen Herzen strahlte und im Innersten erschüttert hatte den selbstischen, unsentimentalen Dr. Rinck.

Und nun endlich gesteht er sich ein: er hat, indem er das Bild ihres Vaters heraufbeschwor, die seltsame Verkrustung des Mädchens zerbrechen wollen. Evas unruhige Hände, ihr jähes Erblassen beweisen ihm, daß er sie angerührt hat mit seinen Worten.

Um sich und dem Mädchen eine peinliche Minute zu ersparen, springt er unvermittelt zu seinem eigentlichen Anliegen über. Er erkundigt sich, ob Eva sich schon mit ihrer Klasse vertraut gemacht, ob sie sich jemandem angeschlossen habe.

Eva belebt sich. Ja, sie habe sich mit dem Walter Mandelblüt angefreundet, er verbringe zuweilen den Nachmittag bei ihr, sie machten zusammen Schularbeiten.

Dr. Rinck neigt ihr den breiten, kahlen Schädel entgegen. Er bittet sie, lauter zu sprechen: er sei ein wenig schwerhörig.

Eva kann auch später niemals recht durchschauen, in welchem Grade der Direktor schwerhörig ist. Manchmal scheint er völlig taub, manchmal hört er verblüffend scharf – zumeist Dinge, die nicht für seine Ohren bestimmt sind …

»Ja, der Mandelblüt«, sagt Dr. Rinck. »Ein überaus intelligenter Bursche, unser bester Schüler, glaube ich. Dabei hat er ungeheuer viel nachholen müssen; er hat ja in den letzten Kriegsjahren nicht mehr die Schule besuchen dürfen. Er muß Furchtbares erlebt haben, ein anderer hätte darüber vielleicht den Verstand verloren. Aber davon spricht er ja zu niemandem –«

Eva denkt stolz, er habe also nur ihr davon gesprochen.

Dr. Rinck fährt fort: »Weißt du, Eva, ich möchte, daß du dich um die politische Arbeit bei uns an der Schule kümmerst. Es sieht recht unerfreulich in unserer FDJ-Schulgruppe aus; die meisten sind Mitglieder nur dem Namen nach, niemand fühlt sich verantwortlich. Wir bringen nichts auf die Beine.«

Sie sieht ihn aufmerksam an. »Was wollen Sie denn auf die Beine bringen, Herr Doktor?« Es ist eine unangenehme Schärfe in ihrer Stimme, die sich der Mann nicht zu deuten weiß.

Er lacht darüber hinweg. »Nun, meinetwegen ein frohes Jugendleben!« Das Mädchen verzieht keine Miene. Rasch setzt er hinzu: »Ich denke da an eine Laienspielgruppe, ein Tanzorchester – lieber Himmel, warum nicht auch Tanzabende? Sollen sie sich doch amüsieren –«

»Ich glaube, das kann man nicht politische Arbeit nennen«, sagt Eva steif. »Ich glaube, unsere Aufgabe besteht vor allem in der ideologischen Umerziehung der Jugend. Man müßte Arbeitsgemeinschaften gründen, Zirkel, in denen sich die Jugendlichen auf Ablegung des Abzeichens ›Für gutes Wissen‹ vorbereiten.«

Jetzt erst fällt Dr. Rinck auf, daß Eva an ihrer Jacke dieses Abzeichen in Gold trägt. Er unterdrückt ein schwaches Unbehagen. Insgeheim findet er die Bedingungen für die Prüfung höchst läppisch. Er denkt: Da ratschen diese Jungen ein paar Stalin-Zitate 'runter und lernen sämtliche Zentralrats-Beschlüsse auswendig; da stammeln sie ein paar Worte über Heine und einen gewissen Goethe, und Heine wie Goethe bleiben ihnen Bücher mit sieben Siegeln – und das Ganze nennen sie dann ›gutes Wissen‹ ... Trotzdem stimmt er, mit verhaltenem Seufzer, zu: »Na, schön, auch das brauchen wir. Aber schließlich wollen unsere Jungen und Mädchen mal ein bißchen Entspannung, sie haben so schon zuviel Arbeit in der Schule – bei diesem irrsinnigen Pensum an Lehrstoff. Nein, Eva, das redest du mir nicht aus: Leben muß ins Haus, Schwung, Heiterkeit ... Ihr werdet mir vor der Zeit griesgrämig und uralt. Manchmal komme ich selbst mir jünger vor als meine ernsthaften, jawohl: tierisch ernsten Schüler.«

Das Mädchen hat mit wachsender Ungeduld zugehört. Das oberflächliche Geschwätz des Dr. Rinck wurmt sie: man muß sich in diesen Jahren mit mehr und Besserem beschäftigen als mit solchen Mätzchen, billigen Vergnügungen, die allein geeignet sind, abzulenken von den Aufgaben des Tages. Sie sagt das auch, beinahe unhöflich unterbrechend, dem Dr. Rinck.

Der schaut verblüfft hoch. Er ist sein Lebtag ein Freund von Wein, Weib und Gesang gewesen, und er genießt noch heute mit stiller, kennerischer Freude ein hübsches, glattes, rotlippiges Gesicht, ein Glas alten Weins und zuweilen auch ein paar Takte jener wilden, heißen Musik, die ihn an seine Berliner Zeit erinnert, in den zwanziger Jahren: an leidenschaftlich schlenkernde Charleston-Tänze und an die kurzröckige, kurzhaarige Malerin, die er beinahe geheiratet hätte.

Die Arme über der Brust gekreuzt, läuft er auf und nieder im Zimmer, und auf seinem beweglichen Gesicht streiten Spott und Ärger und ein bißchen Wehmut. Er redet auf das Mädchen ein, leichthin zuerst, ereifert sich, wird bissig – vergebens. Er merkt, daß er nur die Luft erschüttert und schneidet sich mit einer resignierten Handbewegung selbst das Wort ab.

»Ihre Jugend, Herr Doktor«, sagt Eva abweisend, »ist mit unserer nicht zu vergleichen. Wir haben die Nazizeit erlebt, den Krieg, die Hungerjahre danach – und jetzt sind wir mitten hineingestellt in eine unerhörte Umwälzung. Wir brauchen mehr Kraft als frühere Generationen, mehr Härte –«

»– und mehr Geduld und Lebensfreude«, fällt Dr. Rinck ein.

»Wir verstehen uns nicht, Herr Doktor«, sagt Eva, gelassen, nicht unfreundlich.

Diese nüchterne Feststellung, begleitet von einem kaum merkbaren Schulterzucken, trifft den Mann. Er fühlt sich beiseitegeschoben, als habe sie ihm unverblümt gesagt: Sie sind alt, Sie begreifen die neue Zeit nicht mehr. Darum wird die Zeit über Sie hinweggehen ... Er denkt bestürzt: Nein, er verstünde das Mädchen wirklich nicht, und sie habe nichts gemein mit ihrem Vater. Der sei ein Mann von liebenswerter Heiterkeit gewesen und doch ein guter Genosse, und er habe gewiß im KZ noch seinen Leidensgefährten abgeben können von seiner Herzenswärme.

So tief die Eva Hennig ihn enttäuscht, ja verletzt hat, hält Dr. Rinck dennoch seine liebenswürdige Miene fest. Er sagt abschließend, als habe er Evas letzten Satz überhört: »Du wirst dich also der Schulgruppe annehmen, nicht wahr? Wende dich an den Klaus Hoffmann in deiner Klasse, der wurstelt sich recht und schlecht als erster Sekretär durch. Meine Unterstützung bei irgendwelchen Schwierigkeiten hast du.«

»Ich danke für Ihr Vertrauen«, sagt das Mädchen höflich.

Sie will gehen, da hält der Mann sie mit einem Wink zurück. Er läuft zu seinem Schreibtisch, reißt ein Blatt aus seinem Notizblock und wirft ein paar Worte darauf.

Verwundert liest Eva: »1. Korintherbrief, 13, 1.«

Dr. Rinck nickt ihr zu. »Schlag's nach, merk's dir für deine künftige Arbeit.«

Vor der Tür zerknüllt sie den Zettel, zaudert, überlegt, glättet ihn und schiebt ihn in die Tasche. Sie gehört nicht der Kirche an, sie besitzt auch keine Bibel. Aber sie ist neugierig, welch ein Trostsprüchlein ihr der närrische Kauz auf den Weg mitgegeben hat. Vielleicht wird sie bei Gelegenheit einmal nachschlagen, und vielleicht wird der Spruch ihr den zweideutigen Mann ein wenig erhellen.

## 4. Kapitel

*Heute nachmittag um drei …*

Der Auftrag, sie solle sich an Klaus Hoffmann wenden, ist Eva lieb und leid zugleich. Es herrscht eine eigene Gespanntheit zwischen den beiden, und die wenigen Worte, die sie wechseln müssen, da sie nun einmal am selben Tisch sitzen, sind stachlig und zuweilen offen bösartig.

Studienrat Sehning läßt in seinen Stunden für gewöhnlich die Schüler miteinander debattieren, ohne selbst durch ein gewichtiges Wort die Meinungen zu beeinflussen: er legt Wert darauf, daß die Schüler sich in der freien Rede üben und – dies vor allem – sich eigene Ansichten bilden. In den Deutschstunden nun finden die beiden, Klaus und Eva, Gelegenheit genug, sich zu zerstreiten, und sie tragen ihre Fehden mit solcher Erbitterung aus, daß die anderen sie für die ärgsten Feinde halten müssen.

Klaus begegnet mit Skepsis jeder Erscheinung des Lebens um ihn, und er nimmt keinen Lehrsatz ungeprüft in sich auf. Alles sei relativ, pflegt er zu sagen, und jedes Ding habe zwei Seiten, die man abwägen müsse, ehe man urteilen und Partei ergreifen dürfe. Solche Prinzipien tut Eva als ›Objektivismus‹ und ›Vernünftelei‹ ab, und Klaus ärgert sich wütend über Evas eingleisiges Denken, ihre kritiklose Aneignung jeder politischen Parole, jedes Regierungsbeschlusses und jeder von Zitaten und Phrasen strotzenden Rede – wenn diese nur den Stempel ›im Interesse unseres Staates‹ tragen.

Vollends zur Raserei bringt es ihn, daß Eva auf jede Frage eine Antwort bereit hält, daß alles ihr klar und durchschaubar ist: immer hat sie Argumente bei der Hand, und am Ende sind es so gewaltige Worte wie ›Frieden‹ und ›Sozialismus‹, mit denen sie die klugen, behutsamen Zweifel des Jungen glatt erschlägt.

Einmal haben sie in einer Deutschstunde über sozialistischen Realismus diskutiert – von dem sie beide, außer ein paar Schlagworten, zu wenig wissen, um sich ein Urteil erlauben zu können. Mit dem Feldgeschrei: »Hie gesellschaftliche Aussage!« und: »Hie künstlerische Form!« sind sie einander in die Haare geraten und haben sich mit den gröbsten Anwürfen überschüttet, daß Sehning endlich hat eingreifen und ihnen ihr ungebührliches Betragen verweisen müssen.

Noch im Niedersitzen haben sie gehöhnt: »Du mit deinen Aktivisten-Schwarten – pure Schönfärberei!« und: »Du mit deinen dekadenten Poeten – purer Formalismus!« Sehning hat mit der Faust auf den Tisch geschlagen. Die anderen haben gelacht – weniger über den Streit an sich, als vielmehr über die zornroten, erhitzten Gesichter der beiden. Sie als Außenstehende haben empfunden – obgleich nur verschwommen – das Hysterische und gleichsam Erkünstelte in der Erregung Evas und Klaus'.

Walter Mandelblüt sieht schärfer. Als, am Nachmittag nach jenem Auftritt in der Klasse, das Mädchen in starken Ausdrücken auf den mokanten, unleidlichen Burschen geschimpft hat, ist sie unversehens einem tiefen, sanft spöttischen Blick Walters begegnet und betreten verstummt.

Jetzt also nimmt sie den Hoffmann beiseite: sie habe Dr. Rinck versprochen, sich um die FDJ-Schulgruppe zu kümmern –

»Na, das ist ja schön«, sagt Klaus phlegmatisch. »Nun kann ja nichts mehr schiefgehen, wenn du, großer Ideologe, die Gruppe managst.«

Eva beißt zurück. »Ich werde nie begreifen, warum sie ausgerechnet dich zum ersten Sekretär ernannt haben.«

»Ein Dummer mußte sich ja schließlich opfern«, erklärt Klaus freundlich. »Du weißt, wie es bei solchen Wahlen zugeht: keiner will die Arbeit und Verantwortung auf sich nehmen, keiner will sich mit der Kreisleitung herumschlagen und am Ende nichts als Undank und Vorwürfe ernten, wenn etwas nicht klappt. Da kann es dann passieren, daß solche Elemente wie ich nolens volens in eine Funktion gewählt werden, deren sie durchaus nicht würdig sind –« Dies letzte bringt er mit der ernsthaftesten Miene der Zerknirschung hervor; er scheint ganz durchdrungen vom Gefühl seiner Unwürdigkeit, einen so wichtigen Posten wie den des ersten Sekretärs zu bekleiden.

»Hör schon auf zu filmen«, sagt Eva unwillig. »Das steht dir nicht zu Gesicht – Angeber!«

Klaus ist zufrieden, er lächelt ihr zu. »Ohne Spaß: ich möchte wirklich was Vernünftiges aus dem lahmen Haufen hier machen. Und die Arbeit reizt mich, gerade weil mich die meisten nur aus Bequemlichkeit gewählt haben, und gerade weil ich in der Schule so oft auf Widerstand stoße ...

Aber wer hilft einem? Dr. Rinck quasselt bloß, und überhaupt habe ich ihn im Verdacht, daß er nur will, man soll in der Stadt von uns sprechen: Sieh mal an, da tut sich was; sieh mal an, was die für einen tüchtigen Direx haben –«

Unwillkürlich nickt Eva: der Junge hat unumwunden ausgesprochen, was sie selbst während ihrer Unterhaltung mit Dr. Rinck gespürt hat. Trotzdem verteidigt sie den Mann – vielleicht nur, um Klaus zu widersprechen. Sie erzählt von den Anregungen, die Dr. Rinck ihr gegeben. Erst als sie den Jungen sich aufhellen sieht, merkt sie verblüfft, daß sie den albernen Plänen des Mannes das Wort geredet hat, ganz gegen ihren Willen.

Klaus strahlt Anerkennung. Da habe der Alte doch endlich mal eine Idee mit Hand und Fuß gehabt ... »Wir haben ein paar begabte Burschen in der Penne«, sagt er. »Wir könnten eine Band zusammenkriegen – ganz große Klasse!« Und er küßt verzückt seine Fingerspitzen.

Er wirft einen verschmitzten Seitenblick auf das verschlossene Gesicht des Mädchens. Er denkt, da sei sie nun aus freien Stücken zu ihm gekommen, und er werde mit ihr zusammenarbeiten, und der Teufel solle ihn holen, wenn er diese Gletscherjungfrau nicht doch noch auftaute ...

Er sagt: »Weißt du, Eva, es ist schon besser, wir bieten unseren Jungs und Mädchen ein paar bunte Abende, statt daß sie zu öffentlichen Tanzveranstaltungen rennen. Ich bin weiß Gott kein Moralpauker, aber ich finde, die Atmosphäre in gewissen Lokalen ist nicht gerade sauber.«

»Zweifellos bist du kompetent in dieser Frage«, stichelt Eva. »Zweifellos hast du diese gewissen Lokale gründlich studiert –«

»Habe ich«, bestätigt Klaus, »– die Lokale, die Kapellen, die Mädchen ... Zufrieden?«

Es gibt ihr einen feinen, scharfen Stich. Natürlich schneidet Klaus auf – aber die Mädchen fliegen auf ihn, und wer weiß, wo er seine Abende verbringt ... Sie sagt schroff: »Deine Liebesabenteuer interessieren mich nicht. Ich will konkrete Vorschläge hören, wie wir die Jugendfreunde für eine aktive Mitarbeit gewinnen können.«

»Herrgott, ich kann mir doch kein Programm aus dem Ärmel schütteln! Wir müssen uns eben mal zusammensetzen, nachmittags, nach der Schule, und in aller Ruhe überlegen –« Er stockt, er wagt ihr nicht vorzuschlagen, sie möge zu ihm nach Hause kommen, und eine Einladung von ihr ist schon gar nicht zu erwarten.

Eva sagt: »Treffen wir uns doch in der Schule, hier in unserer Klasse.« Klaus ist einverstanden. Neutrales Gebiet? Bitte sehr, beginnen wir hier unsere diplomatischen Verhandlungen …

Die Glocke der Nikolai-Kirche schlägt just drei Uhr, als Eva das Schultor aufstößt.

Kalt und steinstill liegt die Vorhalle. Deren Decke wird gestützt durch vier ionische Säulen: die schlanken Schäfte wachsen, sich verjüngend, hinauf zu dem mit korinthischen Arabesken gezierten Kapitell.

Das Treppengeländer windet sich in barockem Schwung hinauf zum ersten Absatz, von dem aus drei gotische Spitzbogenfenster einen umfassenden Blick auf den Hof gestatten. Langsam steigt Eva die Treppe hinan. Die Holzstufen knarren unter jedem Schritt. So viele Tausende junger Füße sind hier hinauf- und hinabgelaufen in mehr als fünfzig Jahren, daß sie flache Mulden in jede Stufe getreten haben. Nur an den Seiten, zum Geländer hin, ist das Holz noch blank und eben.

Zum erstenmal in den zwei Wochen, die sie hier nun schon verbracht, fällt dem Mädchen das wunderliche Stilgemisch des alten Gebäudes auf: die düstere Romantik eines Klosters vereinigt sich mit der heiter klaren Linienführung eines hellenistischen Tempels und der schnörkelig verspielten Zier des Barock – und es verträgt sich und rührt den Beschauer an, so sinnwidrig und unbedenklich es auch zusammengeflickt scheint.

Im Mittelflur wartet Eva. Sie schaut die in kränklichem Grün und Gelb getünchten Wände auf und ab: da hängt auf rotem Fahnentuch, umkränzt von goldpapiernem Lorbeer, ein Stalinbild; daneben die Wandzeitung, sorglos beklebt mit Artikeln, die aus Zeitungen geschnitten und ohne rechten Zusammenhang aneinandergereiht sind; in der Ecke neben dem Lehrerzimmer die Brandschutzvorschriften – darin erschöpft sich der Schmuck einer Schule, in der junge Menschen von ihrem vierzehnten bis zum achtzehnten Jahr lernen.

Eva denkt beunruhigt, vielleicht habe der Dr. Rinck doch recht, und sie seien alle verdammt nüchtern geworden – wie anders habe es dagegen in ihrer Schule ausgesehen, damals, im Kriege noch … Dort leuchteten an den hellen Wänden kunterbunte Schülerzeichnungen, eine allwöchentlich wechselnde Ausstellung von Bildern, wie Mädchen sie malen: Blumen und Traum-Landschaften, Bernsteinketten, die sich aus Schmucktruhen ringeln, Dornröschen in Rosenranken, Märchenprinzen und rotdachige Häuschen inmitten blütenüberwucherter Gärten. Später waren darunter auch Kriegsszenen mit Panzern und Geschützen, brennenden Häusern und stürzenden Soldaten. Aber diese blutigen Bilder waren erst aufgetaucht, nachdem die Direktorin von der Gestapo abgeholt worden war, aus dem Unterricht heraus.

Sie hatte manchmal ein goldenes Kreuzchen im Blusenausschnitt getragen, und später erfuhren die Eltern der ihr anvertrauten Kinder: Die Frau Direktorin, Anhängerin der Christlichen Wissenschaft, habe die Mädchen heimtückisch vergiftet mit ihrem frommen Aberglauben.

Wie Eva sich jetzt der lustigen, farbenprächtigen Aquarelle erinnert, ist ihr auch die Direktorin wieder sehr gegenwärtig: sie hat die dürre, unschöne, gütige Frau gern gemocht. Die hat ihr manchen Stein aus dem Wege geräumt, an dem die kleine Hennig, ohnehin genug beschimpft, sich hart gestoßen hätte. Als die Frau dann verschwand – niemand erfuhr, wohin – war es sehr schlimm geworden für die Tochter der Zuchthäuslerin …

Klaus kommt mit zehn Minuten Verspätung. Er hat absichtlich gebummelt, und vor der Schule wäre er am liebsten wieder umgekehrt, er weiß selbst nicht, warum.

Da Mädchen hört die Treppenstufen ächzen. Jetzt erst, da seine Schritte ganz nah klingen, beginnt sie zu warten, und das Herz klopft ihr im Halse.

Sie begrüßen sich ganz unbefangen.

In ihrer Klasse, an ihrem Tisch sitzend, schwätzen sie drauflos, sehr laut, sehr entschieden. Sie müssen die Stille übertönen, die in den Ohren summt. Sie wedeln mit Heften und Papieren; als ihre Hände sich zufällig berühren, zucken sie scharf zusammen und rücken weiter auseinander.

Klaus ist ehrlich gewillt, sich nicht aufs neue mit dem Mädchen zu verzanken. Er gibt sich ungewohnt friedfertig: er wird Zugeständnisse machen, und die Zeit wird lehren, wer mehr Erfolge buchen kann. Freilich stößt es ihm sauer auf bei all dem geschwollenen Zeugs, das die Hennig daherredet von verstärkter Lernarbeit und politischen Zirkeln und Leistungssteigerung und – und –. So riesengroß schreibt sie das Wort ›Arbeit‹, daß es das Wort ›Freude‹ erdrückt.

Der Junge denkt, es könne einen ja geradezu grausen vor der Zukunft, die das Mädchen da malt: ein Bild ohne lichte Farben, ein Arbeitshaus, grau in grau, in dem keine Blumen blühen und keine Musik erklingt. Doch schluckt er um des lieben Friedens willen jeden Widerspruch hinunter; zu gelegenerer Zeit wird er es der Hennig schon stecken, wie zuwider ihm ihre Sorte Sozialismus ist.

Sie schreiben und berechnen, planen und verwerfen, sie sind groß geschäftig und bilden sich ein, es sei eben diese Geschäftigkeit, die ihr Beisammensein lockert und erhellt. »Wir haben seit langem keinen Kulturleiter«, sagt Klaus. »Willst du das Amt übernehmen?« Und nach kurzem Zögern: »Ich glaube, wenn wir beide einen Pflock zurückstecken würden, könnten wir ganz gut miteinander kramen –«

»Ich mag keine Kompromisse, damit du es nur gleich weißt«, sagt Eva. Sie wendet dem Jungen den Kopf zu, unvermittelt und ruckartig wie immer, wenn sie einen Menschen ansieht, und Klaus kann ihrem zupackenden Blick sowenig standhalten wie am ersten Tag, bei ihrer Begrüßung. Sie sagt: »Du bist schon ein schlauer Fuchs … Alles Unbequeme lädst du auf mich ab – all die politische Arbeit … Du brauchst dir nicht den Mund fusselig zu reden, wenn du deine blöden Mätzchen organisieren willst.«

Der Junge entscheidet sich für Lachen, es ist nicht frei von Verlegenheit. Er lenkt rasch ab. »Und was ist mit dem Wandschmuck im Schulflur? Hast du dir schon was Bestimmtes ausgedacht?«

Ja, das habe sie: In den Treppenaufgang sollte man Schülerzeichnungen hängen, in den Mittelflur Porträts ermordeter antifaschistischer Widerstandskämpfer. Ob Klaus dagegen etwas einzuwenden habe? »Aber nein, nein!« ruft er überstürzt. »Mach das ganz nach deinem Belieben.«

Eva stößt ihren Stuhl zurück. Sie sagt: »Das wäre dann wohl alles. Du wirst morgen die Gruppenleitung zu einer Sitzung einberufen.«

Klaus steht unschlüssig. Die trockene Betriebsamkeit des Mädchens enttäuscht ihn, er weiß auf einmal, daß er sich von diesem Nachmittag anderes erhofft hat als nüchternes Planen – irgendetwas Besonderes, Wunderbares, Niedagewesenes …

Das Mädchen lehnt am Tisch und streift die Handschuhe über. Klaus sieht auf ihren geneigten Kopf hinab. Die weiße Scheitellinie zerschneidet streng das strahlende Schwarz; der schwere Haarknoten muß eine Last für den Nacken sein.

»Eva –«, bittet er; seine Stimme versagt schon, als das Mädchen herumfährt, verzweifelte Abwehr in Gesicht und Gebärde.

Der Junge tritt zurück. »Ach, nichts …«, murmelt er. Sie geht an ihm vorüber, Kopf im Nacken. Er versucht nicht, sie zurückzuhalten: sie ist ihm weiter entfernt als je in den zwei Wochen, seit sie an einem nebligen Morgen zu erstenmal ihn angesehen und seine selbstbewußte, müd ironische Ruhe vergiftet hat.

Er wird jetzt mit einem Satz zur Tür springen, den Schlüssel herumdrehen, ihr Auge in Auge gegenüberstehen, er wird sie fragen – was wird er fragen? Keine kleinste Geste, kein halbes Wort des Mädchens berechtigt ihn zu einer Frage, die in ihr Inneres einbrechen dürfte.

Höflich, mit knapper Verneigung, reißt er die Tür vor Eva auf. »Danke«, sagt sie leichthin. Kein Blick, kein Lächeln – verdammter Hochmut!

Sein Jähzorn flackert auf; er möchte der ruhig Voranschreitenden die Faust in den Rücken stoßen. Einen Lidschlag lang haßt er sie, wild und ohnmächtig.

Vom anderen Ende des Flurs springt ihnen verworrener Lärm entgegen: Heulen und Pfeifen und rhythmisches Trommeln, kaum erkennbar durchweht von einer peitschenden Melodie. Als Eva stehenbleibt und lauscht, sagt Klaus gleichgültig: »Das sind die Naturwissenschaftler aus der 12b, die haben jeden Donnerstag Arbeitsgemeinschaft.«

»Geht das immer so geräuschvoll zu?«

»Sie hotten«, sagt Klaus, honigsüß die Stimme, grünliches Funkeln in den Augen.

»Und das duldest du stillschweigend, wie?«

Klaus hebt die Schultern. »Was soll man machen? Sie nennen diese Urwaldtöne ›Jazz‹ – bin ich schuld, daß sie so falsche Vorstellungen von Jazz haben?«

Sie mißt ihn mit einem verächtlichen Blick, kehrt sich ab und geht entschlossen auf die Tür zu, hinter der das Höllenkonzert tobt.

Eva ist zu anmaßend, um Schüchternheit im Umgang mit jungen Leuten zu empfinden, und, obgleich sie sich ihrer Schönheit noch nicht bewußt bedient, deren Wirkung sicher. Sie tritt ohne Scheu den Jungen der 12b entgegen, die in der Schule verrufen sind wegen ihrer tolldreisten Streiche und ihrer Respektlosigkeit auch beliebten Lehrern gegenüber. Sie hocken auf Tischen und Fensterbänken, jeder ein Instrument nachahmend, dem er greuliche Töne entlockt. Einer singt den Text, englisch in rauhen Kehllauten, die anderen stampfen den Takt, Füße und Schultern zucken.

Die Gegenwart des Mädchens ernüchtert die Ekstatischen. Der Rhythmus zersplittert. Sie starren auf den Eindringling, aufsässig, leis beklommen dieser und jener, der die Hausvorschriften genau kennt. Eva sagt, nicht laut die dunkle Stimme: »Ihr seid in einer deutschen Schule, Ihr seid nicht in einer Unterwelt-Kaschemme. Eure Gangstermanieren könnt ihr zuhause lassen.«

Der Älteste unter ihnen, der Bergfeld – langhaarig und blaß, schon das zweite Jahr in der Zwölften – hat seine Befangenheit zuerst abgestreift. Er schwirrt heran. »Küß die Hand, Gnädigste«, säuselt er entzückt. Die anderen grinsen.

Eva wischt mit einer Handbewegung den Bergfeld weg. Er versucht noch eine lächerlich galante Verbeugung – er hat sich schon in Luft aufgelöst, und Eva fragt durch ihn hindurch: »Wer von euch gehört zu unserem Jugendverband?«

Sie heben die Hände, alle bis auf einen: der kauert, einem schwärzlich-braunen Äffchen nicht unähnlich, auf dem Lehrertisch und hat eben dirigiert.

Klaus lehnt mit verschränkten Armen hinter ihr am Türpfosten. Er kennt die 12b. Die Burschen werden die Eva mit ein paar deftigen Redensarten schockieren, sie werden die Errötende, Verwirrte hinauspfeifen. Er, Klaus, gönnt ihr diese Abfuhr.

Eva sagt: »Nicht genug, daß ihr Abiturklasse seid – auch als Mitglieder der FDJ solltet ihr den Jüngeren Vorbild sein. Ihr aber führt euch wie eine Horde Affen auf, ihr demoralisiert die anderen –«

Sie hat die Stimme nicht gehoben, es unterscheiden sich ihre banalen Worte auch in nichts von den Strafpredigten, mit denen man die 12b täglich traktiert. Dennoch übt allein das Dasein des Mädchens eine schwer bestimmbare Beeinflussung aus, der sich die Jungen nicht entziehen können. Nicht die sattsam bekannte Mahnung, Vorbild zu sein, hat sie beeindruckt. Doch geht ein eigener Reiz von dem blaßbraunen Mädchengesicht aus, dessen vollendetes Oval sich aus dem türkisgrünen Halstuch rundet – und diese Jungen sind schon beinahe Männer und zuweilen Anwandlungen echter Höflichkeit unterworfen.

Mit fressendem Ärger beobachtet Klaus die Szene. Er selbst kann diesen Banausen wie ein Kapuziner predigen – ohne den geringsten Effekt. Aber sobald eine hübsche Larve auftaucht, fallen ihnen die Augen aus dem Kopf, und sie schlucken ohne Widerrede all den Unsinn, nur weil ihn die süßen Kirschlippen der Hennig daherschwätzen ...

»Wo wir doch bloß ein bißchen Musik machen –«, mault das Äffchen auf dem Katheder. Eva erstickt den lahmen Protest. »Man sollte euch für das ›bißchen Musik‹ einen Verweis erteilen, wirklich!«

Hinter Evas Rücken ringt Klaus die Hände über diese Waschlappen. Wenn sie sich auch das noch bieten lassen –!

Sie lassen es sich bieten. Selbst der Bergfeld, auf dessen Schandmaul Klaus gerechnet hat, schweigt. Die Hennig ist nämlich nicht nur verteufelt hübsch – sie ist auch die Tochter der Bürgermeisterin, ein politischer Faktor sozusagen, mit dem man kalkulieren muß. Die meisten Schüler der 12b können sich keinen Verweis mehr leisten; der dritte bedeutet Ausschluß aus der FDJ und schleppt nach sich einen Rattenschwanz von Schwierigkeiten beim Abitur und bei der Studienzulassung.

Blanker Neid treibt Klaus, den dünnen Erfolg des Mädchens zu zernichten. Er tritt aus dem Schatten, und die Blicke aller richten sich auf seinen lehrhaft erhobenen Zeigefinger. Er steht straff, den Kopf zur linken Schulter geneigt, das Gesicht in grämlich strenge Falten geknifft – die Karikatur eines gewissen Instrukteurs, der zuweilen, wenn sein Auto nicht gerade in Reparatur ist, die Schule besucht und jeden dritten Satz seiner trostlos leeren Reden mit »Guckt mal, Freunde –« anfängt.

Klaus schraubt seine Stimme zu hohem Singsang hinauf,

und: »Guckt mal, Freunde –«, beginnt er. Die Burschen stutzen, erkennen das Urbild, lachen; Eva verschlägt es die Sprache vor soviel Unverschämtheit.

»– die amerikanische Kulturbarbarei verseucht systematisch unseren stolzen Millionenverband mit Boogie-Woogie und anderen antidemokratischen Tänzen«, leiert Klaus. Die Burschen schreien Beifall. Klaus droht: »Schäzz ist Verrat an der Arbeiterklasse!« Er beschwört sie: »Jugendfreunde, wir müssen Schulter an Schulter mit den breiten Massen der Werktätigen für Frieden und Fortschritt in den Tanzsälen der ganzen Welt kämpfen!«

Der kleine Schwärzlichbraune wälzt sich quiekend auf dem Tisch. Klaus, angefeuert durch das beifällige Lachen, spielt hingebungsvoll. Er gleicht jetzt täuschend jenem gewissen Instrukteur, als er, jeder Zoll Zuversicht, schmettert: »Darum, liebe Jugendfreunde, rufe ich euch zu: Vorwärts im Kampf für die Popularisierung der demokratischen Polka! Es lebe unser leuchtendes Vorbild, die Sowjetunion! Es lebe Stalin! Es lebe – es lebe –« und bescheiden zurücktritt, sich selbst entzückt Applaus spendend.

Eva ist verschwunden. Blamiert, ausgerückt, denkt Klaus. Er ist sehr zufrieden mit sich. Was mag die sich gegiftet haben … Er winkt den anderen zu und geht, verfolgt von ihrem Gelächter.

Wie er Eva ans Flurfenster gelehnt findet, mit zuckenden Schultern, das Gesicht ins Taschentuch gepreßt, schlägt seine Stimmung um. Welch eine Eselei, das Mädchen so grob zu verletzen! Sie wird ihm das nicht verzeihen; er ist ein Tölpel, wirklich!

Auf Zehenspitzen schleicht er zu ihr. Er murmelt: »Das habe ich nicht gewollt, du … Deswegen brauchst du doch nicht zu weinen …« Er zieht ihr das Taschentuch fort und schaut verblüfft in ein vom Lachen gerötetes Gesicht.

»Aber ich weine doch gar nicht, Dummkopf!« ruft Eva und bricht von neuem in Gelächter aus, nun über seine törichte Miene.

173

Einen Augenblick denkt er, peinlich berührt, das Mädchen habe also gar nicht gemerkt, daß er in jenem Funktionär auch ein Zerrbild ihrer selbst gespiegelt habe. Dann aber springt Freude in ihm auf: Sie ist ihm nicht böse, sie hat sich amüsiert wie die anderen, sie ist – kenne sich einer bei diesem Frauenzimmer aus! – zum erstenmal richtig aufgetaut. Er sagt: »Wenn ich so schöne weiße Zähne hätte wie du, dann würde ich den ganzen Tag nur lachen!«

Um seiner strahlenden Augen willen verbeißt sich Eva eine mokante Bemerkung über das abgegriffene Kompliment, mit dem der Junge wahrscheinlich schon mancher anderen geschmeichelt hat.

Als sie an der Klassentür der 12b vorübergehen, erschallt drinnen das Lied von der ›Lady of Spain‹. »Eine Huldigung für dich«, sagt Klaus. »Du hast sie bezaubert – trotzdem.« Er bereut sofort seine Vertraulichkeit. Zu früh hat er sich eingebildet, er sei dem Mädchen einen Schritt nähergekommen. Sie krümmt die Mundwinkel. »Du wirst geschmacklos«, sagt sie hochfahrend. »Und überhaupt hast du dich unmöglich benommen. Du machst unsere Erziehungsarbeit lächerlich, – und dich dazu. Wer soll dich als Sekretär noch ernst nehmen?«

Er will sich seine gute Laune nicht trüben lassen. Er setzt sein liebenswertestes Lausbubenlächeln auf – er weiß, es steht ihm gut zu Gesicht –, und hebt an: »Ich gebe selbstkritisch zu –«

»Geschenkt!« winkt sie ab. »Vorgestern erst hast du Selbstkritik als eine ›öffentliche Ohrenbeichte‹ abgelehnt.«

»Jawohl«, sagt Klaus und ist ganz ernsthaft geworden, »und ich bleibe auch dabei. Es widert mich an, wenn einer sich vor eine Versammlung stellt und sich an die Brust schlägt und ›mea culpa‹ schreit. Das ist ein so bequemes Mittel, den anderen den Wind aus den Segeln zu nehmen; man kommt ihrer Kritik zuvor, und am Ende ist man noch der starke Mann, so brav und anständig – ach, pfui Deibel!« Und beinahe hätte er ausgespuckt, so hat er sich in Hitze geredet.

Eva sagt: »Du tust es als Heuchelei ab, weil du selbst nicht imstande bist, einen Fehler aufrichtig zu bekennen.«

Er schlägt sich mit der geballten Faust vor die Stirn. »Bekennen!« schreit er. »Bekennen! Ich bin doch kein Raskolnikow, ich schmeiße mich doch nicht auf den Marktplatz und beichte! Ich mache so etwas mit mir allein ab, verstehst du?, ich brauche dazu keine Versammlung, die mich mit Genuß zerrupft.«

Sie steigen die Treppe hinunter.

Eva kaut auf der Unterlippe. Klaus wischt mißmutig über das Geländer; seine Finger sind grau von Staub. Er läßt sich die Laune nicht verderben, von der Hennig schon gar nicht! Er schwingt sich rittlings aufs Geländer und hofft, daß Eva sich über solche Dummejungen-Manier ärgert. Er saust hinab, wirbelt um die Kurve und springt ab. Seine Kreppsohlen platschen auf dem Steinfußboden.

Eva hat sich übers Geländer gebeugt, und er glaubt eine Spur Besorgnis in ihrem Gesicht zu entdecken. Er bewundert sich lauthals: »Wie ich das kann … Nein, wie ich das bloß kann …« Sie lacht, und er ist schon wieder ausgesöhnt.

Er spricht zu ihr hinauf, als habe er das Gespräch eben gar nicht abgebrochen. Er sagt, ohne Spott nun: »Übrigens, dir würde ich sogar glauben, daß du es ehrlich meinst.«

In der Tür schlägt ihnen schneefeuchte Dezemberluft entgegen.

Fröstelnd stehen sie einander gegenüber, und ihre Hände finden nicht aus den Taschen. Endlich fragt Klaus, ob er Eva ein Stückchen begleiten dürfe.

»Nicht nötig«, sagt sie und geht schon an seiner Seite die Straße hinab. Der Schnee dämpft ihre Schritte, und die frühe, weiche, taubengraue Dämmerung verschließt ihnen den Mund, weil sie stachlige Worte nicht duldet.

Vor ihrer Haustür, während er Evas Hand nimmt, fragt Klaus, ob sie ein Bild ihres Vaters besitze.

»Sicher. Warum?« Und sie vergißt, daß er ihre Hand noch immer festhält.

Der Junge sucht nicht nach glatten Redensarten; wie es ihm in den Sinn kommt, schlicht und fast schüchtern, sagt er: »Ich dachte, du würdest dich freuen, wenn wir das Bild in den Mittelflur hängen – zu den anderen, den Widerstandskämpfern, du weißt …«

Sie antwortet nicht. Wie er aber ihre Augen sucht, glänzt auf deren Grund ein Licht, das zu finden er seit zwei Wochen vergeblich gewünscht hat. Es erlischt, ehe sich noch seine Gefühle zu Gedanken verdichtet und in Worte umgesetzt haben.

In der engen Straße stoßen sich und drängen die Menschen. Im Kino gegenüber beginnt die Abendvorstellung.

»Danke«, sagt der Junge nur, und: »Gute Nacht.«

## 5. Kapitel

*Vor und nach einer Lateinstunde*

Klaus brütet über der ›Verschwörung des Catilina‹.

Gestern abend hat er an der Übersetzung arbeiten wollen, aber er hat sich nicht sammeln können: eine nagende Unruhe, die er sich nicht zu deuten gewußt, hat ihn immer wieder aufgetrieben. Wie dann plötzlich neben dem lateinischen Text die Initialen EH geprangt haben, umflochten von einem herzförmigen Schlänglein, hat er seufzend das Buch zugeklappt und sich einen hirnverbrannten Narren geschimpft.

Und jetzt sitzt die eingebildete Gans, die allein schuld ist an seiner Zerstreutheit, neben ihm mit lässig übergeschlagenen Beinen und blättert gelangweilt in ihrem Lateinbuch. Ihre Miene gibt ihm deutlich zu versehen: Sie hat es nicht nötig, fünf Minuten vor der Lateinstunde noch über Hausaufgaben zu schwitzen …

Tatsächlich hat es sich in den ersten Stunden schon erwiesen, daß Eva die weitaus Beste im Lateinischen ist. Aber es widerstrebt dem Jungen, sie um Hilfe zu bitten – er läßt sich von einem Mädchen nicht beschämen, und schon gar nicht von der Hennig.

Es läutet zur Stunde, und Klaus' kindischer Trotz schmilzt dahin: es verknäulen sich, je heißer er sich abarbeitet, die eleganten, hohlen, endlosen Satzschlangen des Cicero unentwirrbar in seinem Kopf. Und gerade heute kommt er bestimmt dran. Die Habekus geht nach dem Alphabet vor, und H ist fällig. Hoffmann kann sich keine Vier mehr leisten: er steht schlecht in Latein und bedenklich in Russisch, und in fünf Monaten beginnen die Abiturarbeiten.

Endlich überwindet er sich und stupst Eva am Ellenbogen. »Du, würdest du mir mal den Abschnitt übersetzen?« Sie schüttelt den Kopf. »Du weißt, daß ich nicht vorsage. Ich lasse mir ja auch nicht vorsagen.«

Das stimmt nun freilich, und der Junge sucht vergeblich nach einem Argument, das Mädchen zu überzeugen, daß Vorsagen usus ist in jeder Schule und ein selbstverständliches Gebot der Kameradschaftlichkeit. Er lauscht zur Tür hin. Jeden Moment kann die Habekus erscheinen. Er macht sich klein, er bettelt: »Sei doch nicht so stur, Mensch! Du weißt, wie ich in der Tinte sitze – ich verderbe mir ja das ganze Abizeugnis.«

Sie läßt sich nicht erweichen. »Du hättest zuhause arbeiten können; gestern abend hattest du noch Zeit genug.« Sie hat ihm ungewollt das Stichwort gegeben. Klaus beugt sich noch näher dem Mädchen zu und sagt gedämpft: »Ich habe gestern abend nicht mehr arbeiten können – nachdem ich mich von dir verabschiedet hatte …«

Er verdirbt die reine Wahrheit, weil er sie bewußt benützt, das Mädchen zu überreden. Sie hört den falschen Ton heraus. Sie höhnt: »Sowas nennt man Dummenfang. Sentimentalität paßt nicht zu dir, mein Lieber –«

Klaus zieht den Kopf ein; er möchte sich ohrfeigen für sein Ungeschick.

Da springt schon die Tür auf, und in die Klasse stapft die Habekus, eine kleine, breitschultrige Frau mit einem dünnen Haarknötchen im Nacken. Sie grüßt schallend, und die

Schüler, eben noch müde von fünf Stunden Unterricht, schnellen von den Stühlen hoch und schreien, begeistert und mit Schwung, den Gegengruß: »Salve!«

Allein Klaus kriecht mühselig von seinem Platz empor. Die Habekus hat seinen sterbensmatten Blick aufgefangen und nickt ihm zu und lacht. »Tschä, Hoffmann, stat sua cuisque dies ...«

Sie weiß also schon, daß sie ihn heute 'reinlegen wird. Mißbilligend mustert Klaus, der auf Eleganz und modische Linie hält, die Frau: sie ist wieder sehr sorglos angezogen, und ein bißchen Rouge würde ihren farblosen Lippen auch nicht schaden.

Obgleich noch jung, spricht und bewegt sich die Habekus ohne Anmut. Ihren Kollegen will es nicht einleuchten, warum sich, sobald sie auf ihren kurzen, strammen Beinen durch den Flur stapft, ein Rudel Jungen und Mädchen um sie schart und auf sie einschwatzt. In jeder Pause hört man aus einem Schwarm lachender Schüler, die ihre Lehrerin um Kopfeslänge überragen, die schallende, vergnügte Stimme, die derben Scherze der Habekus.

Übrigens untergräbt sie keineswegs ihre Autorität durch ihr kameradschaftliches Gewese mit den Schülern; allen finsteren Prophezeiungen des Kollegiums zum Trotz herrscht in ihren Stunden vorzügliche Disziplin. Seit drei Jahren lehrt sie an dieser Schule und hat noch keinen Tadel, keine Strafarbeit zudiktieren müssen.

»Jedem steht sein Tag bevor«, wiederholt die Habekus und schwingt sich auf den Tisch. Sie schlägt unbekümmert die Beine übereinander, der kurze Rock bedeckt eben die Knie. Sie schickt ihre hellen, lustigen Augen durch die Klasse. Ihr Blick hat etwas gleichsam Zupackendes, er übersetzt und ergänzt die Gestik ihrer Hände, die kurz und derb sind wie Jungenhände.

Trotz der unheilvollen Floskel, mit der sie die Prüfungen einzuleiten pflegt, sieht die Frau keinen furchtsam gekrümmten Rücken, keine mit rasender Geschäftigkeit im

Lateinbuch blätternde Hand, keinen Fluchtversuch hinter den Rücken eines Vordermannes: sie hat in ihren Stunden die Examensangst – die ein Lehrer wie Sehning künstlich hochzüchtet – ausgerottet.

Ihr Zeigefinger spießt auf Klaus. »Es tut mir schrecklich leid, Hoffmann … Aber du warst gewarnt.« Er nickt ergeben.

Er stockt schon im ersten Satz; Frl. Habekus hilft ein. Er stolpert über einen schlichten AcI, verfängt sich im Geschlinge der Ciceronischen Satzperioden und richtet, nun ganz kopflos, eine grausame Verwüstung unter den volltönenden, klug verkürzenden Partizipien an.

Frl. Habekus ist bekümmert. So gescheite Dinge der Bursche sonst zu sagen weiß – in Latein ist er eine Niete. Vergebens sucht sie ihm über die halsbrecherischen Klippen hinwegzuhelfen: hier ist nichts mehr zu retten. Klaus schließt, wütend und beschämt, sein Buch. Er bekommt richtig seine Vier.

Er schießt einen giftigen Seitenblick auf Eva. Die meldet sich, wird aufgerufen und übersetzt: Klar und ohne Stocken fließen ihr die Sätze von den Lippen, in sauberes Deutsch übertragen ohne willkürliche Umstellungen des lateinischen Textes.

Klaus hat mit Neid und Anerkennung zugehört; er denkt, die Hennig bekämpfe natürlich nur aus Ehrgeiz das Vorsagen, weil sie anderen keine bessere Zensur gönne. Jetzt hat sie also ihre Eins kassiert und lacht sich wahrscheinlich ins Fäustchen, weil sie den Hoffmann mal wieder aus dem Felde geschlagen hat …

Während sich die Habekus über ›catilinarische Existenzen‹ verbreitet, schiebt Eva dem Jungen einen Zettel hinüber; darauf steht in ihren blockigen, jede Zeile sprengenden Buchstaben: »Wir könnten zusammen die Hausaufgaben in Latein machen. Willst du?«

Klaus nimmt widerwillig den Zettel, liest ihn und leuchtet auf. Sein Unmut ist verflogen. Wenn sie es ernst meint mit ihrem Angebot, wenn sie sich nicht morgen schon wieder mit ihm zerstreitet, wenn er sie in jeder Woche zwei- oder gar dreimal besuchen, ihr allein gegenübersitzen darf ... Perspektiven, denkt der Junge, Perspektiven sind das – Und er setzt hinter Evas Frage in seiner zierlichen, rundbogigen Schrift nur ein Wort: »Ja!!!«, dick unterstrichen und verfolgt von drei tanzenden Ausrufungszeichen.

Eine Minute später reuen ihn diese glückseligen Satzzeichen und sein gar zu rasches Entgegenkommen. Er muß sofort seine Zusage einschränken, und er raunt Eva zu: »Aber erst nach den Ferien, hörst du?«

Sie scheint's zufrieden.

Nach der Stunde, indes die anderen die Mappen packen, verabreden Klaus und Eva noch einiges wegen der auf den Nachmittag angesetzten Gruppenrats-Sitzung. Da schiebt sich Ingeborg zwischen sie, ein dünngliedriges Mädchen mit strohenem Haar.

Die Ingeborg ist keine Schönheit, wahrhaftig nicht, aber sie besitzt eine Stimme von betörendem Schmelz und will Opernsängerin werden. Es heißt, sie sei seit drei Jahren unglücklich verliebt in den Hoffmann.

Sie hat längst herausgespürt, daß die zur Schau getragene Abneigung zwischen Klaus und der Neuen nicht ganz echt ist. Sie läßt sich nicht täuschen durch deren scharfzüngiges Gezänk und drängt sich, sobald sie die beiden einmal friedlich beisammen sieht, in ihr Gespräch. Um ihre Eifersucht zu bemänteln, benützt sie stets ihr Amt als Vorwand, Klaus just in diesem Moment sprechen zu müssen: sie verwaltet die Klassenkasse und beklagt sich ewig über die zugeknöpften Taschen der anderen.

Sie naht trällernd. Stolz auf ihre prachtvolle Stimme, mit der sie einstmals die Welt erobern wird, glaubt sie den insgeheim Angebeteten durch ihre Lieder bezaubern zu können. Die Unselige! Sie ahnt nicht, daß sie Klaus, der einen mitleidlosen Abscheu gegen häßliche Mädchen hegt, mit ihrem zärtlichen Trällern an den Rand der Verzweiflung treibt.

»Schon wieder in Geldnöten?« fragt Klaus unwirsch.

»Das Klassenfest …«, murmelt Ingeborg, eingeschüchtert durch die nahe Nähe des Geliebten und seinen Groll.

»Liebste Inge, vielleicht könntest du ein einziges Mal eine Sache allein organisieren, ohne daß ich meine Nase 'reinstecken muß«, bittet Klaus mit der Höflichkeit eines gereizten Alligators.

Ingeborg schluckt. »Aber wenn doch alle kein Geld 'rausrücken wollen …« Selbst durch diesen Jammerton klingt ihre Stimme noch hell, sehr hoch und in wundervoller Reinheit.

Eva wundert sich einmal mehr, daß diese Silberglocke in der Kehle eines dünngliedrigen, strohhaarigen Mädchens schwingt. Und nun fängt sie den auf Klaus gerichteten, traurigen und gleichwohl kokett bittenden Blick Ingeborgs auf. Sie strafft sich in Abwehr. Es wurmt sie, daß die andere in ihrer, Evas, Gegenwart den Hoffmann so schamlos anhimmelt.

Klaus spielt verdrossen mit seinen Handschuhen. Eva lächelt. Und großmütig, wie schöne Mädchen sich zuweilen einer minder Begünstigten bezeigen, springt sie Ingeborg bei: »Sei nicht launisch, Hoffmann«, sagt sie, »und hilf ihr!« Und zu dem Mädchen gewandt: »Was ist los? Ein Klassenfest wollt ihr veranstalten?«

Die arme Sängerin, die nach einem netten Wort von Klaus geizt, wagt der Hennig nicht auszuweichen. Wie jeder in der Klasse empfindet auch sie aus Bewunderung und unbestimmter Furcht gemischten Respekt vor der Neuen, die sie alle schon lenkt, ehe sie noch die lenkende Hand sehen, begreifen und anerkennen.

Ingeborg erklärt also, es seien diese Klassenfeste Tradition der 12a; sie werden zweimal im Jahr gefeiert, vor den Sommer- und vor den Weihnachtsferien.

»– allerdings ohne Zeitungsschau und grundlegendes Referat«, stichelt Klaus. Ihn hat es gefuchst, daß Eva solch herrischen Ton angeschlagen hat, noch dazu verbunden mit dem lässig-überheblichen ›Hoffmann‹ als Anrede.

Eva überhört Klaus' spitzige Anmerkung. Ingeborg hat sich aufgeheitert. »Ich brauche Geld«, sagt sie. »Niemand bezahlt die FDJ-Beiträge, und ich kriege keine Prozente. Und nun müssen wir doch für das Fest sammeln –«

Hier bietet sich Eva endlich eine Gelegenheit, festere Verbindung zu knüpfen mit den Kameraden, die sich noch immer scheu von ihr fernhalten. Der Mandelblüt hat ihr bedeutet, daß sie zuerst den Fuß setzen müsse über den spröden Strich, den sie am ersten Tage schon zwischen sich und den anderen gezogen habe. Deshalb nimmt sie jetzt die Sache in die Hand, und ihr glückt, was der zaghaften, silberstimmigen Ingeborg mißlang: Zwei Minuten später ist der Abschiedslärm abgeflaut; gefügig trotz ihrer hungrigen Mägen und müden Köpfe, bilden die Schüler einen Kreis um Ingeborg und ihre leere Kasse.

»Nun, bitte!« sagt Eva herablassend.

Die brave Ordnung zerklirrt unter der Wucht von Ingeborgs Geldforderungen. Die meisten bekommen ein Taschengeld, das eben fürs Kino langt und für die Liebhabereien, denen man mit siebzehn Jahren huldigt. Zehn Mark sind viel Geld für einen Jungen wie Harry Mewes, der Bücher liebt; für ein Mädchen wie Antje, deren Schulweg am verlockendsten Konditorladen der Stadt vorüberführt, oder gar für Jonny, der seine Karla sonnabends ausführen möchte.

Eva begreift nicht das Gezeter der anderen: Wenn sie Geld braucht, geht sie an den Schreibtisch ihrer Mutter; dort liegt in der Schublade, rechts, ein Bündelchen Geldscheine. Davon nimmt sie, ohne bitten zu müssen: Frau Hennig, mit Arbeit überlastet und zudem in Gelddingen sehr sorglos, verlangt keine Rechenschaft.

Eva hat sich bislang nicht für die sozialen Verhältnisse in ihrer Klasse interessiert. Wohl hat sie das Klassenbuch studiert und weiß exakt zu sagen, wer von ihren Kameraden Arbeiter-, wer Bauernkind ist und wer unter die Rubrik ›Sonstige‹ fällt – doch lebt sie in dem fröhlichen Glauben, es gäbe keine wirkliche Notlage in den Familien ihrer Mitschüler. Sie weiß nicht,

daß der Geue Waise ist und bei seiner Großmutter wohnt; die bezieht eine kleine Unterstützung für den Enkel und ihre Rente, von der die beiden nicht leben und nicht sterben können;

daß Mewes' Vater Lagerarbeiter ist und brutto 280 Mark verdient, von denen drei Kinder ernährt und gekleidet sein wollen;

daß Ingeborgs Mutter, Kriegerwitwe, bis in die Nächte hinein sich abplagt mit Weißnähen, um ihrem Kinde den Besuch der Oberschule zu ermöglichen;

daß Margits Vater, obgleich Eigentümer einer kleinen Goldleistenfabrik, nur mühselig noch den Anschein einer gewissen Wohlhäbigkeit vortäuscht, da er in Wahrheit sich bis zur Erschöpfung herumschlägt mit Steuerlast und Materialschwierigkeiten, die seine Fabrik allmählich zugrunderichten.

Nein, all das weiß Eva Hennig nicht, und wen's betrifft, der schweigt schamhaft, bestimmt von jener kleinstädtischen Scheu, einen anderen in seinen Geldbeutel gucken zu lassen.

Nun schwankt das Angebot zwischen fünf und acht Mark, und endlich schraubt Ingeborg zögernd Ihre Geldforderung auf sieben Mark herunter.

Der Geue, ein winziges, bebrilltes Kerlchen, hat sich still in eine Ecke zurückgezogen. Lehnte nicht eins der Mädchen an der Tür, der Junge hätte sich längst aus dem Staube gemacht. Eva stiehlt sich aus dem Streit der anderen, ganz absichtslos schlendert sie an dem Geue vorbei und fragt, ohne den Kopf ihm zuzuwenden: »Du machst nicht mit?«

»Keine Lust«, sagt der Junge.

Eva hat ein feines Ohr. »Keine Lust?« wiederholt sie und blickt immer noch an dem Geue vorbei.

Der wird rot bis unter die Haare. Plötzlich sagt er – nur so zwischen den Zähnen –: »Meine Großmutter kriegt 65 Mark Rente. Ich kriege 40 Mark Stipendium.«

Das Mädchen, so stachelig es sich gibt, hat eine dünne Haut. Manchmal kehren sich die Stacheln, an denen andere sich verletzen, gegen sie selbst. Ganz unverhohlen mustert sie nun den Jungen: dessen Schuhe sind ausgetreten, und seine Jacke ist an den Ellenbogen geflickt. Sie denkt, dies schäbige Jäckchen sei doch viel zu dünn für den Dezember.

Eva trägt eine Windjacke, die ist mit Lammfell gefüttert; sie trägt Stiefelchen, die sind fest und geschmeidig und hüten die Füße auch bei strengem Frost. Sie hat beides, Windjacke und Stiefel, von ihrer Mutter zum Geburtstag geschenkt bekommen. Eva hat nicht nach dem Preis gefragt. Frau Hennig wird zwischen 200 und 300 Mark gezahlt haben. Davon müssen der Geue und seine Großmutter wenigstens zwei Monate lang leben.

Das Mädchen sagt: »Natürlich kommst du. Und – ich werde das schon für dich erledigen.« Spricht's, dreht sich um und läßt den Jungen stehen, ihm das ›danke‹ zu ersparen.

Die anderen haben sich noch immer nicht einigen können. »Ihr hättet eben eure Beiträge pünktlich zahlen müssen«, wirft Eva ihnen vor. »Eine tolle Schlamperei ist hier eingerissen!«

Sie drucksen herum; Mewes sagt, von den Prozenten würden sie auch nicht fett, und überhaupt kümmere sich die FDJ sonst auch nicht um sie; bloß Beiträge sollten sie immer zahlen –

Werner Hagedorn, besorgt, die Hennig werde nun eine uferlose Diskussion entfachen, schiebt sich in den Vordergrund, er mauschelt: »Nu, sein mer keine Juden, feilschen mer nich um ä Märkche, sagen mer sechs –«

Walter Mandelblüt wird weiß wie die Wand. Er ist über dem Hagedorn, ehe der zurückweichen kann; mit seinen schmächtigen, zerschnittenen Händen umklammert er den Hals des Jungen. Der ist kräftig genug, ihn mit einem Stoß umwerfen zu können, aber der tierhaft wilde Zorn, der die uralte, klare Ruhe des Juden zersprengt hat, macht ihn wehrlos.

»Sag das noch einmal, du Hund!« keucht der Mandelblüt. »Beschimpf uns noch einmal – ich schlage dir alle Knochen im Leib kaputt!« Und er schüttelt den Erschrockenen, feige Zitternden wie eine Strohpuppe.

Die Mädchen kreischen. Antje schlägt mit kindlicher Gebärde die Hände vors Gesicht. Die Jungen zaudern, die beiden zu trennen, sie stehen wie angenagelt. Hätte der Mandelblüt nicht zu ihnen gehört, sie hätten beifällig gelacht über Hagedorns Gemauschel.

Dem Hagedorn quellen die Augen aus dem Kopf. Gelähmt vor Entsetzen über das fahle, entstellte Gesicht des Juden, denkt er nicht an Gegenwehr.

Eva stößt einen Stuhl beiseite und tritt hinter Walter. Sie umfaßt seine Schulter, sanft und fest zugleich. »Komm, Walter«, sagt sie. Der Junge löst die Hände von Hagedorns Hals; auf einmal sinkt er in sich zusammen, als habe der andere ihm alle Knochen im Leib zerschlagen, und wie ein Kind läßt er sich aus der Klasse führen.

Klaus beißt die Zähne übereinander. Niemals hat für ihn die Stimme des Mädchens so weich geklungen wie für den Mandelblüt … Ich bin blind gewesen wie ein Maulwurf, denkt er bitter. Er ist ja so oft bei ihr, und sie hat ihn mit einem Wort besänftigen können … Trotzdem sagt er zu dem Hagedorn, der blutrot und nach Atem ringend über einem Tisch hängt: »Dafür sollte man dir eins in die Fresse hauen, du Schwein!«

»Ich habe es doch nicht böse gemeint«, stottert der Junge. »Ich habe doch bloß Spaß gemacht –« Er beteuert: »Ich wollte ihn nicht beleidigen, wirklich – kann ich wissen, daß er ein bißchen Ulk so übel nimmt?« Sein demütiger Blick bettelt um Verständnis, um Zustimmung – er prallt auf eine Mauer verbissenen Schweigens.

Walter hockt auf einer Treppenstufe und schluchzt. Eva umschlingt seine Schultern; kantig sticht das Schulterblatt unter der Jacke. Das Mädchen denkt, eigentlich habe sie niemals einen richtigen Freund gehabt – bis zu dem Augenblick, da das häßliche, gescheite Gesicht des Juden aus dem Dämmer eines Wintermorgens getaucht sei. Der Flur streckt sich jetzt, nach der sechsten Stunde, leer und leblos. Drunten im Vorsaal hallt ein Schritt, und das Schultor fällt dröhnend ins Schloß. Hinter der angelehnten Tür zum Lehrerzimmer schwirrt Getuschel, aus dem das Gelächter der Habekus platzt.

Eva streichelt die flatternden Hände des Jungen; sie hat ihn mit keinem Wort zu trösten versucht, doch ist ihr, als wüßte er auch ohne dies um jeden ihrer Gedanken. Es bedarf nicht der Sprache zwischen ihnen: sie sind einander so nah, daß Eva den ihm zugefügten Schmerz spürt, als sei sie verwundet worden.

Sie kauert auf der schmutzigen Treppe und blickt nicht auf, als die aus der 12a vorbeischleichen, verlegen, sehr behutsam auftretend.


## 6. Kapitel

*Einer spricht zuviel – und was danach geschieht*

Der sogenannte FDJ-Raum ist mäßig groß, kahl und verstaubt, wenig mehr als ein Vorzimmer zum Zeichensaal. Rechts und links der Tür hängen schlaff die schwarz-rot-goldene und die blaue Fahne mit dem Bild der aufgehenden Sonne; in einer Ecke hat der Hausmeister zerbrochene Stühle und Schemel aufgestapelt, und am Fenster trauert ein verstimmtes und von niemandem mehr benutztes Harmonium.

Eva betrachtet kopfschüttelnd das triste Stilleben, blickt kopfschüttelnd auf ihre Uhr – es gibt Grund genug zum Kopfschütteln in ihrer neuen Schule. In diesem Stall will die FDJ-Gruppenleitung tagen, pünktlich ist nicht einer. Eva ist entschlossen, hier aufzuräumen, mit oder ohne Hilfe des Hoffmann.

Mehr als eine Viertelstunde über die festgesetzte Zeit ist verflossen, als die vom Gruppenrat in den Raum einbrechen, eine lustige Springflut, quirlig und quietschend. Sie sind tropfnaß bis auf die Haut, Schneeflocken schmelzen auf Haar und Kleidern. Allen voran ist Klaus, Jacke und Hemd hat er am Halse aufgerissen, und seine Locken, feucht von Schweiß und Schneeluft, ringeln sich verwegen bis über die Brauen.

Den Beschluß des lärmenden Zuges bildet das Paar Jonny und Karla; sie schreiten sittig nebeneinander, Schulter zart an Schulter rührend. Ihre Wangen glühen nicht allein von der Schneeballschlacht im Hof: auf der Treppe haben sie, während die anderen vorausstürmten, verstohlen einen Kuß getauscht.

Klaus schlenkert Evas Hand. Die anderen drängen sich auf der Dampfheizung wie frierende Spatzen auf einem Ast; Evas scharfer Tadel kann ihre blanken Augen nicht trüben. Eine Viertelstunde Verspätung – was verschlägt's? Sie nehmen diese Sitzung ohnehin nicht ernst: Pläne, die nie verwirklicht werden; wichtigtuerische Beschlüsse, die zwei Tage später vergessen sind – das alte Spiel …

Sie horchen auf, sobald die Hennig das Wort ergriffen hat: hier werden neue Spielregeln aufgestellt. Schon die ersten Sätze des Mädchens belehren die von der Gruppenleitung, daß ihre Funktionen nicht Posse sind. Sie werden merklich ernsthafter.

Eva hat die Führung so selbstverständlich übernommen, daß Klaus erst viel später begreift: er ist an die Wand gedrückt worden, ausgeschaltet und nur noch dem Namen nach erster Sekretär. Vorerst folgt er nicht minder gefesselt als die anderen dem Mädchen, das zu ihnen spricht, knapp und klar, mit maßvollen Gesten unterstreichend, was sie am bedeutsamsten in ihrem Plan dünkt.

Kaum aber verläßt die Hennig den zuverlässigen Boden der konkreten Aufgaben, da stelzt ihre Sprache durch den Treibsand der Phrasen. Sie steht ans Harmonium gelehnt und redet und redet. »… Anwendung wertvoller Lehren aus den reichen Erfahrungen des Komsomol ...« Nun rutscht schon mancher unbehaglich auf der Heizung herum. »... die Aufgaben unseres Verbandes zur verstärkten politischen Schulung ...« Jonny streichelt sacht Karlas Arm. »... in unserer Schulgruppe eine Reihe ernster ideologischer und organisatorischer Fehler ... kämpferische Auseinandersetzung ... beharrlicher Kampf gegen rückständige Ideologien ...« Klaus' empfindsames Ohr wird gepeinigt von dieser Sprache ohne Wärme und Leben. Endlich sagt Eva abschließend: »Von den 280 Schülern unserer Schule gehören 260 dem Jugendverband an. Trotzdem ist die FDJ-Arbeit miserabel. Hier ist doch ein Widerspruch, hier muß gründlich Wandel geschaffen werden –«

Harry Mewes hebt die Hand wie im Unterricht. Er ist ein riesiger Bursche, breitnackig und von bärenhaft plumper Kraft, die er nicht zu gebrauchen weiß. In seinem rotwangigen Kindergesicht schwimmen wasserhelle Äuglein. Er denkt langsam und spricht schwerfällig, gehemmt durch einen Sprachfehler. Er stottert, und niemand weiß um die qualvolle Anstrengung, die es ihn kostet, einen Satz halbwegs glatt herauszubringen. Dabei steht er stundenlang daheim vor dem Spiegel und übt sich darin, bandwurmlange Sätze ohne Stocken zu sprechen.

Es will ihm nicht gelingen, und jedes versteckte Lächeln anderer vertieft den Zug des dumpf Grüblerischen um seinen Mund, der zuweilen alt und verkniffen ist, als schleppe sich der junge Mensch insgeheim mit einer schmerzhaften Wunde.

Das Mädchen, ungehalten über die Störung, nickt ihm zum.

Harry sagt: »Die meisten sind ja gezwungen worden –«

Eva stößt das Kinn vor, sie ruft: »Du lügst! Bei uns wird keiner gezwungen!«

Der Junge erschrickt und wedelt beschwichtigend mit beiden Händen. So geschwind seine schwere Zunge ihm erlaubt, sagt er: »Und doch gezwungen! Und sie haben Angst, sie werden bei der Uni nicht zugelassen, wenn sie nicht in der FDJ sind. Ich lüge nicht, nein –« Er verhaspelt sich und stottert schlimmer denn je, aber tapfer vollendet er: »– aber ich würde lügen, wenn ich sagen würde, daß alle aus reiner Begeisterung 'reingegangen sind. Und wenn du es zehnmal abstreitest: gedroht haben sie uns – der Direx und einer von der Kreisleitung. Und einen habe ich gesehen, der hat vor Wut auf seinen Antrag gespuckt, ehe er ihn abgegeben hat –«

Die Stille wird noch tiefer durch das Knacken in den Heizungsröhren. Die Luft drückt mit Treibhaus-Schwüle. Der Junge steht vornübergeneigt, rasch atmend; zwischen seinen Brauen glitzern Schweißtröpfchen. Er denkt: Ich hätte den Mund halten sollen. Er sagt in das bewegte Schweigen: »Man kann doch nicht immer den Mund halten. Man muß das doch mal aussprechen.« Niemand lächelt über sein Gestammel.

Klaus Hoffmann tut einen halben Schritt vorwärts, mit einer entschlossenen Schulterwendung sich vor den Mewes schiebend, als wolle er ihn gegen den Zorn des Mädchens schützen. Er verrät durch diese ganz ursprüngliche, von keiner halbherzigen Vorsicht gehemmte Gebärde seine eigene Überzeugung: der tölpische, stotternde, ungeschickte Bursche hat die Wahrheit gesagt.

Eva bewahrt Haltung. Die Haut über den breiten Backenknochen ist straff gespannt und rotfleckig. Wie eine Ohrfeige hat sie die Geste empfunden, mit der Klaus die üblen Verleumdungen des Mewes gleichsam deckt.

Klaus sagt: »Es ist wahr, die meisten hat der Rinck durch einen schmutzigen Trick gefangen. Aber das kannst du ja nicht wissen. Das war vor drei Jahren, kurz nachdem der Hansen verhaftet worden war –«

Das Mädchen fragt ohne Neugierde, mit der Abstand wahrenden Sachlichkeit, die ein zwar interessantes, keineswegs aber das Innere anrührendes Begebnis zu erklären sucht: warum man denn einen Schüler, der zu jener Zeit noch keine sechzehn Jahre zählen konnte, verhaftet habe?

»Frag sie doch!« sagt Klaus finster. »Frag sie – die ihn geholt haben, in der Pause … Fünfzehn war er, und er ist nicht wiedergekommen.« Er zieht die Unterlippe zwischen die Zähne, er wünscht, er hätte nicht den Namen Hansen ausgesprochen. Er hat die Erinnerung an den Kameraden verschütten wollen, um sich nicht selbst der köstlichen Trägheit eines sauberen Gewissens zu berauben.

In dieser Minute erst, da er vergebens in dem Gesicht der Hennig nach einem bescheidensten Anzeichen von Teilnahme forscht, weiß er, daß er sich seit drei Jahren betrogen hat. Wie brüchig war die Mauer, die er zwischen sich und jenem Ereignis vor drei Jahren aufgerichtet hatte, daß eine mitleidlose Frage sie hat umstürzen können!

Jonny, die Hand noch auf Karlas Arm, sagt leise: »Ich weiß noch, als ob es gestern gewesen wäre: wie wir aus dem Chemieraum kamen, und der Hansen stand am Fenster und hatte eben in seine Stulle gebissen, und wie auf einmal die beiden Männer hinter ihm standen und ihm die Hand auf die Schulter legten, und wie sie dann mit ihm weggingen … Und er ist zwischen ihnen gegangen wie ein Toter, der noch die Beine bewegen kann, versteht ihr? Und wir anderen haben dagestanden und haben nichts gesagt und nichts getan und haben nur gestarrt … Und wir konnten und konnten nicht begreifen, warum nicht einer von uns geschrien hat oder den Hansen festgehalten oder wenigstens ›auf Wiedersehen‹ gesagt …«

Dies ist geschehen in jenen Herbsttagen des Jahres 1949: Der Schüler Kurt Hansen wurde verhaftet, nachdem eine Stunde zuvor sein Vater und seine Mutter festgenommen worden. Es hieß, der Hansen habe in seinem Betrieb Gelder veruntreut, und seine Frau habe davon gewußt. Es ist unwahrscheinlich, daß dem fünfzehnjährigen Kurt die Verfehlungen seiner Eltern bekannt waren. Sei dem wie immer: er mußte mitbüßen für ein Vergehen, an dem er zumindest nicht unmittelbar beteiligt gewesen. Er blieb spurlos verschwunden.

Niemand erfuhr, ob den Hansens der Prozeß gemacht, ob sie verurteilt worden waren. Doch glaubten die Schüler ein Recht darauf zu haben, Gewisses über das Schicksal ihres Kameraden zu erfahren. Die Schulleitung schwieg. Die Lehrer, direkt befragt, zuckten die Schultern und schwiegen. Eines Tages wurde der Name ›Kurt Hansen‹ im Klassenbuch ausgestrichen.

Die Schüler fragten, bohrten, murrten, drohten endlich. Dr. Rinck und das Kollegium überhörten Fragen wie Drohungen. Da taten sich einige zusammen, die dem Hansen Freund gewesen, und berieten, wie man die tauben Ohren hörend machen könne. Sie forderten in einem Brief an den Schulleiter Aufschluß über den Verbleib des Hansen, sie sammelten Unterschriften, und die ihren Namenszug unter den Brief verweigerten, waren an den Fingern einer Hand abzuzählen.

Dr. Rinck, als die Forderung ihm vorgetragen wurde, war bestürzt, wand sich, machte Ausflüchte, versprach endlich, da die Wortführer ihm mit einem Proteststreik der Schüler drohten, Erkundigungen einzuziehen. Zwar bangte er, es könne ihn ein falscher Schritt um sein Amt bringen, doch fühlte er sich, je mehr er sich jetzt mit dem Fall Hansen beschäftigte, in seinem Rechtsgefühl tiefer verletzt, und er betrieb lebhafter als erwartet die Sache seiner Schüler.

Durch seinen – übrigens ganz erfolglosen – Eifer lenkte er die Aufmerksamkeit des Schulrats auf sich und seine aufsässigen Oberschüler. Dieser, ein bis zur Erbarmungslosigkeit strenger und mißtrauischer Mann, witterte in jedem Zweifler einen Staatsgegner und hieß unbedenklich jede noch so harte Maßnahme gut, wenn sie sich gegen einen selbständig Denkenden – für ihn gleichbedeutend mit Klassenfeind – richtete. Er erfuhr von der Unterschriftensammlung, verdammte sie als ungesetzlich und zog Dr. Rinck zur Rechenschaft.

Keiner der armseligen Sterblichen wußte um die Unterredung auf dem Olymp. Doch lief bald ein Gerücht in der Schule um: der Direx habe eine schwere Rüge einstecken müssen. Folgerichtig traf der Bannstrahl mit verdoppelter Wucht die an der Basis: Dr. Rinck beeilte sich, seine gute Gesinnung zu beweisen, stellt flugs alle Untersuchungen ein, berief das Kollegium zu einer außerordentlichen Sitzung und erwirkte die Relegierung der beiden Wortführer.

Auch Klaus und Jonny waren verwickelt in diese üble Affäre, und sie dankten es allein der Fürsprache des Studienrats Sehning, daß sie nicht ebenfalls von der Schule verwiesen wurden.

Wenige Wochen später tat Dr. Rinck ein übriges, um das Wohlwollen des Herrn Schulrats zurückzugewinnen: Während einer Schülerversammlung in der Aula forderte er die Jungen und Mädchen auf, Mitglied der FDJ zu werden. So geschickt hatte er seinen Appell gehalten, daß niemand ihn einer Zwangsmaßnahme beschuldigen konnte – doch hatte er durchblicken lassen, man führe eine Liste derer, die sich gegen die Aufnahme in den Verband sträubten. Sich die Folgen solchen Sträubens auszumalen, blieb jedem selbst überlassen.

Drei Tage darauf war die Mitgliederzahl von 43 auf 218 emporgeschnellt. Dr. Rinck war rehabilitiert.

Seit jenen Herbsttagen hat das Schweigen sich über die Schule gebreitet: keine Auflehnung mehr gegen Ungerechtigkeiten, keine ehrliche Diskussion im Gegenwartskunde-Unterricht, kein offenes Wort gegen Lehrer wir Rinck und Stolze … Man hält den Mund und macht mit, man schimpft zuhause oder im Kreis der vertrautesten Freunde, man spricht und schreibt, was die Lehrer erwarten – die Aufsätze in Deutsch und Gegenwartskunde sind musterhafte Zeugnisse einer gefestigten Ideologie.

Vor einem Jahr ist der Mathematiklehrer Munde entlassen worden, ein weitgereister Mann, sieben Sprachen kundig, um seines trockenen Humors willen beliebt im Kollegium und verehrt von den Schülern. Stolze hat bei einem Besuch in Mundes Wohnung westdeutsche und amerikanische Zeitschriften auf – oder in? – dessen Schreibtisch entdeckt.

Munde ist nach seiner Entlassung in den Westen gegangen und lehrt jetzt an einem Hamburger Gymnasium. Die Schüler haben getobt und gejammert und dem Stolze Rache geschworen. Wie der im Unterricht wieder vor sie hingetreten ist, haben sie geschwiegen und sich geduckt und russische Vokabeln gebüffelt und brav mitgelacht über seine abgeschmackten Witze, um Gnade zu finden vor seinen Augen.

Proteststreik? – Ungeheuerlicher Gedanke!

Dies also ist die Situation an einer kleinstädtischen Oberschule, die Eva Hennig besuchen muß. Sie hat die sparsamen Sätze, Andeutungen nur, der Jungen aufgenommen und modelt sich ihr Bild. Sie sieht nicht das schwarze Tuch des Schweigens, unter dem ihre Kameraden ersticken. Sie spürt in den Worten der drei ihr gleichaltrigen Jungen das schwache Flämmchen beginnenden Aufruhrs. Und sie sieht ihre Aufgabe: das Flämmchen auszutreten und den Schreiern den Mund zu stopfen.

Sie wird sich diese drei gut merken: Harry Mewes und Klaus Hoffmann und Jonny Schröder. Von dem Hoffmann war ja wohl nichts anderes zu erwarten, aber die beiden anderen – Jonny spricht sonst keine drei Worte am Tage, und gar dieser schüchterne Stotterer, der Mewes … Schade. Den hat sie gern gemocht, er hat ihr leid getan. Er hat sich sehr bald selbst entlarvt, sie wird kein Mitleid mehr auf ihn verschwenden. Sie wird die drei aus dem Gruppenrat entfernen, sobald sie festen Fuß gefaßt hat und die anderen ihr gehorsam weiß.

Sie ist zu klug, heute schon das Verhalten der Jungen öffentlich mit dem rechten Namen zu bezeichnen. Aber es ist ihre Pflicht, die Augen offen zu halten und rechtzeitig jenen Tendenzen zu begegnen, die Verrat sind an Staat und Gesellschaft. Mit dem Hoffmann allerdings wird sie noch einmal unter vier Augen sprechen, der ist doch ein kluger Kopf und wird sich vielleicht eines Besseren belehren lassen …

Sie drückt die Schultern zurück. Sie sagt schneidend: »Ihr könnt euch kein Urteil darüber erlauben, warum dieser Hansen verhaftet worden ist. Und wenn ein Lehrer unserer demokratischen Schule verbotene Zeitschriften liest, wird er zu Recht entlassen. Kritik an Maßnahmen unserer Regierung steht euch nicht zu.«

Klaus will auffahren. Mewes drückt ihn auf seinen Platz nieder. Klaus hebt resigniert die Schultern. Von einem zum anderen blickt das Mädchen, und einer nach dem anderen senkt den Kopf und verkapselt sich in Schweigen – aus Bequemlichkeit, aus Furcht oder aus Gedankenlosigkeit.

Das Mädchen geht zur Tagesordnung über, als sei nichts geschehen. Sie verteilt die Aufgaben, und jeder nimmt widerspruchslos, was sie ihm zudiktiert. Zwei-, dreimal flackert ein Streit auf, im Handumdrehen geschlichtet durch ein energisches Wort Evas.

Harry Mewes schrickt zusammen, als sie ihn aufruft. Sein Kindergesicht glüht tomatenrot, er schwitzt und schnauft – ah, sie ist großmütig, sie läßt ihn seinen lapsus linguae nicht entgelten: er wird zum Kassierer ernannt, verantwortlich für die pünktliche Zahlung und Abrechnung der Mitglieds-Beiträge. Er fällt zurück auf seinen Schemel, erleichtert, dankbar beinahe, daß die Hennig ihn nicht geschnitten hat.

Jonny wird beauftragt, eine Laienspielgruppe zu gründen. Das sagt sich leicht so hin: Gründe eine Laienspielgruppe … Du bist verantwortlich, und damit basta! Wie du's schaffst, ist deine Sache. Doch liegen vorerst noch in nebelhafter Ferne die Kümmernisse mit Schauspielern und Requisiten und Dramen, und Jonny sorgt sich nicht, denn – oh gütiges Verständnis der Hennig! – die Karla wird ihm beigegeben als Assistentin.

Eigentlich gehört die Kleine gar nicht zur Gruppenleitung, Jonny hat sie eingeschmuggelt mit Klaus' freundlicher Duldung. Die beiden dürfen einander selten sehen, und die Versammlungen sind ihnen willkommener Vorwand, nebeneinander zu sitzen, sich bei den Händen haltend und zärtliche Blicke tauschend. Dadurch fällt Jonny zwar als Diskussionspartner aus, aber man vermißt seine Stimme nicht, weil er auch im Privatleben den Mund nicht auftut.

Klaus hat scheinbar gelassen mitangesehen, wie Eva umspringt mit seinem – jawohl, immer noch seinem – Gruppenrat. Er tut ihr nicht den Gefallen, Kränkung und Eifersucht zu zeigen. Er giert nicht nach Macht, und er würde der Hennig ihren Einfluß nicht neiden, wäre er überzeugt, dieser Einfluß sei ein heilsamer und erfreulicher …

Der Junge lehnt am Fenster, sein großbogiger Mund ist leicht geöffnet vor Spannung. Die Augen auf das Mädchen geheftet, folgt er jeder ihrer Bewegungen, wägt jeden ihrer Sätze. Er hat sich selbst in die Rolle des distanzierten Beobachters gedrängt: er fühlt sich als Wissenschaftler, der mit kühlem Interesse ein absonderliches Insekt zu erforschen sucht.

Nein, er ist ihr nicht böse wegen des Auftritts vorhin, nicht einmal enttäuscht ist er durch ihre Reaktion. Aus vielen widersprechenden Empfindungen während jener Szene ist Neugierde gewachsen, überwuchert. Was weiß er denn von dem Mädchen? Spröde verschließt sie sich ihm, er kennt nicht ihre Vergangenheit noch Gegenwart. Bei Lichte besehen, kennt er nur ihre Personalien und in vagen Umrissen das Schicksal ihrer Eltern; er weiß, daß sie eine vorzügliche Schülerin und – dies ist für ihn durchaus nicht zweitrangig – das schönste Mädchen in der Penne ist. Er bildet sich freilich in diesen Minuten ein, er lasse sich natürlich nicht bestechen durch das attraktive Äußere der Dame Hennig, und es interessiere ihn nur ihre Psyche, ihr Gehabe, das sich so gar nicht auf ihre siebzehn Jahre reimt.

Klaus Hoffmann ist achtzehn Jahre alt.

Er wird den Schlüssel zu ihrem Wesen suchen und finden.

Übrigens ist Hoffmann seinen Kameraden wirklich überlegen und an allgemeiner Erfahrung um einige Nasenlängen voraus. Sein glückliches Selbstbewußtsein befähigt ihn, Menschen und Dinge mit Abstand zu betrachten, und er schwüre darauf, daß er auch in diesem Moment, versunken in Grübeleien über das Mädchen Eva, nur seiner Passion huldige, einen einigermaßen extravaganten Mitmenschen abzuwägen und einzuordnen.

Er erwacht, als Eva ihm anträgt, er solle das Schlußwort sprechen. Ein wenig verwirrt tritt er vor die anderen und wird sich jetzt erst bewußt: die Hennig hat ihm alle Verantwortung abgenommen und selbstherrlich bestimmt, welche Funktion jeder auszufüllen habe und welche Arbeit in nächster Zukunft zu leisten sei.

Der Raum schwimmt im Halbdunkel. Ist denn er, Klaus, für das Mädchen auch nur eine Schachfigur wie die anderen, die sie nach Gutdünken schiebt, überspringt und am Ende aus dem Spiel wirft?

Von der Gasse her schleicht müdes Licht einer Straßenlampe durch die Fenster. Wind hat sich aufgemacht. Die Lampe schaukelt in ihren Ketten. An den Wänden schwanken Schatten, Riesenköpfe rucken auf und nieder, eine Nase, ein Haarschopf, ins Übermäßige grotesk verzerrt, springt aus einer Schattenballung und taucht zurück ins Anonyme.

Die Jungen und Mädchen sind schwärzliche Bündel Kleider, hellere Flecke darüber ihre Gesichter. Bedrückung, Ratlosigkeit, verborgene Entrüstung in ihren Zügen hat die Dämmerung verwischt.

Klaus verharrt, jäh überfröstelt. Er starrt auf das gespenstisch lautlose Treiben an den Wänden, und plötzlich ist ihm, als seien diese da, die auf ihn warten, Marionetten nur in einem herzbeklemmenden Schattenspiel.

Die sehr lebendige Stimme Evas reißt ihn zurück in die Wirklichkeit des Dezemberabends. Er hört den Atem der Wartenden und meint ihre nahe Wärme zu spüren. Er sagt rauh: »Macht doch Licht!« Einer geht zum Schalter. Die nackte Birne an der Decke gießt grell ihr Licht über den Raum. Der Spuk ist von den Wänden radiert.

Das Schlußwort, sachlich, ohne Schwung gesprochen; die Sitzung ist zuende.

Die Tür klappt. Jonny und Karla sind gegangen. Die anderen drücken sich herum, unschlüssig, als drängten sich ihnen jetzt erst hundert Fragen auf die Lippen. Klaus steht mit hängenden Armen. Eva spricht auf ihn ein. Er nickt und hat nichts verstanden. Sein Kopf schmerzt, mit einem Male sind seine Glieder schwer von Mattigkeit. Ganz flüchtig denkt er: Was ist denn nur geschehen, um Gotteswillen? Er hat die aufzuckende Frage schon vergessen, als er Mewes' Hand auf seiner Schulter fühlt wie eine Antwort.

»Klaus –«, stammelt der Junge, seine Augen bitten. Sie sind grau wie Wasser, getrübt von einer unachtsamen Hand.

»Ja, ja«, sagt Klaus und geht an dem Mewes vorüber, ganz fremd. Später erst, als schon das Schultor hinter ihm ins Schloß gefallen ist, denkt er bestürzt, dieses eine Wort des Mewes habe ja wie ein Hilferuf geklungen. Aber da mag er nicht mehr umkehren.

Er schlendert, Hände in den Hosentaschen vergraben, durch die zum Marktplatz führende Straße. Eigentlich ist das nur ein Gäßchen, so eng, daß ein Mann mit ausgestreckten Armen rechts und links die Häuser berühren kann. ›Pennälergasse‹ ist sie getauft worden, weil sie morgens und mittags beherrscht wird vom bunten Gewimmel der Schüler; zu diesen Stunden hallen die schmalbrüstigen Häusermauern wider von Gelächter und Hallo-Rufen.

Das Katzenkopf-Pflaster ist vor gut hundert Jahren gelegt worden. Klaus glitscht auf den Buckelsteinen. Stockfinster ist es in dem Gäßchen, kein Fenster spendet ein bißchen tröstliche Helle: die baufälligen Häuser werden nur als Speicher benutzt.

In Sommernächten wispert's hier in allen Nischen und Torwölbungen. Am Markt hat sich ein Tanzlokal aufgetan, und in den Pausen zwischen Tango und Fox finden Pärchen ihre Zuflucht in der Pennälergasse. Klaus hat, seit er mündig ist und bis Mitternacht ausgehen darf, in diesem Versteck ein gut Dutzend williger oder widerstrebender Mädchen geküßt.

Heute will er sich um der einen willen der anderen nicht erinnern. Übrigens ist sein Gedächtnis in diesem Punkte ohnehin recht kurz ... Er ist just in dem Alter, da man sich jeden dritten Tag verliebt und etwas unerhört Bedeutsames zu versäumen fürchtet, wenn man nicht jedes hübsche Mädchen küßt, mit dem man eine Nacht durchtanzt hat.

Heute mißbilligt Hoffmann die Sackfinsternis in der Gasse. Kann man einem Mädchen zumuten, allein hier entlangzugehen? – Man kann es nicht, entscheidet der Ritterliche, und ist schon umgekehrt und zurückgelaufen zur Schule. Um Ausreden vor sich selbst ist er nie verlegen.

So wartet er denn an der zugigen Ecke und denkt verdrießlich, er werde sich natürlich bei diesem Hundewetter Schnupfen und Schwindsucht holen. Der Frost beißt ihn in die Haut, er stampft von einem Fuß auf den anderen und verwünscht seine Narretei. Als müßte er ausgerechnet heute abend der Hennig den Kopf zurechtrücken ...!

Nun erlöschen droben im ersten Stock der Schule die Fenster. Mit ihnen erlischt der klägliche Rest an Ironie, der Klaus bis zur Ecke begleitet hat. Er fingert nach einer Zigarette. Sein Etui ist leer. Er verschränkt die Hände auf dem Rücken, löst sie und knöpft zwecklos an seiner Jacke herum. Er versucht eine nachlässige Haltung einzunehmen, kreuzt die Füße und wippt gelangweilt mit den Fußspitzen.

Das Tor wird aufgeklinkt. Gegen den hellen Hintergrund hebt sich die schmale Gestalt ab wie eine Tuschzeichnung, schwarz-violett auf maisgelbem Papier. Der Junge stemmt die Fersen gegen den Boden.

Das Mädchen kommt geradenwegs auf ihn zu. Sie hat ihn noch [nicht] bemerkt. Sie geht, als zähle sie die Pflastersteine.

Klaus räuspert sich die Kehle frei, und: »Hallo, Eva!« ruft er, eine Spur zu frisch.

Sie zuckt zusammen und hebt den Kopf. Ihr Gesicht spiegelt Verwirrung. »Hast du auf mich gewartet?«

Er nickt stumm.

Auf ihrem Antlitz erblüht ein Lächeln, das die Lippen nicht berührt: ihre Augen sind die Quelle des Lächelns.

Ein roter Schauder stürzt über den Jungen, er faßt die Hand des Mädchens und erzittert: sie hat leise den Druck seiner Finger erwidert. Im selben Augenblick vergißt er den

Nachmittag und seine häßlichen Szenen, er vergißt sein Anliegen und alle wohleinstudierten Reden. Ihm ist, als blicke er selbst sich über die Schulter, so klar weiß er: er liebt das Mädchen – nun endlich wagt er beim rechten Namen zu nennen das wunderliche Ineinander von Zuneigung und Widerstreben, Achtung und Abscheu …

Und ihm, dem sonst so Sicheren, Selbstbewußten, ist die Kehle zugeschnürt, daß er wie ein Tölpel vor dem Mädchen steht und nichts Gescheiteres zu fragen weiß als dies: »Freust du dich, daß ich gewartet hab'?«

»Ja«, sagt Eva, und: »Ja, ich freue mich, Klaus.«

Das ist mehr, als der Junge erwarten durfte. Er beugt sich hinab und drückt seine Lippen auf die Hand des Mädchens. Ihre Finger sind kalt und duften nach einem herben Parfüm. Und wie zuweilen, losgelöst vom Gefühl, in Augenblicken innigster Hinneigung das Gehirn ganz Abseitiges denkt, fährt es dem Jungen durch den Sinn: Eva sollte besser ein exotisches Parfüm nehmen, wie es nur schwarzhaarigen Frauen ansteht.

Das Mädchen, wie der Atem des Jungen über ihre Finger weht, erschrickt tief. Sie reißt die Hand zurück. So unverfälscht ist diese spröde Gebärde, daß Klaus zum erstenmal denkt, Eva habe vielleicht noch niemals einen Freund gehabt.

Er hat sich gefaßt. Ritterlich bietet er dem Mädchen seinen Arm. Er sagt eifrig: »Die Pennälergasse ist sticheduster, weißt du. Darum habe ich gedacht –« Sie nickt und nimmt seinen Arm, aber sie wahrt scheu Abstand.

Die Katzenköpfe sind mit einer dünnen Eisschicht überzogen. Das Mädchen, bestrebt, Klaus nicht zu nahe zu kommen, tappt unsicher über die spiegelblanken Buckel. Sie atmet auf, als sich endlich die Gasse zum Marktplatz öffnet. Unwillkürlich beschleunigt sie den Schritt und gleitet aus. Klaus fängt sie auf; er hat ja nur auf einen glücklichen Zufall gewartet, der ihm das Mädchen in die Arme wirft. Sie stemmt beide Hände gegen seine Brust, in ihren Augen flackert Angst. »Pardon«, murmelt Klaus und gibt sie frei.

Sie queren den Markt. In der Weihnachtstanne hüpfen die Kerzen wie Irrlichter. Das Tanzlokal schreit in grellroten Leuchtbuchstaben seinen Namen in den Abend: »Zur Stadtschänke«. Ein schicklicher Name für ein Kleinstadtlokal, das um Mitternacht schließt und an dessen Bar eine zugeknöpfte Dame mittleren Alters scharfe Schnäpse und giftgrüne Pfefferminz-Liköre ausschenkt. ›Chat noir‹ wäre babylonischer Frevel, ›Kakadu-Bar‹ eine Revolte. Die Drehtür schwingt, Fetzen von Walzermusik wehen herüber.

»Gehen wir einen Schluck trinken?« fragt Klaus und läßt Eva nicht Zeit abzulehnen. Sie kreiseln durch die Tür.

Auf der gläsernen Tanzfläche drehen sich zwei Paare. Der Raum ist mäßig besetzt, eine Drei-Mann-Kapelle läßt die Geigen schluchzen. Über ihrem Podium verkündet ein Transparent, man könne nur im Frieden fröhlich sein.

Stracks marschiert Klaus zur Bar. Das Mädchen ist geniert: in Burschenhosen und Schipullover kann man sich nicht wohl an die Bar setzen. »Nur keine kleinbürgerlichen Bedenken«, stichelt Klaus und schrammt den Barhocker zurück.

Die Dame begrüßt ihn wie einen alten Bekannten. Sie zeigt heute ein Stückchen Hals, dreifach umschlungen von einer Perlenkette.

»Zwei Gin-Fizzes«, sagt Klaus und weidet sich an der Verlegenheit der Armen, die ihr Lebtag noch keinen Fizz gemixt hat. Sie einigen sich auf Nikolaschka – und nicht einmal mit dem kann Eva umgehen: sie schielt erst nach Klaus, ehe sie, das Gesicht säuerlich verzogen, die Zitronenscheibe schluckt.

Nach dem zweiten Nikolaschka stützt Klaus sich breitarmig auf die Bar. Er schnickt mit dem Kopf hinüber zu den Gästen. »Was die denken, interessiert mich nicht«, sagt er. »Mir gefällst du so –« Eva runzelt die Brauen gegen seinen zudringlichen Blick. Er sagt unbekümmert: »Du müßtest immer Gelb tragen und ganz hohe Kragen, weißt du?«

»Ich gehe«, sagt Eva. Alles hier ist ihr zuwider: die Neugierde der anderen Gäste, der brennende Schnaps, der ihr

Tränen in die Augen treibt, die rosige Bonbon-Musik und
das diskrete Lauschen der Bardame. Sie rutscht von ihrem
Hocker.

»Bitte, Eva, bleib noch«, sagt der Junge. Sie sehen sich an.

»Ein paar Minuten nur«, murmelt sie.

An einem Tischchen in der Ecke sitzen die beiden, versteckt hinter dem Garderobenständer. Sie trinken Wein, und
ihre Augen finden nicht mehr auseinander. Sie reden und reden, um nichts sagen zu müssen.

»Mußt du zu einer bestimmten Zeit zuhause sein?« fragt
Klaus.

»Nein«, sagt Eva, und es ist ein Körnchen Bitterkeit in
ihrer Stimme. »Meine Mutter ist ja doch immer unterwegs,
sie hat nie Zeit für mich.«

Klaus sagt: »Meinem alten Herrn ist es auch wurscht, wann
ich komme. Wenn der sein Bier hat und seine Skatbrüder,
dann ist er zufrieden, dann braucht er mich nicht –«

»Hast du denn keine Mutter mehr?«

»Die ist 46 gestorben, in den Hungerjahren, weißt du?
Mein Vater war damals noch in Kriegsgefangenschaft. Wir
haben nicht gewußt, woher wir das Brot für den nächsten
Tag nehmen sollten. Wir sind über die Äcker gekrochen und
haben Kartoffeln gestoppelt und Ähren gelesen, und
manchmal haben uns die Bauern mit Hunden vom Feld ge-
jagt. Meine Mutter war immer so zart und oft krank, und
die Zeit hat sie fertiggemacht. Dann ist mein Alter zurück-
gekommen und hat gleich Arbeit gekriegt: sie haben den
Maschinenbau-Betrieb aufgebaut. Halbtot haben sie sich ge-
schuftet –« Klaus lacht böse. »Damals haben sie ja wirklich
noch das Gefühl gehabt, es wäre ihr Betrieb ... Jetzt schlagen sie sich mit den Normen 'rum und haben den vierten
Werkleiter. Zwei sind abgehauen in den Westen, und einer
sitzt im Zuchthaus. Und der vierte hat keine Ahnung von
Maschinenbau und macht bloß Bockmist.«

Klaus unterbricht sich. Wohin hat er sich da schon wieder
verlaufen? Er sagt gegen Evas stummen Protest: »Mein Alter

ist Meister, der weiß Bescheid, das kannst du glauben. Aber das gehört ja auch nicht hierher –«

Er hat sich diesen Abend nicht verderben wollen. Nun webt Mißstimmung ihre grauen Fäden um die beiden. Seine Schuld ist es nicht. Blind ist Eva, blind und taub ... Klaus grübelt in sein Glas. Er sagt: »Ich habe dir das nur erzählt, damit du weißt, warum mein Vater so geworden ist. Der Neue hat ihn schon 'rausschmeißen wollen, weil er den Mund nicht halten kann. Nichts als Sorgen und Ärger hat er im Betrieb – ich kann's verstehen, daß er säuft. Kaum ein Abend, wo er nicht betrunken nach Hause kommt –«

Eva ist betroffen: als sei eine dünne Maske von seinem Gesicht geglitten, sieht sie jetzt das andere Gesicht des Jungen: hilflos und unjung und sehr müde.

Sie fragt: »Aber wer sorgt für dich?«

»Ich mache alles allein«, sagt Klaus. »Das bißchen Haushalt ... Am Zahltag muß ich aufpassen, daß ich dem Alten das Haushaltsgeld rechtzeitig abluchse ...« Er grinst, verlegen und ein bißchen stolz. »Waschen kann ich auch – und Strümpfe stopfen.«

Dieses Geständnis tupft einen neuen Farbfleck auf das Bild des Hoffmann. Das Mädchen, gerührt und belustigt, mustert Klaus' Anzug: das Hemd sticht blendendweiß von der Strickweste ab, die den aktuellsten Modevorschriften genügt. Über dem Stuhl hängt die Manchesterjacke, in V-Form geschnitten und mit einem Pelzkragen besetzt – wirklich, Klaus trägt sich stets, als sei er aus einem Modejournal entsprungen. Eva sagt: »Und ich dachte, dein Vater verdient wunders wieviel Geld –«

Klaus ist Evas Blick gefolgt. »Ich lasse das ganze Zeugs nach meinen Angaben arbeiten«, sagt er. »Ich verdiene mir selbst das Geld dazu – mit Nachhilfestunden. Und in den Ferien arbeite ich im Walzwerk –«

Eva macht runde Augen. Der Junge brüstet sich: »Im Sommer war ich sogar am Ofen, als Schnapper. Das war eine Schufterei! In der ersten Woche bin ich dreimal umgefallen

– die Sonnenhitze, weißt du? Und dazu die Ofenglut –, aber dann habe ich genau so viel geschafft wie die anderen.« Er liest Respekt in Evas Miene. Leistungen imponieren ihr. Er sagt: »Die Schwielen habe ich bis heute nicht weggekriegt. Da, fühl mal –« und er streckt ihr die Hand entgegen. Die Handfläche ist rissig und mit Hornhaut überzogen.

Eva tippt auf die Schwielen. Klaus schnappt zu und hat ihre Finger gefangen. Sie lachen. Mit der Linken heben sie die Gläser gegeneinander. Klaus sagt: »Siehst du; ich komme in den Himmel … Du weißt doch: wenn einer in den Himmel will, sieht sich der liebe Gott erstmal dessen Hände an. Und wehe, wenn sie so weich und zart und verwöhnt sind wie deine – dann fliegt er, schwupp, in die Hölle 'runter.«

Eva glüht. Sie ist das Weintrinken nicht gewöhnt. Sie sagt: »In der Hölle ist es viel interessanter. Man darf nachts spuken gehen und den Leuten, die man nicht leiden kann, die Bettdecke wegziehen –«

»– und ihnen mit einer eiskalten Hand über den Bauch streicheln«, sagt Klaus. Sie kichern.

Erhitzt und übermütig, stecken sie die Köpfe zusammen und malen sich die vergnüglichen Schrecken der Hölle. Sie sind Halbwüchsige, verspielt und ganz unsentimental; sie albern und wissen nicht, daß im tiefsten Grunde ihr Alleinsein sie zusammenführt. Beide sind auf eigene Art isoliert von der Welt ihrer Kameraden, der sie entwachsen sind, und vom Bereich der Großen, dem sie noch nicht angehören.

Sie leiden, der Junge wie das Mädchen, unter ihrem Elternhaus; bis zu diesem Abend haben sie mit niemandem darüber gesprochen. Nun, da sie einen Blick in die Einsamkeit des anderen getan haben, suchen sie den Trost des Zusammengehörens, um verbunden sich gegen eine Welt zu behaupten, die ihnen, so gescheit und lebenstüchtig sie sich geben, noch sehr fremd ist.

Da ist Klaus: sein Vater, nach durchzechten Nächten, wirft sich in sein Bett, mürrisch und ohne Gruß für den Jungen.

Da ist Eva: ihre Mutter, Bürgermeisterin und Partei-Funktionärin, hat jeden Einfluß auf die Tochter verloren, die sie ein-, zweimal in der Woche und, wenn's hochkommt, am Sonntagabend sieht.

Die beiden sind ohne eigentliche Erziehung aufgewachsen und gerade in den Jahren, da sie einer leitenden Hand bedurften, sich selbst überlassen geblieben. So kann es geschehen, daß sie, obgleich grundverschieden in Wesensart und Anschauungen, zueinanderstreben …

Es ist spät geworden, als sie aufbrechen. Sie sind ein bißchen beschwipst, und Eva muß sich beim Aufstehen auf den Tisch stützen. Klaus hilft ihr in die Jacke. Der Nacken des Mädchens, rührend schmal unter dem Haarknoten, lockt ihn. Er ist versucht, das Streifchen bräunlicher Haut zu küssen.

Eva fischt nach den Ärmeln. Sie dreht sich zu Klaus um, ihre Augen glänzen wie reife Brombeeren, schwarz und blank. »Warum guckst du mich so komisch an?« fragt sie.

Klaus denkt, diese Harmlosigkeit sei bestimmt nicht gespielt, und die Eva sei sich ja noch gar nicht ihres Reizes bewußt. »Du bist ein Kind«, sagt er von oben herab und schneidet sich selbst eine abenteuerliche Grimasse.

Sie gehen durch eine Gasse von Neugier. An einem Tisch am Fenster sitzt der Lehrer Stolze mit dem Schüler Hagedorn, so ins Gespräch vertieft, daß sie das Paar nicht zu bemerken scheinen. Trotzdem tut Klaus einen halben Schritt vorwärts, neben das Mädchen, um es vor einem belästigenden Blick zu schützen. Richtig fängt er just in diesem Moment schiefes Blinzeln des Hagedorn auf.

Klaus geht, die Augen starr geradeaus, grußlos an dem Tisch vorüber.

Eva schiebt sich in einem der gläsernen Kabinchen durch die Drehtür. Klaus, ehe er ihr folgt, blickt über die Schulter zurück: Stolze beugt sich über den Tisch und flüstert mit Hagedorn. Der springt auf und ist schon bei Klaus. Er legt ihm die Hand auf den Arm.

Klaus streift die Hand ab, nicht anders, als schnippe er ein lästiges Insekt vom Ärmel. »Du gibst wohl wieder Stimmungsberichte?« fragt er und bemüht sich nicht einmal, seinen Ekel zu verbergen.

Der Hagedorn grinst unsicher. Gegen Hoffmann wagt er nicht aufzumucken. Er sagt eifrig: »Wollt ihr nicht an unseren Tisch kommen? Herr Stolze möchte gern wissen, was heute nachmittag bei der Sitzung los war –«

»Dein Herr Stolze kann mir mal –«, sagt Klaus.

Hagedorn duckt sich, aber Stolzes Gegenwart ermutigt ihn. Er zischt: »Das wird dir nochmal leid tun, du –«

In Klaus schießt der Jähzorn hoch. Seine Augen verengen sich, er packt den Hagedorn beim Genick wie eine Katze und sagt gefährlich leise: »Hau ab, Mensch, daß ich nicht kotze!« Ihm ist es gleichgültig, daß viele Augen die Szene an der Tür beobachten: er stößt den Hagedorn mit dem Knie in den Hintern, wendet sich ab und überläßt den anderen seiner Blamage.

Eva hat durch die Glasscheibe gespäht. Befremdet sieht sie die finstere Stirn des Jungen, der eben noch heiter war, übersprudelnd von guter Laune. Sie fragt, was der Hagedorn denn von ihm gewollt habe?

Klaus sagt wild: »Schleimscheißer! Will sich bloß bei dem Stolze ankratzen!«

Er verschweigt dem Mädchen, welche Rolle der Hagedorn in der Penne spielt. Es heißt, der mache den Zwischenträger für Stolze, dem er über die Stimmung der Schüler berichte und manche unbedachte Äußerung hinterbringe. Es ist nicht verwunderlich, daß Gespräche versanden, sobald Werner Hagedorn sich zu den Debattierenden gesellt. Man munkelt, Hagedorn habe damals den Stolze auf die Fährte des Mathematiklehrers gehetzt: Munde hatte in der Pause, im Kreis einiger Schüler, sich die Bemerkung entschlüpfen lassen, er habe die Darstellung eines gewissen Prozesses gegen leitende ungarische Funktionäre, der in jenen Wochen die Gemüter bewegte, in einer westdeutschen Zeitschrift gelesen.

Zwar kann Klaus, so wenig wie alle anderen, dem Hagedorn Sicheres nachweisen, doch steht er nicht an, ihn in Gedanken ›Spitzel‹ zu schimpfen und ihn mit offener Geringschätzung zu behandeln.

Übellaunig schreitet er neben dem Mädchen, das sich Klaus' verbissenes Schweigen nicht zu deuten weiß.

Die Straßen sind zu dieser Stunde ausgestorben. In einer Toreinfahrt lehnt umschlungen ein Paar. Ungeniert schäkern sie, und Eva sieht schamhaft beiseite. Aus einer Kneipe springt Gejohle. Alle Nasenlang gibt es in der Hauptstraße eine Kneipe, handtuchschmal, trüb beleuchtet und nach Feierabend gestopft voll.

Die Schaufenster sind weihnachtlich geschmückt. Silberne Glocken läuten über Fischkonserven, Tannenzweiglein umkränzen Teddybären und Fahrräder und Haferflocken, und rosig lächelnde Englein schweben über Damenwäsche.

Klaus findet nicht zurück in die Hochstimmung dieses weinseligen Abends. Der Tag ist randvoll gewesen mit den widerspruchsvollsten Erlebnissen, die den Jungen überschüttet haben wie kalte und heiße Sturzbäder. Jetzt sehnt er sich nach Ruhe und jener besten Stunde des Tages: wenn er im Bett liegt und das Licht gelöscht hat; dann raucht er die letzte Zigarette und lauscht ins Dunkle und lauscht in sich hinein. Dann gibt er sich Antwort auf die Fragen, die der Tag ihm in den Weg geworfen hat, und er träumt und spürt wohlig, wie alle Verkrampfung sich löst, wie Hatz und Trübsal des Schulalltags zerschmelzen. Er schließt die Augen und gleitet willig in den Schlafbrunnen hinab …

In der scharfen Frostluft wölkt sich der Atem des Mädchens. Dort winkt schon das violette Neonlicht über dem Kino. Gleich sind sie bei Hennigs Haus angelangt, und Klaus hat den Heimweg nicht genützt.

Neben ihm schwebt die Fliegenpilz-Kappe Evas. Er preßt ihren Arm an seine Brust. An seiner Seite geht das begehrenswerteste aller Mädchen – und er plagt sich wegen des Hagedorn! Er hat ihn in den Hintern getreten, wie es der schmierige Kriecher nicht anders verdient – und damit hallo!

Nun stehen sie vor der Haustür. »Ich danke dir für den schönen Abend«, sagt Klaus und weiß, daß er etwas ganz anderes sagen wollte.

Die höfliche Floskel ist Firnis und riecht nach Veilchenpomade.

Eva sagt: »Wir müssen versuchen, uns zu verstehen, Klaus.«

Der Junge legt behutsam den Arm um ihre Hüfte und zieht das Mädchen an sich. Sie zittert und strebt zurück. Klaus flüstert: »Du brauchst doch keine Angst zu haben, Eva ... Ich tue dir doch nichts ...« Und sie gibt dem sanften Druck nach und neigt sich dem Jungen entgegen.

Und obgleich die Straße menschenleer ist und selbst die Fensteraugen sich geschlossen haben, wagt Klaus das Mädchen nicht zu küssen. Es ist ihm nicht leid drum: was tut's, daß dieser erste Abend mit Eva in einen stillen Abschied mündet? Er glaubt jetzt zu wissen: es erwarten ihn noch so viele köstliche Abende mit dem Mädchen, und einmal wird die Zeit reif sein ... Er kann warten. Er sagt: »Ja, Eva, das müssen wir wohl: einer den anderen verstehen und achten ... Hörst du, Eva? ihn achten und gelten lassen – wenn es auch manchmal nicht leicht sein wird.«

Eva hat schon die Haustür aufgeschlossen, als Klaus noch einmal umkehrt und atemlos fragt, ob sie beim Klassenfest seine Dame sein möge?

Sie ziert sich nicht. »Gern«, sagt sie, und mit verschmitztem Lächeln fügt sie hinzu: »Und ein gelbes Kleid ziehe ich an, mit hohem Kragen, ja?«

Das ist beinahe eine Liebeserklärung, und Klaus, wie er heimwärts trabt, pfeift himmelblaue Liebeslieder.

Am nächsten Morgen Schlag halb acht steht Klaus unter der Normaluhr, zehn Schritte von Hennigs Haus entfernt.

Fünf Minuten vor acht knallt Eva die Tür ins Schloß und jagt über den Damm, ihr Frühstücksbrot zwischen den

Zähnen. »Tempo, Tempo!« schreit sie und kaut und schluckt. Klaus nimmt ihr die Mappe ab und murmelt etwas wie: »... zufällig vorbeigekommen ...«

»Morgen brauchst du erst ein paar Minuten vor acht zufällig vorbeizukommen«, sagt das Mädchen. »Ich stehe nämlich immer zu spät auf.«

Er setzt eine indignierte Miene auf.

Ihr Gesicht erglänzt in Schadenfreude. »Ich habe dich schon vor einer halben Stunde an der Uhr stehen sehen –« Ihrem Gelächter kann sein Ärger nicht standhalten.

Sie hetzen die Hauptstraße hinab und durch die Pennälergasse, sie springen die Schultreppe hinauf und gewinnen die Klassentür eine halbe Minute vor Studienrat Sehning.

7. Kapitel

*Fest im Salon der Ahnfrau*

# Anhang

*Withold Bonner*

Nachwort

»Hier müssen wir Franziska das Wort entziehen.« – Mit diesem Satz unterbricht in Brigitte Reimanns Hauptwerk *Franziska Linkerhand* ein plötzlich in Erscheinung tretender autoritärer Erzähler die Heldin, als diese sich an ihre Protesthaltung gegen die in der DDR herrschende Kulturpolitik erinnert, die sie während ihres Architekturstudiums mit Künstlern ihrer Heimatstadt verband. Daß in diesem so apodiktisch verkündeten Redeverbot die Weigerung des FDJ-Verlags Neues Leben nachklang, Mitte der fünfziger Jahre zwei Buchprojekte Brigitte Reimanns weiterzuverfolgen, ließ sich aufgrund ihrer Tagebücher vermuten. Aber erst vor kurzem, als ihre Schwester anläßlich eines Umzugs die Wohnung ausräumte, fanden sich die Typoskripte von *Wenn die Stunde ist, zu sprechen …* und *Joe und das Mädchen auf der Lotosblume* an, die diesen Zusammenhang deutlich hervortreten lassen.

Doch unter welchen Umstände waren diese Erzählungen damals entstanden? Warum wurden sie nie abgeschlossen, und warum verweigerten sich die Verlage der Veröffentlichung mit einer Vehemenz, wie wir sie indirekt fast zwanzig Jahre später noch *Franziska Linkerhand* entnehmen können?

Am 22. 7. 1952, einen Tag nach ihrem 19. Geburtstag, wandte sich die Neulehrerin Brigitte Reimann mit der Bitte an Anna Seghers, diese möge den Einsendetermin für den Wettbewerb um die schönste Liebesgeschichte einen Monat verschieben.[1] Sie habe den Aufruf zu spät erhalten und könne die Arbeit bis zum festgesetzten Zeitpunkt nicht schaffen. Zu ihrer Überraschung erhielt sie mit Datum vom

6. 8. 1952 eine Antwort der verehrten Schriftstellerin: Zwar lasse sich der Termin nicht verschieben, doch werde sie eine Erzählung der jungen Autorin auch gern außerhalb des Wettbewerbs lesen. Dieser Mitteilung fügte Anna Seghers noch einige Ratschläge hinzu: »Schreiben Sie nur kein Sonntagsdeutsch, schreiben Sie nur, was Sie wirklich denken und erleben. Schreiben Sie nur keinen falschen Pathos und keine gedichteten Artikel.«[2] Brigitte Reimann arbeitete gerade an einer Erzählung mit dem Titel *Sklavin Claudia*, die die Sklavenaufstände im antiken Rom zum Thema hatte. Sie teilte daraufhin Anna Seghers mit, sie werde diese Geschichte aufgeben und sich einer Erzählung widmen, die in Schulkreisen spiele, in deren Sprache sie sich, kurz nach dem eigenen Abitur, besser auskenne.[3]

Schon zwei Monate später gab sie die ersten beiden Kapitel der Erzählung *Die Denunziantin* beim Pförtner des Aufbau-Verlags für Anna Seghers ab. Da der Verlag den Eingang nicht bestätigte, fragte Brigitte Reimann am 11. 11. noch einmal schriftlich nach. Am 28. 11. wurde ihr geantwortet, das Manuskript befinde sich in guten Händen.[4] Von denen wurde es im Verlagsarchiv abgelegt und blieb auf diese Weise erhalten.

Die ursprüngliche Anlage der Erzählung läßt sich der Inhaltsangabe vom Herbst 1952 entnehmen (vgl. Dokument 1 im Anhang): Die 17jährige Oberschülerin und aktive FDJ-lerin Eva Hennig, Tochter eines während des Nationalsozialismus ermordeten Kommunisten, kämpft gegen einen ihrer Lehrer, dem sie reaktionäre Beeinflussung ihrer Mitschüler vorwirft. Als sie sich über diesen beim Schulleiter beschwert, wird eine Untersuchungskommission einberufen. Da die anderen Schüler den beliebten Lehrer verteidigen, wird er nicht entlassen. Eva ist in der Schule isoliert, auch ihr Freund Klaus verläßt sie. Mit den wenigen, die zu ihr halten, studiert sie als Leiterin der Laienspielgruppe ihrer Schule im Auftrag der FDJ ein antifaschistisches Stück ein – *Die Eysenhardts* von Peter Nell –, das vor Kindern ermordeter Antifaschisten gespielt werden soll. Evas Mitschüler sind von der Aufführung so beeindruckt, daß in ihnen eine Wandlung vorgeht. Als der von Eva bekämpfte Lehrer die Aufführung lächerlich zu machen versucht, steht ihm die ganze Klasse geschlossen entgegen. Studienrat Sehning verläßt die Schule und flieht in den Westen.

Entsprechend diesem Exposé entstand zwischen 1952 und 1955 eine Reihe von Fassungen, die mal einzelne Kapitel, mal die ganze Erzählung umfaßten. Am 14. 3. 1953 wurde Brigitte Reimann in die Arbeitsgemeinschaft Junger Autoren (AJA) im Bezirk Magdeburg aufgenommen. Derartige Arbeitsgemeinschaften wurden zu Beginn der fünfziger Jahre auf Initiative des des Deutschen Schriftstellerverbandes (DSV) auf Bezirks- und Kreisebene eingerichtet. Sie waren bestimmten Verlagen zugeordnet und mit ihrer Leitung wurden ältere Schriftsteller betraut, die der Tradition realistischen Schreibens verpflichtet waren. Sie sollten den Nachwuchsautoren Grundkenntnisse im Schreiben vermitteln und sie gleichzeitig im Sinne der offiziellen Kulturpolitik erziehen. Regelmäßig fanden Treffen statt, auf denen literarische Fragen behandelt und Arbeiten der jungen Autoren beprochen wurden. Während sich die älteren Autoren im Besitz des Wissens glaubten, wie literarische Texte zu gestalten wären, fanden sich die jungen Schriftsteller in die Rolle von Schülern versetzt. Vorsitzender der Magdeburger Arbeitsgemeinschaft war der Kinder- und Jugendbuchautor Wolf D. Brennecke, Mitglieder waren u. a. Reiner Kunze, Helmut Sakowski und Wolfgang Schreyer. Zuständiger Verlag war der Mitteldeutsche Verlag in Halle, dessen Mitarbeiter die Arbeitsgemeinschaften der Bezirke Dresden, Leipzig, Halle und Magdeburg betreuten.

Wer heute, mit dem Abstand von rund fünfzig Jahren, das Exposé oder eine der vielen Fassungen von *Die Denunziantin* liest, wird verstört darauf reagieren, mit welcher Reibungslosigkeit die Maschinerie einer Denunziation und deren moralische Rechtfertigung ablaufen. Doch scheinen derartige Bedenken im Kreise der gerade erst zum Sozialismus konvertierten jungen Autoren und deren Mentoren keine Rolle gespielt zu haben. In einem Brief vom 20. 4. 1953 berichtete Brigitte Reimann einer Freundin von einem Besuch eben jenes Peter Nell in der Magdeburger Arbeitsgemeinschaft, der als Laienspielautor eine Rolle in ihrer Erzählung spielte und Mitarbeiter im Kulturministerium sowie Vorstandsmitglied im DSV war. »An diesem Tage las ich ein Kapitel aus meiner ›Denunziantin‹ vor. Du kannst Dir nicht vorstellen, wie tief es mich beeindruckte, einer Begeisterung zu begegnen, die nicht persönlichen Motiven entsprang. [...] Peter Nell sagte: ›Unsere Brigitte hat eine ungeheure Begabung, die sie in die Reihe unserer Besten stellen kann.‹ [...] Ich wurde zu einer Vortragsreihe in den Städten des Bezirks aufgefordert; der Verlag hat mein Manuskript begeistert genommen [...].«[5]

Trotz der anfänglichen Begeisterung ging es beim Mitteldeutschen Verlag mit ihrem Buch nicht voran. Aus der Korrespondenz der Autorin lassen sich die Einwände des Verlags nicht mit Bestimmtheit rekonstruieren, doch scheint er Bedenken gegen eine linksradikale Position gehabt zu haben, aus der heraus die Denunziation eines Lehrers gerechtfertigt wurde. In diese Richtung weist zumindest folgende Bemerkung Brigitte Reimanns in einem Brief an Brennecke vom 12. 11. 1954: »[...] ich wußte, daß mein Buch nicht in den neuen Kurs paßt, da darin ein reaktionärer Altlehrer auftritt und beim Leser die Vorstellung entstehen könnte, alle Altlehrer seien reaktionär – ein ›heißes Eisen‹ also [...]. Der Mitteldeutsche liebt angeblich die heißen Eisen, aber in diesem Fall scheint er doch Angst zu haben, er könne sich die Finger verbrennen, da natürlich unsere Altlehrer ungeheuer fortschrittlich sind und hundertprozentig auf der Seite unseres Staates stehen – eine Tatsache, für die die vielen Abreisen in Richtung Westen sprechen (eine Statistik unserer Oberschule würde das beweisen).«[6]

In eine andere Richtung verlief die Diskussion in der Arbeitsgemeinschaft, wie sich sowohl den Briefen und Tagebüchern Brigitte Reimanns als auch den fortschreitenden Änderungen von Fassung zu Fassung entnehmen läßt. Die Sprache von Erzähler und Figuren, die noch arg dem Oberschülerjargon verhaftet war, war sie durchaus bereit zu korrigieren. Doch wurde die Kritik bald grundlegender. Vor allem scheint sie sich auf die Zeichnung der Protagonistin Eva konzentriert zu haben. Dagegen verwahrte sich Brigitte Reimann zunächst kategorisch, wobei ihr Brief vom 13. 11. 1953 gleichzeitig Aufschluß über die hierarchische Struktur der Arbeitsgemeinschaft liefert: »Ich werde mich in nächster Zeit eines schweren Disziplinverstoßes gegen die AG schuldig machen, indem ich ihren Befehl, bis zum 13. Dezember ›Die Denunziantin‹ nach Eurem Geschmack umzuarbeiten, mißachten werde. Ich habe mehrmals erklärt, daß ich nicht daran denke, auch nur das Geringste an der Eva und ihrem Verhalten zu ändern – das geht einfach gegen mein Gewissen und würde mir das Mädchen gründlichst verekeln.«[7] Der jungen Autorin fehlte jedoch das Selbstbewußtsein, zu ihren eigenen Auffassungen zu stehen. Nur wenige Zeilen später schlug die Abwehr der Kritik in Selbstzweifel um. Schließlich scheint sie sich die Kritik zu eigen gemacht zu haben, denn sie begann erneut, die Erzählung zu überarbeiten.

Den Inhalt der Kritik kann man an Hand der Änderungen rekonstruieren. Zunächst wurde die Sprache des Erzählers vom Jargon der Oberschüler-Subkultur gereinigt; den Fortgang der Handlung eher behindernde, nicht das Kernproblem berührende Darstellungen von Schülerstreichen wurden gestrichen. Offensichtlich keinen Änderungsbedarf gab es hinsichtlich des so überaus fragwürdigen Grundproblems der Denunziation. Einer gravierenden Überarbeitung wurde demgegenüber die Figur der Protagonistin unterworfen. Während es sich bei Eva in der ersten Fassung trotz aller Linientreue noch um eine durchaus schillernde Person handelte, wurden allmählich die Brüche in ihrem Verhalten zugedeckt, so daß sie zum exemplarischen Muster einer ideologisch ausgerichteten, hundertprozentig überzeugten und durch nichts mehr zu erschütternden FDJlerin wurde.

Gestrichen wurde der Ausflug, den Eva mit ihrem Freund Klaus nach West-Berlin unternahm, und damit die Faszination, die der Westteil der geteilten Stadt so augenfällig auf die Protagonistin ausübte. Dem Rotstift zum Opfer fiel, wie Eva auf der Rückreise von Berlin bei der obligatorischen Kontrolle im Zug mit dem Volkspolizisten flirtete, damit der nicht bei einer eventuellen Durchsuchung ihrer Taschen auf die von Klaus geschmuggelten Waren stieße. Fortfallen mußte Evas Kritik am kleinbürgerlichen Milieu ihrer Heimatstadt. Zu weit ging schließlich auch eine Szene während des Russischunterrichts, in der die Protagonistin in ihrem Schulbuch dem Porträt Gorkis, des Stammvaters des sozialistischen Realismus, transvestitische Züge verlieh.

Es ist anzunehmen, daß die Autorin nicht zuletzt infolge der fortschreitenden Ausrichtung ihrer Heldin zusehends das Interesse an der Erzählung verlor. Dennoch unternahm sie den Versuch, mit ihrem Manuskript vom Mitteldeutschen zum Verlag Neues Leben zu wechseln. Dort wurde am 11. 3. 1955 der Vertrag unterschrieben, demzufolge das fertige Manuskript bis zum 15. 4. 1955 druckreif abgeliefert werden sollte. Doch in ihren »Angaben für die Entwicklungskartei« der Magdeburger Arbeitsgemeinschaft schrieb Brigitte Reimann plötzlich mit Datum vom 24. 6. 1955: »Meine ›Denunziantin‹ habe ich wieder zurückgenommen, will aber nicht vertragsbrüchig werden. Sie gefällt mir eben nicht mehr in der vorliegenden Fassung. Der Verlag überläßt mir die Entscheidung – ich habe mich entschieden: ich will die Erzählung noch einmal ganz neu schreiben, von einem anderen Gesichtspunkt aus – jetzt habe ich auch Abstand zu den geschilderten Ereignissen.«[8]

Zu diesem Zeitpunkt arbeitete sie bereits an der Erzählung *Die Frau am Pranger*, in der sie die Geschichte einer Liebe zwischen einem ukrainischen Kriegsgefangenen und der jungen Bäuerin Kathrin Marten beschrieb, auf deren

Hof der Gefangene im Zweiten Weltkrieg arbeiten muß. In dieser Erzählung bezeichnet Kathrins Ehemann seine Schwester, die die Frau und den Kriegsgefangenen an die Behörden verrät, als Denunziantin. Der Versuch Brigitte Reimanns, sich selbst mit Hilfe ihrer Protagonistin Eva davon zu überzeugen, in der neuen Ordnung der DDR sei eine Handlungsweise geboten, die während der nationalsozialistischen Herrschaft verabscheuungswürdig war, konnte auf Dauer nicht gelingen.

Außerdem hatte die Autorin in der Zwischenzeit wie so viele andere Schriftsteller ihrer Generation Hemingway gelesen und schätzen gelernt, der in der DDR ab 1957 als angeblicher Repräsentant der »harten Schreibweise« und eines individualistischen Leidens an der Einsamkeit für mehrere Jahre in Ungnade fiel. Ganz im Sinne der offiziellen Kulturpolitik hatte Eva in *Die Denunziantin* amerikanische Autoren wie Theodore Dreiser, Howard Fast und Sinclair Lewis bevorzugt, bedenklich waren ihr Bücher, die in der DDR nicht veröffentlicht wurden. Die ideologische Unzuverlässigkeit von Evas Freund Klaus wurde dadurch charakterisiert, daß er amerikanische Autoren vorzog, die man in der DDR nicht zu lesen bekam: »Weißt du noch, ich zeigte dir einmal den Roman von Ernest Hemingway ›Wem die Stunde schlägt‹. Ein Jammer, daß man so hervorragende Autoren wie Hemingway im Osten überhaupt nicht in die Hände kriegt.«

Als Brigitte Reimann mit der Neufassung von *Die Denunziantin* begann, wurde diese in unausgesprochener Selbstkritik zu einer Hommage an den bewunderten Autor. Sie bemühte sich, wie ihr Vorbild in knappen Sätzen zu schreiben, Eva und Klaus wurden als einsam und isoliert charakterisiert. In deutlicher Anlehnung an Hemingways Roman erhielt die Erzählung den neuen Titel *Wenn die Stunde ist, zu sprechen …*

Tatsächlich ist diese neue Fassung aus einer anderen Perspektive geschrieben. Die Erzählinstanz identifizierte sich nicht mehr mit der überzeugten FDJlerin Eva Hennig, sondern mit deren der neuen Ordnung kritischer gegenüberstehendem Freund Klaus. Nun war es möglich, über Erfahrungen zu sprechen, die zuvor von der um Linientreue bemühten Autorin hatten verdrängt werden müssen. Als Beispiel möchte ich die Schilderung der Verhaftung eines Mitschülers hervorheben. Diese Szene geht auf Erfahrungen zurück, die die Oberschülerin und FDJ-Funktionärin Brigitte Reimann 1950 an der Geschwister-Scholl-Oberschule in Burg hatte machen müssen. Aus einem Brief vom 28. 12. 1950 (Dokument 2) wissen wir, wie sehr sie diese Ereignisse erschütterten. Auffällig an diesem Brief ist der ihm eingeschriebene Zwang, diesen Vorfall möglichst schnell zu verdrängen, da er nicht in das Weltbild der überzeugten FDJlerin paßte. Dies läßt sich bereits den Worten entnehmen, mit denen Brigitte Reimann erst gegen Ende des Briefs zur Schilderung des Vorfalls überleitete: »Übrigens bin ich dir noch einen gewissen kleinen Bericht schuldig.« Der Zwang zum Verdrängen ergibt sich auch aus dem Satz, mit dem sie den Bericht abschloß: »Freilich, jetzt habe ich mich beruhigt, aber – es wird lange dauern, bis ich wieder zu meinem früheren Glauben zurückkehren werde.«

*Wenn die Stunde ist, zu sprechen …* ist kein fertiger Text. Es ist ein Fragment, relativ schnell geschrieben und weder von der Autorin noch von einem Lektor gründlich durchgearbeitet. Beeinträchtigt wird die Textqualität vor allem durch den für die junge Brigitte Reimann so typischen Hang zur Sentimentalität, der trotz aller gewollten Anlehnung an den bewunderten Hemingway in einem deutlichen Gegensatz zu dessen Schreibweise steht.

Dennoch stellt dieser Text ein wichtiges Zeitdokument dar, da er mit einer Vielzahl damals in der DDR herrschender Tabus bricht. Nicht nur, daß willkürliche Verhaftungen beschrieben werden. Es wird bezweifelt, inwieweit sich das angebliche Volkseigentum mit den tatsächlichen Machtverhältnissen in den Betrieben der jungen DDR deckt. In Frage gestellt wird der in der DDR herrschende und gleichzeitig herrschaftssichernde antifaschistische Diskurs, demzufolge allein die kommunistischen Emigranten und Widerstandskämpfer aufgrund ihres antifaschistischen Engagements Garanten für den Aufbau einer besseren Gesellschaft in der DDR wären. Vor der Aufgabe, dem eigenen heranwachsenden Kind eine Stütze zu sein, versagt nicht nur Klaus' Vater, der als Wehrmachtssoldat am Überfall auf die Sowjetunion teilgenommen hatte, sondern auch Evas Mutter, die Witwe eines von den Nazis ermordeten kommunistischen Widerstandskämpfers und Bürgermeisterin der Kleinstadt, in der die Erzählung spielt.

Eine weitere tabuverletzende, wenn auch nicht unproblematische Gleichsetzung liegt schließlich vor, wenn die Tochter eines ermordeten Widerstandskämpfers einen verständnisvollen Freund in dem jüdischen Mitschüler Walter Mandelblüt findet, der Auschwitz überlebt hat. Tabuverletzend war diese Gleichsetzung insofern, als nach der zum damaligen Zeitpunkt in der DDR herrschenden Rangfolge die Überlebenden des Holocaust gewissermaßen als Opfer zweiter Klasse galten, mit der Begründung, sie wären zumeist weder Kommunisten gewesen, noch hätten sie sich aktiv am Widerstand gegen den Nationalsozialismus beteiligt.

Aus heutiger Sicht mag der schnelle literarische Schulterschluß mit den Opfern des Nationalsozialismus befremden, wie ihn nicht nur Brigitte Reimann, vermittelt über ihre Protagonistin, vollzog. Bei diesen jungen Autoren handelte es sich schließlich um Vertreter einer Generation, die selbst noch in die nationalsozialistischen Organisationen eingebunden gewesen war. »Ich war bei Kriegsende elf Jahre alt, ich hatte noch gelernt, mit erhobenem Arm zu grüßen und den schwarzen Schlips korrekt zu tragen«, schrieb Brigitte Reimann 1961 in einem Brief an Willi Lewin[9], damals Instrukteur in der Kulturabteilung des ZK der SED und Vorstandsmitglied des DSV. Die Identifizierung mit den Opfern des Nationalsozialismus muß in den fünfziger Jahren ein unentbehrliches Mittel gewesen sein, die Lücke zu schließen, die für die Angehörigen nicht nur der Generation Brigitte Reimanns durch den schmerzlichen Verlust der Vorbildrolle aufgerissen war, die unter normaleren Verhältnissen den eigenen Eltern zugekommen wäre. Auch Recha Heine, die Protagonistin von Brigitte Reimanns Erzählung *Ankunft im Alltag* hat eine jüdische Mutter. Dazu heißt es in dem Brief an Willi Lewin, der selbst Jude ist: »Nehmen wir mal das Mädchen Recha. Vielleicht war es ein Fehler – oder wenigstens nicht nötig –, sie zur Halbjüdin zu machen. Sie ist es ... versehentlich geworden, gewissermaßen ohne bewußtes Zutun der Autorin, wahrscheinlich aus einer Art Solidaritätsgefühl (offenbar bin ich selbst – um das Vokabular der Nazis zu gebrauchen – nicht ›rasserein‹).« Nicht von ungefähr rückt auch Uwe Johnson in seinem gleichfalls im Schulmilieu spielenden frühen Roman *Ingrid Babendererde* seinen Protagonisten Klaus Niebuhr in die Nähe von sowohl rassisch wie politisch Verfolgten, wenn er in bewußter Vertauschung der von den Nationalsozialisten praktizierten Hinrichtungsarten über dessen Eltern schreibt, sie seien von der vorigen Regierung wegen Widerstandes mit Gas vergiftet worden.

Die Darstellung des Schülers Walter Mandelblüt zeigt, wie schwer in Deutschland der Umgang mit den überlebenden jüdischen Opfern des Nationalsozialismus war. Einerseits verzeichnet die junge Autorin sensibel und genau, wie manche FDJ-Funktionäre die anerzogene antisemitische Einstellung ungebrochen in ihren neuen Glauben übernehmen konnten. So z. B., wenn der seine Mitschüler bespitzelnde Werner Hagedorn während einer Auseinandersetzung um eine Geldsammlung meint: »Nu, sein mer keine Juden, feilschen mer nich um ä Märkche [...].« (S. 184) Andererseits macht die durchgehend stereotype Charakterisierung des Walter Mandelblüt durch dessen »uralte, gescheite Augen« nur zu deutlich, wie nahe beieinander Philo- und Antisemitismus lagen.

In all ihrer Problematik und Widersprüchlichkeit hinterläßt *Wenn die Stunde ist, zu sprechen ...* letztlich einen Eindruck, der dem vergleichbar ist, den Eva von der eigenartigen Architektur ihrer neuen Schule bekam: »Zum erstenmal in den zwei Wochen, die sie hier nun schon verbracht, fällt dem Mädchen das wunderliche Stilgemisch des alten Gebäudes auf: die düstere Romantik eines Klosters vereinigt sich mit der heiter klaren Linienführung eines hellenistischen Tempels und der schnörkelig verspielten Zier des Barock – und es verträgt sich und rührt den Beschauer an, so sinnwidrig und unbedenklich es auch zusammengeflickt scheint.« (S. 166)

Daß Brigitte Reimann mit dieser Erzählung nicht über die Anfangskapitel hinauskam, hat verschiedene Ursachen. Ein Grund lag darin, daß sie sich ab Mitte Oktober 1956 zu einem DEFA-Autorenseminar im Liselotte-Herrmann-Heim in Sacrow aufhielt. Im Rahmen dieses Seminars sollten die Autoren in Zusammenarbeit mit DEFA-Dramaturgen an den Drehbüchern zu ihren jeweiligen Filmprojekten schreiben. Brigitte Reimann sollte zunächst an dem Treatment zu einem Agentenfilm arbeiten, der sich mit Sprengstoffanschlägen auf den Güterverkehr in der DDR befaßte.
Die Arbeit am Treatment stand allerdings nicht lange im Mittelpunkt des Interesses der Autorin. In der Atmosphäre des Schriftstellerheims, die wir uns am besten als Mischung aus »Zauberberg« und Schullandheim vorstellen sollten und wo die Heimleiter den alkoholischen und erotischen Eskapaden zumeist verheirateter Männer mittleren Alters gewisse Grenzen sozialistischer Moral zu setzen versuchten, fand sich Brigitte Reimann als einzige junge Frau schnell im Mittelpunkt männlichen Interesses und bald auch in einer Dreiecksbeziehung zwischen zwei Schriftstellern wieder. Sie versuchte, ihren zunächst auf sechs Wochen geplanten Aufenthalt zu verlängern, doch wußte die Heimleitung dies zu vereiteln. »Ich werde am Sonnabend abreisen müssen; angeblich ist das Haus belegt, in Wahrheit wird die Heimleiterin Unrat gewittert haben«,[10] schrieb sie am 28. 11. 1956 in ihr Tagebuch.

Dem Aufenthalt im Lieselotte-Hermann-Heim folgte eine intensive literarische Auseinandersetzung mit dieser Zeit. Bereits am 10. 12. 1956 können wir im Tagebuch lesen: »Aber ich habe eine Geschichte geschrieben, jene Geschichte, die ich Joe und Jerry versprochen habe: ›Ich werde diese Nacht allein sein‹.«[11] Ende September 1957 heißt es im Tagebuch, sie habe neulich die Shortstory *Warten, all die Zeit* geschrieben, was hoffentlich die letzte Auseinandersetzung mit dem Joe-Erlebnis sei.[12] Dazwischen, in das Frühjahr 1957, fiel die Arbeit an dem gleichfalls unvollendet gebliebenen »kleinen Roman« *Joe und das Mädchen auf der Lotosblume*, wie Brigitte Reimann am 25. 4. 1957 in ihrem Tagebuch festhielt.[13]

Auch dieser Text weist eine Reihe von Tabuverletzungen auf, die diesmal vor allem die DDR-Kulturpolitik der fünfziger Jahre betreffen. Es werden Künstler beschrieben, die im Sinne der Forderungen bornierter Kulturpolitiker – »großes Maul und im Kopf Hobelspäne« (S. 31) – nach vorgefertigtem Schema optimistische Aufbauromane produzieren bzw. spätestens nach erfolgter Reglementierung durch diese Funktionäre opportunistisch deren Vorgaben Folge leisten und z. B. solche Plakate malen, »daß nur ja kein Funktionär das liebgewordene Chlorodont-Lächeln und die Proletarierfäuste auf den Plakaten vermißt« (S. 63). Andere wiederum weichen in die Gestaltung historischer Themen oder alkoholische Exzesse aus. Weiterhin werden in dem *Joe*-Fragment Gewaltdelikte geschildert, die von frustrierten, perspektivlosen Jugendlichen unter Alkoholeinfluß begangen werden.

Doch was an diesem Text in erster Linie ins Auge fällt, ist eine überraschende Modernität der Sprache, die Brigitte Reimann in ihrer in der DDR veröffentlichten Prosa erst mit *Franziska Linkerhand* wieder erreichen sollte. Augenfällig sind sowohl der Zugewinn an literarischer Qualität gegenüber der knapp ein Jahr zuvor entstandenen Erzählung *Wenn die Stunde ist, zu sprechen …* wie auch der anschließende Rückschritt, den demgegenüber die 1960 bzw. 1961 erschienenen Erzählungen *Das Geständnis* und *Ankunft im Alltag* darstellten.

In der damals in der DDR als subjektiv verpönten Form der Ich-Erzählung, in der assoziativen Reihung des Bewußtseinsstroms werden die höchst persönlichen, aber keineswegs privaten Erlebnisse der Malerin Maria D. in einem Künstlerheim geschildert, wobei das rastlos nervöse Suchen der Protagonistin nach sich selbst, nach einer ihr eigenen künstlerischen Ausdrucksweise sich durch den Rhythmus der Sprache dem Leser unmittelbar mitteilt.

Nicht zu übersehen ist allerdings, daß es der Autorin nicht durchgehend gelingt, die an einigen Stellen erreichte literarische Qualität durchzuhalten. Die bereits aus *Wenn die Stunde ist, zu sprechen ...* bekannte Sentimentalität stellt sich immer dann ein, wenn die an sich selbst zweifelnde Maria bewundernd zu den von ihr als Vorbilder angesehenen männlichen Künstlern und Märchenprinzen emporblickt. Dies gilt für die Beschreibung ihrer beiden Geliebten Joe und Hendrik wie auch für den von ihr als Künstler verehrten Bildhauer, von dem stets als »Heiliger Georg« die Rede ist.

Doch bleibt – und gerade das weist diesen Text als einen Reimannschen aus – die Bewunderung nicht ungebrochen. Dies zeigt sich im Verhältnis Marias zu ihrem Geliebten, dem Schriftsteller Walter Z., den sie in Joe/Johannes umtauft, weil er so etwas Apostolisches an sich habe und mit erhobenem Zeigefinger durchs Leben wandele. Von Zeit zu Zeit empfindet Maria die Berührung durch den Geliebten als Besitznahme, Liebe und Haß liegen dicht beieinander.

Und das schlechte Gewissen, das Maria ihrem Bildhauerfreund gegenüber empfindet, resultiert nicht zuletzt daher, daß dessen mögliche Erblindung eine kaum verhüllte symbolische Kastration darstellt in einer Auffassung von Sexualität, in der dem Mann das Sehen, der Frau dagegen ausschließlich das Betrachtetwerden als Objekt, als Modell zukommt. Wo der »Heilige Georg« seine Schaffenskraft verliert, wird Maria weiterhin ihre Bilder malen. Trotz aller Selbstzweifel dringt

sie als Künstlerin in eine männliche Domäne ein. Nur mühsam wird ihr Anspruch als Künstlerin verdeckt durch eine
fortwährende Maskerade. In dieser übernimmt Maria D. aus
dem beschränkten überkommenen Rollenrepertoire, das für
Frauen vorgesehen war, mal die Rolle der Verführerin Eva,
mal die Marias, der reinen und jungfräulichen Mutter Gottes,
wie es exemplarisch in der Szene vor dem Spiegel vorgeführt
wird. Und sicherlich ist es kein Zufall, daß die Protagonistin-
nen der beiden Texte Brigitte Reimanns gerade die Namen
Eva und Maria tragen.

In der DDR folgte auf die kurze Periode eines vorsichtigen
Tauwetters nach dem XX. Parteitag der KPdSU im Februar
1956 eine Phase der Eiszeit, die mit der Niederschlagung des
Aufstands in Ungarn einsetzte. In politischen Prozessen
wurden Walter Janka, Wolfgang Harich, Heinz Zöger, Gu-
stav Just u. a. zu langen Zuchthaus- oder Haftstrafen verurteilt. Angesichts des mangelnden Konformismus der beiden
Texte Brigitte Reimanns kann es nicht überraschen, daß sie
in dieser Zeit auf wenig Gegenliebe stießen. Hinzu kam, daß
mit Karl-Heinz Berger und Walter Püschel auch zwei Lektoren Brigitte Reimanns beim Verlag Neues Leben dem
Donnerstagskreis angehörten, der sich im Umfeld der kul-
turellen Wochenzeitschrift »Sonntag« und des Aufbau-Verlags gebildet hatte und in dem die SED-Führung die Keim-
zelle eines Aufstands in der DDR nach ungarischem Vorbild
vermutete. Gerade für Berger und Püschel war schon aus
persönlichen Gründen höchste Vorsicht geboten.
    Anfang August 1956 hatte sich der Verlag noch erfreut
darüber gezeigt, daß Brigitte Reimann so eifrig an *Wenn die
Stunde ist, zu sprechen …* schreibe. Und wie die Autorin in
ihrem Tagebuch festhielt, hatte sie Ende September den Verlag besucht, wo die ganze Redaktion die Anfangskapitel gelesen hatte und des Lobes voll gewesen sei. Doch nach den
Verhaftungen von Harich, Janka u. a. war an eine Veröffentlichung nicht mehr zu denken. Brigitte Reimann ließ sich

die Ablehnung durch den Verlag noch einmal schriftlich be-
stätigen (Dokument 3). Im Falle von *Joe und das Mädchen
auf der Lotosblume* existiert keine schriftliche Begründung
seitens des Verlags, doch können wir einen Eindruck von
den Reaktionen auf diesen Text aus anderen Quellen gewinnen. In einem Brief vom 27. 12. 1956 schrieb Brigitte Reimann an Wenzel Renner, ihren Dramaturgen bei der DEFA,
in einer stundenlangen Diskussion im Schriftstellerverband
habe man sie surrealistischer Neigungen bezichtigt.[14] Der
IM »Emil Prätorius« wiederum wußte zu berichten, Brigitte
Reimann habe am 15. 3. 1957 in Magdeburg aus einem
neuen Roman gelesen, der geradezu existentialistischen
Charakter trage (Dokument 4).[15]

Am 25. 9. 1957 schloß Brigitte Reimann in ihrem Tagebuch das Kapitel der beiden Erzählungen mit folgendem
Eintrag ab: »Von meinen beiden ersten Büchern bin ich abgerückt; ich hab sie verstoßen wie mißratene Kinder. Zwei
weitere sind mir abgelehnt: ›Die Denunziantin‹ war konter-
revolutionär (d. h. ich bin ein halbes Jahr zu spät gekommen,
nachdem das Schwein U[lbricht] bereits einen wiederum
neuen, schärferen Kurs eingeschlagen hatte) und unterstützte
angeblich – ich habe es mir schriftlich geben lassen – ›die
Tendenzen der Leute, die die kapitalistische Ordnung bei
uns wiederaufrichten wollen.‹ […] Das zweite, ›Joe und das
Mädchen auf der Lotosblume‹, kam ebenfalls zurück, etiket-
tiert mit Bemerkungen wie: dekadent, morbid, skurril etc.
Ich hatte es mir nicht versagen können, in einem als Liebesgeschichte getarnten Buch politische oder allgemein welt-
anschauliche Ungezogenheiten zu begehen. Es war ein verflucht harter Schlag, und es hat lange gedauert, ehe ich mich
davon erholt habe.«[16]

Für den heutigen Leser, der die beiden Fragmente rund
fünfzig Jahre später zur Hand nimmt, bleibt eine Reihe von
Fragen offen. Warum unterscheiden sich die zwei kurz nacheinander entstandenen Texte in ihrer Sprache derart vonein-

ander, als stammten sie von zwei verschiedenen Verfassern? Liefern diese Texte andere als die bekannten Antworten auf die Frage, warum sich Autoren wie Brigitte Reimann davon überzeugen ließen, diese Manuskripte entsprächen nicht dem, was ein Schriftsteller in der DDR zu liefern habe? Und stellen schließlich diese Texte unser bisheriges Bild der frühen DDR-Literatur und insbesondere derjenigen Autoren in Frage, die derselben Generation wie Brigitte Reimann angehören?

Gerade *Joe und das Mädchen auf der Lotosblume* stellt die beiden ersten Fragen unübersehbar in den Kontext der Schwierigkeiten weiblichen Schreibens angesichts eines übermächtigen männlichen Kanons und seiner männlichen Interpreten. An diesem Fragment, in dem u. a. das Verhältnis von Kunst, Gesellschaft und – eher implizit – auch Gender, d. h. dem soziokulturellen Geschlecht, erörtert wird, fällt auf, wie die Malerin Maria bei ihrer fast hoffnungslosen Suche nach einer eigenen Bildersprache noch in der Abgrenzung von den Vorgaben eines sozialistisch-realistischen Kanons zwischen verschiedenen männlichen Vorbildern oszilliert. Ihr Atelier wird zum Ort, in dem Produkte verschiedener, einander entgegengesetzter Stilrichtungen in der Gleichzeitigkeit des Raums neben- und gegeneinander existieren: »Die Wände sind mit Kohlezeichnungen und Aquarellen bedeckt, verworrenen Stricheleien und heiter klaren Linien, ein wunderliches Nebeneinander von naiver Farbenpracht und wohldurchdachter Strenge in Schwarz und Weiß – all meine Unrast hängt an den Wänden, Blatt neben Blatt, ein bißchen Gauguin und van Gogh, ein bißchen Matisse und verdammt wenig Maria D.« (S. 38) Der Widerstand, den die Ich-Erzählerin den männlichen Interpreten der sozialistisch-realistischen Theorie entgegensetzt, ist schon immer vom eigenen schlechten Gewissen untergraben. Dies beruht in *Joe und das Mädchen auf der Lotosblume* aber nicht auf dem scheinbar erdrückenden moralischen Übergewicht, das in den Augen der Schriftstellergeneration Brigitte Reimanns den aus der Emigration zurückgekehrten älteren Autoren und Kulturfunktionären zukam. Schuldig fühlt sich Maria D. gegenüber den Joes und Hendriks, die derselben Generation angehören und eine ähnliche Biographie aufweisen wie sie. Infolge des mangelnden Vertrauens in die eigene – weibliche – Urteilskraft wird sie anfällig für die Argumente eben dieser Interpreten des sozialistischen Realismus: »[…] wenn all die Leute nun recht hätten, die uns ästhetische Rezepte geben? Ich hab ja keine Ahnung von Theorie, ich muß das schlucken, was man mir in Zeitungen oder Büchern serviert, ich hab keine Argumente dagegen, wenn mir was nicht paßt, und ich suche und suche …« (S. 35) Ganz wie ihre Protagonistin verhält sich auch die Autorin, wenn sie sich im Tagebuch von ihrem eigenen Text distanziert und gleichzeitig die von ihr porträtierten Männer erneut auf ein Podest stellt: »[…] ich schreibe schnoddrig, ironisch, mit Abstand, und nur manchmal bedrückt mich die Gemeinheit, die beiden Menschen mit hinabzuziehen in meine spöttische Resignation, ein Lächerlichmachen guter Gefühle.«[17]

Texte wie *Wenn die Stunde ist, zu sprechen …* und *Joe und das Mädchen auf der Lotosblume* zeigen schließlich, daß es für die Autorengeneration Brigitte Reimanns keine Frühphase eines ungebrochenen Glaubens gegeben hat, in der ausschließlich Gesinnungsliteratur entstand, wie die Literaturgeschichtsschreibung gern diese Periode zu charakterisieren pflegt. Von Anfang an standen dem Glauben an die neue Ordnung in der DDR Zweifel entgegen. Die fünfziger Jahre nehmen ihre monolithische Gestalt in der Literaturgeschichtsschreibung nicht zuletzt daher an, daß diese in erheblichem Maße von der in der DDR herrschenden Veröffentlichungs- und Zensur- bzw. Selbstzensurpraxis mitgestaltet wurde. Wie Franz Fühmann später rückblickend notierte, schrieb er nachts Fragen in sein Tagebuch, die er am Morgen beschämt wieder löschte, da er sie als Keime von Zweifeln, von Unglauben an die Kraft der neuen Gesellschaft empfand.

Der Wert dieser beiden frühen Erzählungen von Brigitte Reimann liegt bei all ihrem Fragmentarischen und all ihrer Unfertigkeit gerade darin, daß hier diese Fragen einmal erhalten geblieben sind.

1 »... daß Sie mir Mut gegeben haben«. Briefe von Brigitte Reimann und Anna Seghers, in: Neue Deutsche Literatur, Berlin, Heft 6/1988, S. 5.

2 Ebd., S. 6 f.

3 Ebd., S. 7 f.

4 Der Briefwechsel Brigitte Reimanns mit dem Aufbau-Verlag ist abgedruckt in: Elmar Faber, Carsten Wurm (Hrsg.), ... und leiser Jubel zöge ein. Autoren- und Verlegerbriefe 1950–1959, Berlin 1992, S. 354 bis 367.

5 Brigitte Reimann, Aber wir schaffen es, verlaß Dich drauf! Briefe an eine Freundin im Westen, Hrsg. Ingrid Krüger, Berlin 1995, S. 160 f.

6 Der Briefwechsel Reimanns mit Wolf Dieter Brennecke befindet sich im Brigitte-Reimann-Archiv (BRA) des Literaturzentrums Neubrandenburg unter der Signatur 383.

7 Brigitte Reimann in ihren Briefen und Tagebüchern. Eine Auswahl, Hrsg. Elisabeth Elten-Krause und Walter Lewerenz, Berlin 1983, S. 12.

8 Die »Angaben zur Entwicklungskartei« finden sich in der BRA unter der Signatur 28.

9 Der unveröffentlichte Brief vom 11. 8. 1961 ist im »Schriftverkehr 1960–1962« (BRA 865) enthalten.

10 Brigitte Reimann, Ich bedaure nichts. Tagebücher 1955–1963, Hrsg. Angela Drescher, Berlin 1997, S. 66.

11 Ebd., S. 68.

12 Ebd., S. 75.

13 Ebd., S. 70.

14 Der unveröffentlichte Brief befindet sich im Archiv von Wenzel Renner.

15 Der IM-Bericht ist enthalten in der »Täter«-Akte Brigitte Reimanns beim MfS (BStU, ASt Magdeburg, AGI 77/59, Personalakte, Bl. 27).

16 Brigitte Reimann: Ich bedaure nichts, a. a. O., S. 71 f.

17 Tagebucheintrag vom 25. 4. 1957, in: ebd., S. 70.

# Dokumente zur Publikationsgeschichte

*Dokument 1*

Brigitte Reimann
Burg/Magdeburg
Neuendorfer Str.2

1. Fassung Mai 52

### Inhaltsangabe

### zur Erzählung "Die Denunziantin"

Hauptperson der Erzählung ist die 17jährige Oberschülerin
Eva Hennig, Tochter eines von faschistischen Henkern ermordeten
Kommunisten. Auf Grund ihrer Erziehung konsequent marxistisch
eingestellt, gerät sie oft in Widerspruch zu ihren weniger fort-
schrittlichen Klassenkameraden. Nur ihrem Freunde Klaus Hoffmann
gegenüber kennt sie keine politische Konsequenz, sondern übersieht
bewußt seine Denkfaulheit, seine reaktionäre Einstellung und seine Gleichgültigkeit gegen die Probleme, die sie bewegen.

Eine ständige Ursache von Auseinandersetzungen mit den
Kameraden ist ihr Kampf gegen den Studienrat Sehning, der, seinen
großen Einfluß auf die Jugendlichen ausnützend, sie geschickt in
einem Sinne erzieht, der unserer demokratischen Ordnung widerspricht. Sie droht, ihn von der Schule entfernen zu lassen, sobald sie konkrete Beweise gegen ihn habe, aber sie erschrickt vor
der Verachtung un dem Zorn, den diese Drohung bei den Kameraden
hervorruft.

Die Schule plant einen Kulturabend für die Kinder ermordeter
Antifaschisten. Eva bekommt als Kulturleiterin die Aufgabe, dafür
ein Laienspiel einzuüben, und wählt Peter Wells "Eysenhardts".
Unter dem Druck der Laienspielgruppe legt sie das Stück dem Studienrat zur Beurteilung vor, und sein verständnisvolles Eingehen
auf ihre Laienspielarbeit täuscht sie für einige Zeit hinweg über
seine wahre Haltung.

In einer Deutschstunde gibt er ihr das "ainspiel mit seiner
Beurteilung zurück und versucht ihr und der Klasse klarzumachen,
daß die ganze antifaschistische Bewegung weder Sinn noch "weck
gehabt habe. Während die Klasse ihm, wie immer, zustimmt, empört
sich Eva offfen gegen den "ehrer, verläßt nach einer heftigen
Diskussion die Klasse und meldet das Geschehene dem Direktor der
Oberschule, Dr.Lorenz.

Dieser fordert vom Amt für Unterricht und Erziehung eine
Kommission an, die den Fall überprüft. Fast alle Schüler aber
stehen auf der Seite des verehrten Lehrers und verhindern seine
Entlassung. Eva Hennig, die "Denunziantin", wird aus der Schul=
gemeinschaft ausgestoßen, und nur wenige Freunde, Marxisten wie
sie, halten zu ihr.

Klaus verläßt in der Stunde der Not die Freundin. Einsam
und verzweifelt, geächtet von den Kameraden, verliert das Mädchen
seine aufrechte Haltung, gerät auf einen falschen "eg, von dem
einer ihrer Freunde, Wanjuschka, sie zurückreißt. Im Umgang mit
den wenigen ihr verbliebenen Freunden gewinnt sie wieder Stolz und
Selbstvertrauen, und Tapferkeit, mit der sie ihr Geschick trägt,
führt manchen ihrer Gegner zu ihr zurück.

Unter ihnen ist auch Georg Helmholtz, ein Junge aus bürger=
lichem Hause, der, anfangs nur aus Bewunderung für sie, den Weg
in ihren Kreis findet. Im Zusammensein mit ihm überwindet sie
den Schmerz um den Verlust ihres Freundes Klaus, sie erkennt, wie
unwürdig ihre Liebe war, und daß ihre politischen Aufgaben höher
stehen als ihre Privatgefühle.

Allen Schwierigkeiten zum Trotz studieren sie das Laienspiel
ein, das sie alle tief ergreift und zu Leistungen begeistert,
die über das Maß des "ewöhnlichen hinausgehen. immer starker werden
sich die Jugendlichen ihrer Kraft und der Wahrheit ihrer Idee

bewußt, und im Glauben an ihren Sieg gestalten sie das Spiel zu einem mitreißenden Erfolg. Die Schulkameraden, die ihnen bisher feindselig gegenübergestanden haben, sind beeindruckt - vor allem auch durch die erschütternde Reaktion der Kinder ermordeter anti= faschisten, die ihre Gäste an diesem Abend sind.

Damit geht eine Wandlung in ihnen vor, und als am nächsten Tage in der Schule der Studienrat Sehning die Aufführung lächer= lich zu machen sucht, steht er vor einer geschlossenen Front jun= ger Menschen, die sich gegen ihn und seine reaktionären Tenden= zen wehren. Unter dem Ansturm leidenschaftlicher Anklagen muß er die Klasse verlassen.

Er wartet die Folgen dieser Auseinandersetzung nicht ab, sondern wird republikflüchtig. Die"Denunziantin" hat gesiegt.

Brigitte-Reimann-Archiv, Neubrandenburg, Signatur 861.

Brigitte Reimann an Veralore Schwirtz

Burg, den 28. 12. 50

Meine liebste Veralore!

[...]

Übrigens bin ich Dir noch einen gewissen kleinen Bericht schuldig: Bei uns an der Schule wurde kürzlich ein Junge verhaftet. Politisches Motiv unbekannt. Es gehen nur vage Gerüchte um, daß ihn die sogenannte NKWD verhaftet hat (es geschah übrigens während der Schulzeit). Das gleiche geschah vor nicht langer Zeit auf der Genthiner Oberschule, wo freilich ein paar Jungen betroffen wurden. Das hatte mir damals zwar leid getan, mich aber nicht weiter gerührt. Ich glaube, ich hatte sogar die Stirn, zu behaupten, den Jungen wäre recht geschehen, wenn sie sich tatsächlich staatsfeindlicher Umtriebe schuldig gemacht hätten. Na, und dann wurde eben einer aus unserer eigenen Mitte herausgeholt. Ein Bursche, den man gut kannte, mit dem man zwei Stunden zuvor noch gesprochen und gelacht hatte, war plötzlich verschwunden – vielleicht für immer. Und das Schlimmste – er ist gewiß nicht das, was man in ihm sieht. Ich glaube ihn als einen albernen, wenn auch oppositionellen, so doch harmlosen, etwas frechen und sonst völlig unbedeutenden Menschen zu kennen. So einer, der nie »staatsfeindlicher Umtriebe« fähig wäre, weil er dazu einfach zu dumm und wohl auch zu feige und kleinlich wäre. Auch zum Verräter gehören Mut und eine gewisse Portion Gehirn.

Siehst Du – und da ist in mir 'was kaputtgegangen. Ein Glaube, wenn Du es so nennen willst. Warum befleckt man eine große Sache mit – vielleicht mit dem Blut eines halben Kindes? Vielleicht habe ich damals in meiner Erregung die Dinge schärfer und schlimmer gesehen, als sie sind – Tatsache ist jedoch, daß die Mutter noch keine Nachricht über den Verbleib des Jungen hat und daß sich die Klasse bisher vergeblich um ihn bemühte. Ich habe tagelang geweint vor Verzweiflung, war in der Schule nicht mehr zu gebrauchen und verstieg mich schließlich in solche Raserei, daß mich immer zwei gute Freunde eskortierten, die mir manchmal mit Gewalt den Mund zuhielten, z. B., als ich es wagte, während Anwesenheit der Kommandantur im Schulgebäude auf dem Flur laut zu fluchen, zu schimpfen und zu spotten – mit derselben unüberlegten Maßlosigkeit, mit der ich vorher alles geliebt, verteidigt und propagiert habe, was der Staat oder das System tat. Alle, die mich wirklich gern haben, fürchten für mich meiner zügellosen Leidenschaftlichkeit wegen, die mir noch einmal das Genick brechen könnte.

Freilich, jetzt habe ich mich beruhigt, aber – es wird lange dauern, bis ich wieder zu meinem früheren Glauben zurückkehren werde. […]

Aus: Brigitte Reimann, Aber wir schaffen es, verlaß Dich drauf! Briefe an eine Freundin im Westen, Hrsg. Ingrid Krüger, Berlin 1995, S. 88–91.

## Dokument 3

VERLAG NEUES LEBEN · · BERLIN

BERLIN W8 · MARKGRAFENSTRASSE 50    Lektorat Deutsche Belletristik

|  |  |
|---|---|
| | Ihre Zeichen |
| Frau | Ihre Nachricht vom |
| Brigitte R e i m a n n | Unsere Zeichen    Pü/es |
| <u>Burg/b. Magdeburg</u> | Tag    20.2.1957 |
| Neuendorfer Str. 2 | |

– Einschreiben –

Liebe Brigitte !

Wie versprochen, schicke ich Dir Dein Erzählungsfragment wieder
zurück. Die Gründe unserer Ablehnung kennst Du ja. Ich will sie
noch einmal s chriftlich fixieren:

Der Sektor aus dem Leben der Oberschüler und aus einem bestimmten Entwicklungsstadium unserer antifaschistisch-demokratischen
Ordnung (1949/50), den Du ausgewählt hast, gibt ein verzerrtes
Bild jener Zeit. Das soll nicht heißen, daß die Beispiele des Dogma-
tismus und der Verletzung der Gesetze und der Intoleranz, die Du
gibst, nicht der Wirklichkeit entnommen sind. Es hat die unduld-
samen Funktionäre und auch diese antihumanen Praktiken im Straf-
vollzug gegeben. Sie wurden inzwischen verurteilt. Doch die Darstellung dieser Erscheinungen in solcher Ausschließlichkeit verdeckt
das Positive, das in jenen Jahren geschaffen worden ist und würde
außerdem jenen Kräften zugute kommen, denen es letzthin um die Li-
quidierung dieser positiven Dinge geht. Aus diesen Gründen können
wir Deine Arbeit in der jetzigen Form in der augenblicklichen
Situation nicht veröffentlichen.

Mit freundlichen Grüßen
VERLAG NEUES LEBEN

(Püschel)

<u>Anlage:</u>
Ms. "Wenn die Stunde ist, zu sprechen..."

Wir bitten, Zuschriften nicht persönlich an einzelne Mitarbeiter zu richten

Fernruf 20 02 11  Bankkonto Berliner Stadtkontor Nr. 1/1879  Postscheckkonto Berlin Nr. 632 31  Telegrammanschrift Neuesleben Berl

Brigitte-Reimann-Archiv, Neubrandenburg, Schriftverkehr von 1953 bis
1960, Mappe 864, Blatt 98.

234

## Dokument 4

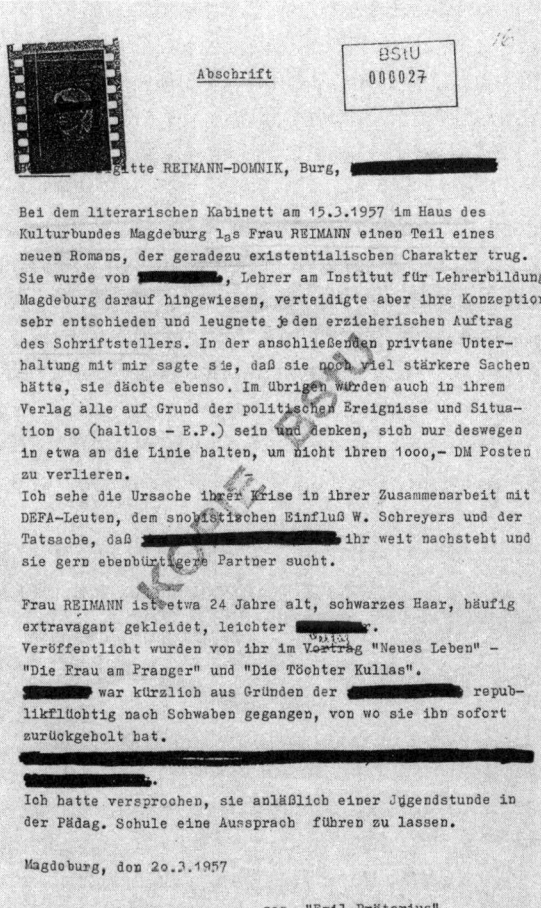

Abschrift

...gitte REIMANN-DOMNIK, Burg, ▓▓▓▓▓▓▓▓▓

Bei dem literarischen Kabinett am 15.3.1957 im Haus des
Kulturbundes Magdeburg las Frau REIMANN einen Teil eines
neuen Romans, der geradezu existentialischen Charakter trug.
Sie wurde von ▓▓▓▓▓▓, Lehrer am Institut für Lehrerbildung
Magdeburg darauf hingewiesen, verteidigte aber ihre Konzeption
sehr entschieden und leugnete jeden erzieherischen Auftrag
des Schriftstellers. In der anschließenden privtane Unterhaltung mit mir sagte sie, daß sie noch viel stärkere Sachen
hätte, sie dächte ebenso. Im übrigen würden auch in ihrem
Verlag alle auf Grund der politischen Ereignisse und Situation so (haltlos – E.P.) sein und denken, sich nur deswegen
in etwa an die Linie halten, um nicht ihren 1ooo,– DM Posten
zu verlieren.
Ich sehe die Ursache ihrer Krise in ihrer Zusammenarbeit mit
DEFA-Leuten, dem snobistischen Einfluß W. Schreyers und der
Tatsache, daß ▓▓▓▓▓▓▓▓▓▓ ihr weit nachsteht und
sie gern ebenbürtigere Partner sucht.

Frau REIMANN ist etwa 24 Jahre alt, schwarzes Haar, häufig
extravagant gekleidet, leichter ▓▓▓▓▓▓.
Veröffentlicht wurden von ihr im Verlag "Neues Leben" –
"Die Frau am Pranger" und "Die Töchter Kullas".
▓▓▓▓▓▓ war kürzlich aus Gründen der ▓▓▓▓▓▓ republikflüchtig nach Schwaben gegangen, von wo sie ihn sofort
zurückgeholt hat.

▓▓▓▓▓▓▓▓▓▓▓▓▓▓.

Ich hatte versprochen, sie anläßlich einer Jugendstunde in
der Pädag. Schule eine Aussprach führen zu lassen.

Magdeburg, den 2o.3.1957

gez. "Emil Prätorius"

Aus der »Täter«-Akte Brigitte Reimanns beim MfS (BStU, ASt Magdeburg, AGI 77/59, Personalakte, Bl. 27).

# Editorische Notiz

Die vorliegende Ausgabe beruht auf zwei Prosafragmenten Brigitte Reimanns, die dem Brigitte-Reimann-Archiv des Literaturzentrums Neubrandenburg e. V. von Dorothea Herrmann, der Schwester der Autorin, übergeben wurden.

Bei »Wenn die Stunde ist, zu sprechen« handelt es sich um ein Typoskript von 56 Seiten. Sie weisen wenige handschriftliche Korrekturen der Autorin im Text und Bemerkungen des Lektors am linken Rand auf. Diese letzte erhaltene Fassung des Projektes muß im Sommer 1956 entstanden sein. Sie bricht beim 7. Kapitel ab.

»Joe und das Mädchen auf der Lotosblume« ist ein Typoskript auf Durchschlagpapier von 65 Seiten, engzeilig beschrieben und mit wenigen handschriftlichen Korrekturen der Autorin. Es entstand im Frühjahr 1957 und bricht auf Seite 4 des zweiten Teils ab.

Beide Fragmente werden ungekürzt und wortgetreu wiedergegeben. Stilistische Unbeholfenheiten und inkorrekte Anwendung mancher Wörter wurden beibehalten. In dem Manuskript »Joe und das Mädchen auf der Lotosblume« strich die Autorin in den meisten Fällen den unbestimmten Artikel vor »paar« und »bißchen« bzw. ließ ihn von vornherein weg. Da dies inkonsequent geschah, wurde der unbestimmte Artikel in eckigen Klammern ergänzt. Schreib- und andere Flüchtigkeitsfehler wurden stillschweigend nach den Regeln der alten Orthographie berichtigt. Beibehalten wurden orthographische Eigenheiten und die Zeichensetzung. Fehlende Abführungszeichen wurden ergänzt und fehlende Klammern geschlossen, die Abfolge von Abführungszeichen und Kommas wurden normiert, die Akzente bei den Namen Bartók und Cézanne gesetzt. Hinzufügungen wurden durch [ ] gekennzeichnet; Hervorhebungen sind kursiv wiedergegeben.

Wir danken allen, die das Zustandekommen dieser Ausgabe unterstützten, besonders Dr. Rudolf Burgartz, der sein Einverständnis für diese Publikation aus dem Nachlaß erklärte; dem Brigitte-Reimann-Archiv in Neubrandenburg, hier vor allem Heide Hampel und ihren Mitarbeiterinnen, und Withold Bonner, der die Herausgabe dieser beiden Fragmente anregte.

# »Brigitte Reimann taucht nun auf wie ein Phoenix aus der Asche.« DER SPIEGEL

**Ich bedaure nichts**
*Tagebücher 1955-1963*
»Ein Parlando, in dem der Odem großer Literatur weht. Ich kann mich nicht erinnern, das Buch einer Frau in deutscher Sprache gelesen zu haben, in dem die Sehnsucht nach Liebe mit einer solchen Sinnlichkeit und Intensität gezeigt wurde. Dieses Buch hat die Qualität eines Romans und die Vorzüge eines Tagebuchs. Es hat mich ergriffen.«
MARCEL REICH-RANICKI
IM LITERARISCHEN QUARTETT
*Herausgegeben von Angela Drescher.*
*429 Seiten. AtV 1536*

**Alles schmeckt nach Abschied**
*Tagebücher 1964-1970*
Es war der scharfe, auch gegen sich selbst unerbittliche Blick der Schriftstellerin Brigitte Reimann, der uns mit den Tagebüchern ein einzigartiges Lebenszeugnis hinterlassen hat: die beeindruckende Biographie einer leidenschaftlichen, extravaganten Frau und zugleich ein Zeitdokument, das Geist und Stimmung einer ganzen Periode der ostdeutschen Nachkriegsgeschichte einfängt.
*Herausgegeben von Angela Drescher.*
*464 Seiten. AtV 1537*

**BRIGITTE REIMANN**
**CHRISTA WOLF**
**Sei gegrüßt und lebe**
*Eine Freundschaft in Briefen*
*1964-1973*
Brigitte Reimann und Christa Wolf lernten sich 1963 kennen. Es war der Beginn einer Freundschaft zweier eigenwilliger Frauen, die sich in ihrem Anderssein akzeptierten. Für beide waren es krisenhafte Jahre, durchzogen von persönlichen Konflikten, bedrohlichen Erkrankungen und politischen Spannungen. Vom Tod überschattet, handelt ihre Korrespondenz gleichwohl vom intensiven Leben, zu dem eine der anderen Mut macht.
*Herausgegeben von Angela Drescher.*
*190 Seiten. AtV 1532*

**Franziska Linkerhand**
Zehn Jahre schrieb Brigitte Reimann an diesem Roman über eine lebenshungrige, kompromißlose, von einer Vision und einer Liebe besessenen Architektin. Obwohl unvollendet, zählt er zu den wichtigsten und schönsten Büchern der deutschen Gegenwartsliteratur. Die ungekürzte Ausgabe zeigt eine freimütigere, illusionslose Franziska – radikal wie ihre Autorin in den Tagebüchern. – »Ein aufregendes, aufwühlendes Buch.« FAZ
*Roman. Ungekürzte Neuausgabe. Mit einem Nachwort von Withold Bonner.*
*Bearbeitung und Nachbemerkung von Angela Drescher.*
*639 Seiten. AtV 1535*

*Mehr Informationen über die Bücher von Brigitte Reimann erhalten Sie unter www.aufbau-verlag.de oder bei Ihrem Buchhändler*

A*t*V